DEAD MOUNTAIN

STEFAN BARTH

Für

Naira & Nael

Korrektorat: Michaela Stadelmann
Cover Design: Marko Heisig

Deutsche Erstausgabe
Text © 2018 Stefan Barth
Zillestraße 101 B
10585 Berlin
writer@stefan-barth.works

1

S ie hören ihn, bevor sie ihn sehen.

Oder riechen.

Henni bleibt stehen und blickt zu Fabio.

Die Hand des Jungen umklammert den mattschwarzen Sportbogen so fest, dass die Knöchel weiß hervortreten. Seine braunen Augen sind weit aufgerissen.

Sie lauschen.

Der Wind rauscht in den Bäumen, an deren Ästen die Blätter erst vor wenigen Tagen in voller Pracht zu sprießen begonnen haben.

Da ist es wieder.

Das Klingeln.

Ein Glöckchen.

Fabio runzelt die Stirn und Henni sieht, dass er etwas sagen will. Sie hebt eine Hand und schüttelt den Kopf.

Er schluckt die unausgesprochenen Worte wieder runter.

Das Klingeln wird lauter.

Für einen kurzen Moment schlägt ihr Herz nicht nur aus Angst, sondern auch aus Hoffnung schneller. Doch dann hört sie die schweren, schlurfenden Schritte, die das klingelnde Glöckchen begleiten.

Das Fünkchen Hoffnung verglüht.

Sie überlegt, ob sie nicht einfach abhauen sollen, aber sie verwirft den Gedanken gleich wieder. Wenn sich einer von denen hier oben rumtreibt, nützt es nichts, dem Problem aus dem Weg zu gehen.

Henni zeigt nach rechts.

Zwischen den Bäumen, etwa zwanzig Meter weiter, ist der Wanderpfad zu erkennen.

Fabio nickt. Er zieht einen der zwölf Fiberglas-Pfeile aus dem Köcher auf seinem Rücken und legt ihn auf den Bogen. Er hat täglich mit dem Ding geübt, seit sie den Bogen, mitsamt Pfeilen, Köcher und einer Strohzielscheibe, vor einem halben Jahr in der Graudingerhütte gefunden haben.

Sieht aus, als wird sich gleich zeigen, ob sich das Üben gelohnt hat.

Henni umklammert den Griff der langstieligen Axt fester und blickt noch einmal zu Fabio.

Er nickt.

Henni setzt sich in Bewegung. Pirscht sich Schritt für Schritt durchs Unterholz, darauf bedacht, so wenig Geräusche wie möglich zu machen. Aus den Augenwinkeln registriert sie Fabio, der sich, ein Stück versetzt, neben ihr bewegt.

Ein Ast bricht unter den Sohlen ihrer ausgelatschten Converse und das Geräusch kommt ihr vor wie eine Explosion. Sie bleibt abrupt stehen. Dreht den Kopf, sieht zu Fabio.

Er beißt sich auf die Lippen.

Weiter.

Das, was Henni durch die Bäume hindurch vom Wanderpfad erkennen kann, ist leer. Bis auf die Gräser und blühenden Wildblumen, die sich ihren Weg durch das Erdreich bahnen. So muss es jetzt überall sein. Die Natur holt sich zurück, was der Mensch ihr genommen hat. Noch ein oder zwei Jahre, dann wird der Pfad nicht mehr zu erkennen sein.

Das Klingeln des Glöckchens wird lauter.

Die schlurfenden Schritte auch.

Die Kinder bleiben wieder abrupt stehen.

Denn jetzt sehen sie den Wanderer.

Er kommt um eine Biegung, seine Schritte abgehackt und ungelenk, die Arme baumeln leblos hin und her. Er schlurft und wankt wie ein Betrunkener, aber das vollkommen geräuschlos, kein Atmen oder Schnaufen ist zu hören. Die Lederschuhe sind ausgelatscht und schmutzig, genau wie die fast schwarzen Socken und die verwesende, faulige Haut der Waden und Oberschenkel. Das wettergegerbte Leder der Trachtenhose, an deren Brusttasche das kleine Glöckchen hängt, ist von hellen Rissen durchzogen. Das Hemd darunter war wohl mal weiß, jetzt ist es schmutzig grau. Vorne und oben am Kragen ist der Stoff noch dunkler: getrocknetes, schwarz verkrustetes Blut, das aus einem grässlichen Loch im Hals gelaufen ist.

Aber Blut kommt schon lange nicht mehr aus der Wunde, stattdessen scheint das faulige Fleisch des Loches in seiner Kehle in ständiger Bewegung. Doch das sind nur Fliegen und Maden, die sich darin tummeln. Leblose weiße Augen starren aus einem eingefallenen Gesicht, dessen Mund halb offen steht, drinnen die verrotteten Reste eines Gebisses.

Henni und Fabio starren den Wanderer an. Er ist nicht der erste seiner Art, den sie sehen, aber der letzte ist lange her und der Anblick fast genauso schockierend wie beim allerersten Mal.

Henni spürt ein kaltes Kribbeln, das in ihrem Nacken startet und sich dann über ihren ganzen Körper ausbreitet. Sie tauscht einen Blick mit Fabio und in diesem Moment verstummt das Glöckchen.

Der Wanderer ist stehen geblieben.

Seine Arme hängen nach wie vor leblos herab, nur sein Kopf bewegt sich langsam und kreisförmig, die Nase in den Wind gerichtet, wie ein Tier, das Witterung aufnimmt. Sein Mund öffnet sich weiter und ein leises, kehliges Stöhnen verlässt seine Lippen, die aussehen wie die aufgesprungene Oberfläche eines lange ausgetrockneten Sees. Dieses Stöhnen, das stetig lauter wird und sich in eine Art Heulen verwandelt, ist für Henni fast furchterregender als der grässliche Anblick des Wanderers und ihr Körper verkrampft sich, ihr Schließmuskel beginnt zu zucken.

Sie sieht zu Fabio, aber der Junge hat den Bogen bereits gespannt und seine Augen sind zusammengekniffen, als er den Wanderer ins Visier nimmt.

Die weißen Pupillen haben sich in ihre Richtung gedreht und die zuvor leblosen Arme heben sich. Dreckverkrustete Finger mit langen, gelbschwarzen Nägeln strecken sich zu Klauen gekrümmt nach ihnen aus.

Fabio lässt den Pfeil von der Sehne.

TSCHAK!

Das Heulen verstummt schlagartig, als der Pfeil die Stirn des Wanderers durchschlägt und am Hinterkopf wieder austritt, mit einer klebrig schwarzen Masse an der Spitze.

Der Körper des Wanderers sackt in sich zusammen wie eine Marionette, deren Fäden man durchtrennt hat.

Henni und Fabio bleiben einen Moment regungslos stehen. Das Summen von Insekten erfüllt die Luft, und obwohl es das die ganze Zeit getan hat, erscheint es Henni jetzt unglaublich laut. Genauso wie der wummernde Schlag ihres Herzens.

„Wow. Volltreffer." Fabio lächelt ungläubig.

Henni erwidert nichts, berührt ihn nur kurz an der Schulter. Dann setzt sie sich in Bewegung. Nähert sich mit vorsichtigen Schritten dem regungslosen Körper.

Fabio folgt.

Henni bleibt vor dem Wanderer stehen. Sie muss ein Würgen unterdrücken, als ihr sein fauliger Verwesungsgeruch in die Nase steigt. Sie wedelt mit einer Hand, um die Fliegen zu vertreiben, die den Körper umschwirren. Sie wendet den Kopf ab und saugt die frische Bergluft ein paar Mal tief in ihre Lungen.

Fabio scheint der Geruch nicht zu stören, jedenfalls verzieht er keine Miene. Aber was will man von einem Typen erwarten, der seinen Kopf unter die Bettdecke steckt, nachdem er darunter gefurzt hat und das wahnsinnig komisch findet?

„Der wusste, dass wir hier sind."

Henni nickt. Bläst sich eine Haarsträhne aus dem Gesicht.

Fabio stößt den leblosen Körper mit dem Fuß an.

Nichts geschieht.

„Der beißt jedenfalls keinen mehr." Er bückt sich und seine Finger schließen sich um den Schaft des Pfeils. Er stellt einen Fuß auf den Kopf des Toten und zieht den Pfeil mit einem Ruck heraus. Die brüchigen Schädelknochen geben nach und fallen auseinander. Mehr zähe schwarze Masse und mehr Maden, die sich in den Resten des Schädels tummeln. Fabio verzieht vor Ekel das Gesicht und wischt den Pfeil im Gras am Wegesrand sauber, dann schiebt er ihn zurück in den Köcher auf seinem Rücken.

„So hoch ist noch nie einer gekommen", sagt Henni.

Fabio nickt. „Guck mal, die Lederhosen. Der war bestimmt auf dem Oktoberfest. Kennst du ihn?"

Sie schnauft und zuckt mit den Schultern. „Was gibt's an dem Brikettgesicht noch zu erkennen?"

Fabio geht in die Knie. Er zieht ein Portemonnaie aus der Vordertasche der Lederhose. Er klappt es auf. Die Geldscheine darin sind erstaunlich unversehrt und er nimmt sie heraus und steckt sie kommentarlos in die Hosentasche.

Henni schüttelt den Kopf, sagt aber nichts.

Dann zieht Fabio einen Ausweis aus dem Portemonnaie. „Ach du Scheiße."

„Was?"

„Das ist Herr Sittner. Der von der Sparkasse. Bei dem hab ich mein Knax-Konto eröffnet."

Henni erinnert sich an Sittner. „Mir hat er immer auf die Möpse geglotzt, der notgeile Sack."

Fabio sieht sie angewidert an. „Kannst du bitte nicht Möpse sagen? Das ist irgendwie, uh, eklig."

„Oh, Entschuldigung. Soll ich lieber Titten sagen? Oder Brüste?"

„Uh, nein, auch nicht. Du sollst überhaupt nicht von so was reden."

Henni kann nicht anders, sie muss lachen. „Irgendwann kommt der Tag, da kannst du von dem Thema Titten nicht genug kriegen, glaub mir, Fabio." Sie hat den Satz noch nicht zu Ende gesprochen, da bereut sie ihn bereits wieder.

Nichts ist mehr, wie es war.

Gar nichts.

Die einzigen Titten, die Fabio je sehen wird, sind meine, denkt sie.

Im nächsten Moment knacken Äste und da ist es wieder, dieses grausige Heulen.

Henni wirbelt herum.

Gerade rechtzeitig, um das verweste Gesicht mit dem weit aufgerissenen Mund von rechts aus dem Unterholz auf sich zustürzen zu sehen. Sie schreit vor Schreck und gleichzeitig krallen sich knochige Hände in ihr Hemd und dann verliert sie das Gleichgewicht und stürzt, die Axt entgleitet ihren Fingern.

Die dürre Frau in dem zerschlissenen Kleid, mit dem halb kahlen Schädel und den dünnen Haarresten landet direkt auf ihr und versucht, ihre schwarzen Zähne in Hennis Gesicht zu schlagen.

Fabio ist vor Schreck nach hinten gestolpert und dank einer Wurzel im Boden auf den Hintern gefallen. Er springt wieder auf und will einen Pfeil aus dem Köcher reißen, aber in der Hektik gelingt es ihm nicht auf Anhieb.

Henni drückt einen Unterarm gegen den Hals der Frau und hält das schnappende Gebiss auf Abstand. Mit der anderen Hand tastet sie nach dem Küchenmesser, das beim Sturz bereits zur Hälfte aus dem Gürtel ihrer Kargo-Hose gerutscht ist.

Fabio hat jetzt einen Pfeil aus dem Köcher und spannt die Bogensehne.

Aber er zögert.

„Schieß!", schreit Henni, während ihre Finger sich um den Griff des Küchenmessers schließen.

„Ich will dich nicht treffen!", schreit Fabio ebenso laut, die blanke Panik in den Augen.

Henni reißt das Küchenmesser, mit dem Papa immer das Gulasch kleingesäbelt hat, wie es ihr absurderweise durch den Kopf schießt, aus ihrem Gürtel und stößt damit zu.

Rammt die Klinge mit aller Kraft in den offenen Mund der Frau. So fest, dass die Spitze durch die morschen Knochen des Hinterkopfs wieder austritt.

Die gelbschwarzen Zähne der Frau schnappen unbeirrt weiter, aber jetzt immer auf die breite Messerklinge, die es ihr unmöglich macht, Henni zu beißen.

KLACK!-KLACK!-KLACK!

„Zieh sie runter, Fabio! Zieh sie runter!"

Fabio legt Pfeil und Bogen ab und krallt seine Finger in die schmalen Schultern der Frau. Reißt sie zur Seite, was ihm dank ihres dürren Körpers erstaunlich leicht gelingt. Er wirft sie auf den Rücken und springt zur Seite.

Die Frau zappelt auf dem Boden herum wie ein auf seinem Panzer liegender Käfer und ihre Zähne beißen dabei unaufhörlich auf das Messer in ihrem Mund.

KLACK!-KLACK!-KLACK!

Henni kommt stolpernd auf die Beine, ihre Hände packen die langstielige Axt.

KLACK!-KLACK!-KLACK!

Sie schwingt sie in hohem Bogen.

KLACK!-KLACK!-KLA–!

Hackt sie in den Kopf der dürren Frau.

Immer und immer wieder.

Bis davon nicht mehr viel übrig ist.

Dann wirbelt Henni herum.

Fabio hat seinen Bogen bereits wieder in der Hand, einen Pfeil auf der gespannten Sehne, und die Kinder drehen sich im Kreis, spähen aus weit aufgerissenen Augen in beide Richtungen des Wanderwegs und zwischen die Bäume zur ihrer Linken und Rechten.

Nichts.

Stille.

Nur das Zwitschern der Vögel, das Summen der Insekten, das Rauschen der ersten Blätter in einer Brise, das keuchende Atmen von zwei Kindern.

Henni versucht, ihren rasenden Puls unter Kontrolle zu bekommen. Lässt die Axt langsam sinken.

Fabio nimmt den Bogen von der Sehne. Er starrt Henni an. „Ich hatte Angst, dich zu treffen. Ich wollte dich nicht treffen. Ich wollte dich nicht treffen."

Sie zieht ihn an sich. „Weiß ich doch."

„Ich wollte dich nicht treffen." Seine Unterlippe zittert.

„Ist doch okay."

„Ich wollte dich nicht treffen." Seine helle Stimme bricht.

Henni hält Fabio an sich gepresst und streicht mit einer zitternden Hand über sein Haar.

Sie blickt auf die Berge, die sich ringsherum massiv und unerschütterlich in den blauen Frühlingshimmel recken.

Bis die aufsteigenden Tränen ihr die Sicht verschwimmen lassen.

2

D er Hunger ist immer da.
Mal mehr, mal weniger, aber er ist da.
Er nagt, er kratzt, er bohrt.
Unablässig.

Du spürst ihn morgens, gleich nach dem Erwachen.

Du trägst ihn durch den Tag.

Und nimmst ihn abends mit ins Bett.

Und deswegen seid ihr eigentlich unterwegs. Um etwas gegen euren Hunger zu tun. Dass Fabio mit seinen Pfeilen etwas treffen kann, das hat er ja gerade bewiesen. Wild gibt es hier oben genug. Und jetzt, wo der Schnee weg ist, zeigt es sich auch öfter.

Sollte also nicht so schwer sein, sich frisches Fleisch zu besorgen.

Oder?

Heute morgen wolltest du „jagen" googeln. Selbst nach einem halben Jahr ist der Impuls, ins Netz zu gehen, immer noch da. Aber die Zeit der schnellen Antworten ist vorbei. Also hast du die Bücher deines Vaters durchsucht, aber nirgends etwas zum Thema gefunden.

Das Einzige, was du über Rehe weißt, und das hat Papa dir und Fabio erzählt, ist, dass Rehe sich tagsüber an geschützten

Stellen aufhalten, in Dickungen und Büschen, und sich nur in der Morgen- und Abenddämmerung und zur Mittagszeit auf freie Flächen wie Wiesen begeben, um dort Gräser zu fressen.

Ihr habt das Haus am späten Nachmittag verlassen und jetzt setzt die Dämmerung ein. Die Bergspitzen glühen in goldenem Licht und am Himmel schimmern die wenigen Wolkenfetzen rötlich. Die Wiese, an deren Rand ihr kniet, liegt bereits im Schatten.

Hier, an dieser Stelle, habt ihr mit Papa früher schon Rehe beobachtet. Das war kurz, nachdem ihr in die Berge gezogen seid. Papa wollte eure Begeisterung für die neue Heimat wecken. Aber du warst mürrisch und desinteressiert, weil dich niemand gefragt hatte, ob du aus Berlin weggehen wolltest.

Um das noch mal klarzustellen:

Du wolltest *nicht*.

Und wenn, dann wenigstens ans Meer und nicht in diese beschissen langweiligen Berge.

Das hast du Mama und Papa spüren lassen.

Jeden Tag.

„Da!", flüstert Fabio.

Du siehst das Reh aus dem Waldrand treten.

Es stoppt, den Kopf erhoben, die Ohren gespitzt.

Dir fällt etwas anderes ein, was Papa erzählt hat und du bist überrascht, was du alles noch weißt, obwohl du die Ohren bei seinen Vorträgen meistens demonstrativ auf Durchzug gestellt hast: Rehe sehen nicht gut, aber sie hören und riechen umso besser und nehmen Bewegungen sehr gut war.

Fabio scheint sich ebenfalls zu erinnern, denn er hebt den Bogen langsam, ganz langsam und spannt genauso langsam die Sehne.

Das Reh hat den Kopf gesenkt und angefangen, Gras zu fressen.

Es ist ahnungslos. Wähnt sich in Sicherheit.

Jetzt liegt es an Fabio.

Du siehst ihn nicht an. Du willst ihn nicht nervöser machen, als er es bestimmt ohnehin schon ist. Die Begegnung mit dem Wanderer und der Frau hat euch ganz schön zugesetzt. Du bist dir nicht sicher, ob dein Herz so rasend schlägt, weil du wegen des Rehs aufgeregt bist, oder ob es immer noch Angst und Schrecken von vorhin sind. Wahrscheinlich beides. Wenn Fabios Herz genauso schnell schlägt wie deins, dann zittern vielleicht auch seine Hände und das wäre–

Fabio lässt den Pfeil von der Sehne.

Das Reh macht einen Satz.

Und sprintet zwischen die Bäume.

Du hörst Fabio frustriert ausatmen.

Du drehst den Kopf, aber er sieht dich nicht an.

„Ich hole meinen Pfeil." Er überquert die mit königsblauem Enzian gesprenkelte Wiese und hebt auf der anderen Seite seinen Pfeil auf, der bis ins Unterholz des Waldrands geschlittert ist.

Du bist wütend.

Du möchtest ihn anschreien und beschimpfen, weil er das Reh verfehlt hat. Du weißt, das wäre dumm und unfair, deswegen murmelst du nur so etwas wie „mieser kleiner Scheißversager" vor dich hin.

Dann siehst du ihn zurückkommen, diesen dünnen kleinen Jungen in seinen klobigen Wanderschuhen, den olivgrünen Kargo-Shorts und dem verblichenen Borussia-Dortmund-Trikot, mit seinen struppigen, dunkelblonden Haaren und dem großen Sportbogen in der Hand, und alle Wut ist verflogen und du möchtest ihn nur noch in den Arm nehmen und an dich drücken, seinen schmalen, warmen Körper spüren und das Schlagen seines Herzens, denn er ist der einzige Mensch, der dir geblieben ist und du willst ihn niemals verlieren.

Niemals.

Er bleibt vor dir stehen und sieht dich entschuldigend an.

Du lächelst. „Beim nächsten Mal."

Er nickt.

Dann macht ihr euch auf den Heimweg.

Um heute Abend wieder hungrig ins Bett zu gehen.

3

Es ist fast dunkel, als sie die nichtasphaltierte Einfahrt zum Haus entlang gehen. Vorbei an Papas SUV, der so steht, wie sie ihn verlassen haben. Mit der Nase gegen den Baum gedrückt, der Vorderbau eingequetscht, die Windschutzscheibe gesplittert. Die Karosserie von Wind und Wetter gegerbt, der ehemals leuchtend rote Lack (Mamas Wunsch) ausgeblichen und die Fenster blind vor Schmutz.

Sie stoppen an dem Draht, den sie quer über die Einfahrt gespannt haben.

Hennis Blick folgt dem Draht, der sich von der Einfahrt einmal rings um das Grundstück zieht, befestigt an selbst gesetzten, schiefen Holzpfosten, genauer gesagt armdicken Ästen, die sie im Wald gesammelt haben. Alle paar Meter hängen mit Steinen gefüllte Konservendosen von dem Draht. Eine primitive Alarmanlage, die sich seit ihrem Bau noch nicht beweisen musste. Der frühe Winter, die großen Mengen Schnee und die eisige Kälte haben ungewünschte Besucher bislang ferngehalten, aber der Wanderer und die dürre Frau waren ein deutliches Zeichen, dass sich das möglicherweise bald ändern wird.

Sie kriechen unter dem Drahtseil hindurch und gehen weiter.

Henni hört das Knirschen der Steine unter den Sohlen ihrer Converse.

Fabios Atmen.

Sie sieht zu ihm.

Er hat einen Pfeil auf der Sehne, sein Gesicht ist eine starre, angespannte Maske.

Das Haus sieht unberührt aus. So, wie sie es vor drei Stunden verlassen haben.

Waren es überhaupt drei Stunden?

Oder nur zwei?

Zeit spielt nicht mehr wirklich eine Rolle. Nur noch der Unterschied zwischen Tag und Nacht.

Zwischen Helligkeit und Dunkelheit.

Der Gedanke, nachts allein hier draußen zu sein ...

Henni schüttelt ihn ab.

Ihr Blick gleitet über die Fensterläden im Erdgeschoss. Sie sind verschlossen, so wie sie es sein sollten. Sie sieht wieder zu Fabio und ihr Bruder nickt.

Sie trennen sich wortlos.

Fabio biegt ab zur Terrassenseite des Hauses.

Henni geht weiter, die Axt fest in den Händen, bis sie auf dem Hof zwischen Haus und Scheune steht. Die Haustür ist verschlossen, der leere Blumenkübel, den sie davorgeschoben haben, steht noch genau so da wie zuvor.

Henni überquert den Hof. Kette und Schloss, die die beiden großen Flügeltüren der Scheune geschlossen halten, sind auch in Ordnung.

Obwohl Henni sich so leise wie nur möglich bewegt, haben sie sie gehört.

Schlurfende Schritte, gefolgt von heiserem Stöhnen.

Durch die Ritzen im Holz sieht Henni sich bewegende Schatten. Sie haut mit der flachen Hand gegen die Tür und die Kette rasselt. „Haltet die Klappe."

Sie wendet sich ruckartig ab.

Hinter ihr stöhnen sie lauter.

Hennis Blick trifft sich mit dem von Fabio, der um die Hausecke tritt.

„Hör auf, sie zu ärgern", sagt er.

„Ich hab sie nicht geärgert."

Sie schieben gemeinsam den großen Blumenkübel beiseite, dann schließt Henni die Haustür auf. Von ihrem Schlüssel baumelt die ausgeblichene Sully-Figur aus *Monster AG*, die sie seit ihrem fünften Geburtstag hat. Damals wollte sie den Film jeden Abend mit Mama und Papa gucken und durfte es auch. Nicht den ganzen, aber immer in Häppchen, zehn Minuten oder so. Sie hat die niedlichen Monster und ihre bunte Welt geliebt.

Jetzt gibt es andere Monster.

Reale Monster.

Henni schiebt die Tür nach innen auf und aus dem Halbdunkel schlägt ihnen abgestandene, muffige Luft entgegen. Sie lüften täglich, aber nur im oberen Stockwerk, hier unten haben sie die Fenster nicht mehr geöffnet, seit sie sie mit Papa letzten Oktober verrammelt haben. Verrammelt heißt, die Fensterläden sind von innen geschlossen und zusätzlich mit Decken verhangen.

Henni tritt ins Haus und Fabio folgt. Sie schließt die Tür wieder ab. Anfangs haben sie immer noch den Schuhschrank aus dem Flur davor geschoben, aber als der erste Schnee fiel und sich dann mit jedem Tag höher türmte, ließen sie es bleiben. Für einen Moment ist Henni versucht, den Schuhschrank wieder vor die Tür zu bugsieren, doch als Fabio einfach weitergeht, durch zur Küche, verdrängt sie den Impuls.

Die Haustür sollte ihnen standhalten.

Ja, einem vielleicht.

Zweien oder auch dreien.

Aber was, wenn mehr kommen?

Ein Dutzend? Zwanzig? Dreißig?

Hundert?

Was, wenn sie wie Ameisen die Berghänge heraufschwärmen,

jetzt, wo Schnee und Kälte von Sonne und Wärme verdrängt worden sind?

Hör auf, dich verrückt zu machen, Henni. Hör auf.

Sie folgt Fabio in die Küche.

Er hat seinen Bogen abgestellt, den Köcher vom Rücken genommen und sitzt bereits am Tisch. „Was gibt's zu essen?"

„Scheiße mit Erdbeeren."

Er lacht. „Ihhh. Erdbeeren."

4

Die Treppenstufen knarren unter ihren Schritten, als sie mit der Taschenlampe, die sie nur selten benutzen, um Batterien zu sparen, runter in den Keller geht.

Vorbei an Papas Werkbank und seiner Armada von Werkzeugen.

Vorbei an den übereinandergestapelten Sommerreifen.

Vorbei an der Skiausrüstung:

Vier paar Ski und Stöcke.

Fabios Snowboard.

Und den drei alten Schlitten, die sie noch aus Berlin mitgebracht haben.

Vorbei an Regalen mit Wander-, Sport- und Skischuhen der ganzen Familie.

Vorbei an Kisten mit ausrangiertem Kinderspielzeug, Teilen von Papas Büchersammlung, für die oben kein Platz mehr war, und Mamas alter Schallplattensammlung. Papa hatte seine Platten schon vor Jahren verkauft, auch seine CDs. Er liebte die Digitalisierung der Welt und den Platz, den sie schaffte. Nur von seinen Büchern konnte er sich nicht trennen, obwohl er bereits seit Jahren nur noch auf dem Kindle las und jedes neue Modell gleich für alle Familienmitglieder kaufte.

Henni bleibt vor dem langen Holzregal an der hinteren Wand des Kellers stehen. Lässt den Strahl der Lampe über die Fächer gleiten. Ein Dutzend Konservendosen sind noch da, eine halb volle Palette mit Wasserflaschen, ein paar Einmachgläser mit Obst, die Mama im letzten Sommer von einer Bäuerin weiter unten am Berg bekommen hat und natürlich Papas Weinflaschen – die sind alle unberührt.

Ansonsten leere Papp-Paletten und aufgerissene Plastikhüllen, die davon zeugen, was mal da war.

Anfangs war das eine Menge.

Jedenfalls erschien ihnen das so.

Als sie herzogen, hatten Nachbarn Hennis Eltern geraten, den Keller im Winter gut mit Vorräten zu befüllen. Denn es hatte schon Jahre hier oben gegeben, in denen der Schnee eine Fahrt runter ins Dorf unmöglich machte. Manchmal sogar für mehrere Tage. 1977 waren einige Bewohner am Berg angeblich sogar mal über zwei Wochen eingeschneit gewesen.

Aber ihr erster Winter in den Bergen war einer der wärmsten der letzten Jahre gewesen, mit so wenig Schnee, dass viele Pisten geschlossen blieben und die lokale Touristikindustrie Einbußen von bis zu fünfzig Prozent hinnehmen musste. Auch der letzte Oktober war überdurchschnittlich warm gewesen und unten im Ort machten sich schon alle Sorgen, dass es wieder eine finanziell schwache Wintersaison werden würde. Kein Wunder, dass Mama und Papa das Auffüllen der Kellervorräte vor sich hergeschoben hatten.

Bis es zu spät war.

Bis passierte, was passierte.

Bis zum Tag des Oktoberfests. Dem Tag, an dem das Unvorstellbare auch in ihre kleine Welt Einzug erhielt.

Und dann, von einem Tag zum nächsten, kam der Winter.

Pünktlich zu Halloween.

Es fing an zu schneien und hörte nicht mehr auf. Es war unmöglich, runter ins Tal zu gehen und Vorräte zu kaufen. Nicht, dass sie es versucht hätten, denn das Letzte, was sie hörten, bevor die Kommunikation zusammenbrach, war, dass es kein Dorf mehr gab, in dem man hätte einkaufen können.

Als es endlich aufhörte zu schneien, waren Henni und Fabio allein.

Sie erinnert sich noch genau an den Tag, an dem sie sich das erste Mal aus dem Haus wagten.

Die Luft war eisig, der Himmel strahlend blau und die Berge so klar und detailliert zu sehen wie unter einer Lupe. Die Sonne reflektierte grell vom Schnee, der sich ringsherum meterhoch auftürmte.

Es ist immer still hier oben, aber an diesem Tag erschien es ihr stiller als je zuvor.

Es war wohl das, was man Totenstille nennt.

Mit den leeren Trekking-Rucksäcken von Mama und Papa bahnten sie sich ihren Weg durch die Schneemassen zur Straße und dann weiter zum Murmeltierpfad, der auf der anderen Seite begann. Sie hatten ein Ziel. Die Graudinger-Hütte am Ende der ersten Etappe des Wanderwegs. Es war keine Skihütte, weil es keine Pisten in der direkten Nähe gab, aber sie wurde auch im Winter gern von Wanderern besucht. Dementsprechend voll sollten ihre Vorratsräume sein. Das jedenfalls hofften Henni und Fabio.

Sie brauchten fast drei Stunden bis hoch zur Hütte. Eine Stunde länger als im Sommer.

Sie fanden Türen und Fenster bis zur Hälfte eingeschneit. Sie brauchten eine weitere Stunde, bis sie die Tür mit den Händen soweit vom Schnee befreit hatten, dass sie mit der Axt zu Werke gehen konnten. Sie mussten allerdings ziemlich schnell feststellen, dass ihnen die Kräfte fehlten, die massive Tür mit der Axt zu zertrümmern. Sie waren schweißüberströmt und froren. Sie wärmten sich, indem sie weitere dreißig Minuten ackerten, um ein Fenster vom aufgetürmten Schnee zu befreien. Irgendwann gelang es ihnen dann endlich, mit der Axt erst die hölzernen Fensterläden und dann das Glas zu zertrümmern.

Dahinter Dunkelheit.

Sie zögerten.

Natürlich.

Sie hatten Angst.

Aber wenn irgendjemand drinnen war, dann hätte ihn der Lärm doch bestimmt angelockt.

Oder?

Irgendwann besiegte der Gedanke an den Hunger die Angst. Henni kroch durch das zersplitterte Fenster, nachdem sie die gezackten Glasreste mit ihrer dicken Jacke abgedeckt hatte. Fabio sollte draußen warten, bis sie ihm, was immer sie in der Küche der Hütte fand, durchs Fenster reichen würde.

Hennis Herz schlug ihr bis in den Hals, als sie sich langsam, Schritt für Schritt, ihren Weg durch den kleinen Schankraum suchte. Sie verfluchte sich dafür, dass sie nicht an eine Taschenlampe gedacht hatte, denn das einzige Licht in der Hütte kam durch das zertrümmerte Fenster, und das war nicht viel.

Sie blieb alle zwei Schritte stehen und lauschte.

Da waren die Geräusche, die man immer in einem Haus hört.

Ein Knacken hier, ein Knacken dort.

Aber keine Schritte, kein Schlurfen, kein Stöhnen.

Die Luft war abgestanden, doch keine Spur von süßlicher Verwesung.

Als Henni den Tresen erreichte, suchte sie dahinter nach einer Taschenlampe und fand sie in einer Schublade unter der Kasse. Die Batterien funktionierten. Henni ließ den Schein der Lampe durch den Schankraum gleiten. Die Stühle standen auf den Tischen, alles sah sauber und ordentlich aus, so als sei eine Putzfrau noch am Vorabend hier gewesen. Obwohl Henni sich inzwischen sicher war, dass niemand in der Hütte auf sie lauerte, blieb die Angst.

Die Angst, so viel eisiger als die Kälte draußen.

Die Ausbeute in der Küche war gering. Scheinbar hatten die Graudingers, genau wie Mama und Papa, ihre Vorräte noch nicht für die bevorstehende Wintersaison aufgestockt, als der ganze Wahnsinn losging. Aber immerhin blieb genug für zwei weitere anstrengende Wanderungen den Murmeltierpfad hoch und runter in den nächsten Tagen:

Diverse Konserven.

H-Milch.

Kaffee.

Tee.

Wasser in Plastikflaschen.

Der Strom war bereits seit zwei Wochen weg und alles, was sonst noch in den zwei großen Kühlschränken lag, mehr oder weniger verdorben.

Und dann war da der Sportbogen mitsamt Pfeilen und Zielscheibe, den Fabio ausgerechnet in der offenen kleinen Kapelle hinter der Hütte fand.

„Damit jagen wir unser eigenes Schnitzel", hatte Fabio großspurig verkündet.

Von wegen.

Im Winter hatten sie auf ihren wenigen Expeditionen ins Freie nicht ein einziges Tier gesehen.

Dafür hatte Fabio die Zeit zum Üben mit dem Bogen genutzt.

Henni beobachtete, wie er mit jedem Tag besser wurde. Als der Schnee dann endlich zu schmelzen begann und kein neuer vom Himmel fiel, da saß fast jeder Pfeil, den Fabio von der Sehne ließ, im innersten Kreis der Zielscheibe.

Aber dass auch das keine Garantie für ein frisches Stück Fleisch war, das hatte der heutige Tag bewiesen.

Henni steht vor dem Regal und beleuchtet die Konserven mit der Taschenlampe.

Es gibt noch eine Dose Gulaschsuppe und einmal Ravioli, der Rest ist Obst.

Henni streckt ihre Hand nach einer Dose Pfirsiche aus.

Im selben Moment erklingt von oben Fabios Stimme: „Nicht schon wieder Pfirsiche!"

Henni seufzt.

Also gibt es Birnen zum Abendessen.

5

P ommes."

„Gummibärchen."

„Lakritz."

„McDoof."

„Griechischer Salat."

„Leberwurststulle."

„Facebook."

„Playstation."

„Mein Tablet."

„Kindle."

„Musik."

„Gulasch."

„Pizza Salami."

„Calzone."

„Kaugummi."

„Eis."

„Ja. Banane."

„Spaghetti-Eis."

„Harry Potter."

„Zählt nicht. Du hast die Bücher."

„Ja, aber es gibt keine neuen mehr."

„Harry Potter war mit dem siebten Buch sowieso zu Ende. Also zählt's nicht."

„Bestimmst du doch nicht, was zählt und was nicht."

„Halt die Klappe."

„Halt selber die Klappe."

Pause. Dann:

„Bundesliga. WM. EM."

„Schule."

„Schule?"

„Ja. Schule."

„Du spinnst doch. Schule war scheiße."

„Ich fand Schule super."

„Ja, weil du 'ne Streberin bist."

„Und du zu blöd für die Schule. Nur deshalb fandest du's scheiße."

„Ich bin überhaupt nicht zu blöd."

Henni lacht und wuselt mit einer Hand durch sein Haar. Er schlägt sie beiseite.

„Fußballspielen", sagt er dann.

„Du kannst doch Fußball spielen."

„Mit der Mannschaft, mein ich."

Natürlich weiß sie, dass er das gemeint hat.

Fabio stößt sie an. „Weiter."

Henni blickt zum gerahmten Hochzeitsbild von Mama und Papa über dem Kamin. Sie stehen vor dem Charlottenburger Standesamt und strahlen in die Kamera. Mamas Hand liegt auf ihrem kugelrunden Bauch, in dem Henni, sechs Wochen vor der Geburt, wahrscheinlich gerade munter rumstrampelte. Daneben ein Foto vom Spanienurlaub von vor zwei Jahren – Henni mit krassem Sonnenbrand auf der Nase, weswegen sie immer dagegen war, dass das Foto aufgestellt wird. Aber Mama war der Meinung, das Bild sei „süß" und ihr Veto wurde abgelehnt. „Urlaub", sagt sie.

Er nickt. „Ja. Das Meer."

Sie lächelt. „Der Geruch von Sonnenmilch." Und für einen

Moment kann sie es tatsächlich riechen. Die Sonnenmilch auf ihrer Haut und das Salzwasser in der Luft. Dann sagt sie: „Kino."

„Fernsehen."

Sie blickt auf den schwarzen Bildschirm der großen Flachbildschirmglotze, in dem sich die Flamme der Kerze auf dem Wohnzimmertisch vor ihnen reflektiert. Sie schüttelt den Kopf. „Ne, Fernsehen nicht."

„Currywurst-Pommes."

„Ja. Aber nur die aus Berlin."

Er nickt zustimmend.

„Obst", sagt Henni. „Frisches meine ich."

„Bananen."

„So'n schöner saftiger Apfel."

„Mandarinen."

„Ne, die haben zu viele Kerne. Clementinen."

„Ist doch dasselbe."

„Ist es nicht. Sonst hießen sie ja nicht unterschiedlich."

Er rollt mit den Augen „Du bist so 'ne Klugscheißerin. Ehrlich." Dann: „Mango."

Sie nickt. „Flug-Mango."

„Was ist Flug-Mango?"

„Na, 'ne Mango."

„Hab ich doch schon gesagt."

„Ja. Aber nicht Flug-Mango."

„Wächst 'ne Flug-Mango im Flugzeug?"

Sie boxt ihm auf den Arm. „Es heißt Flug-Mango, weil sie ganz frisch geliefert werden, du Horst. Mit dem Flugzeug. Deshalb kosten sie auch mehr."

„Trotzdem hab ich Mango zuerst gesagt."

„Es geht doch nicht drum, wer was zuerst sagt."

Er bewegt seinen Hintern auf der Couch und dann hört sie den Furz.

„Boah, du Assi."

„Das war die Couch."

Sie rutscht ein Stück von ihm weg. „War's nicht." Sie wedelt mit der Hand. „Ekelhaft, voll die Verwesung. Du riechst wie einer von denen."

„Glaubst du, deine Fürze riechen nach Parfüm?"

„Ich furze jedenfalls nicht beim Essen."

„Ist doch scheißegal."

„Mir ist es nicht scheißegal." Ein Furz beim gemeinsamen Abendessen mit Mama und Papa, und Mama hätte Fabio zur Strafe den Tisch alleine abräumen lassen. Und Papa hätte gegrinst und ihm ein Auge zugekniffen. Männer und ihre debile Freude an der Darmaktivität.

„Jetzt hast du große Fresse, aber bei Mama hättest du dich das nicht getraut."

Die Erwähnung von Mama bringt Fabio zum Schweigen. Sie hat schon Angst, dass er jetzt heult und will sich entschuldigen (er furzt und sie entschuldigt sich – absurd), aber da sieht er sie wieder an: „Cornflakes."

Sie nickt, und mit dem Gedanken an in kalte Milch getunkte Mais-Chips an einem Morgen vor der Schule beugt Henni sich zum flachen Couchtisch und fischt mit der Gabel ein Stück Birne aus der offenen Dose. Will es sich in den Mund schieben, dann realisiert sie, dass es das letzte Stück ist.

Sie beißt die Hälfte ab und hält Fabio die Gabel mit der anderen Hälfte hin.

Er lächelt dankbar und schiebt sich das Stück Birne in den Mund.

6

Henni hatte nach der kläglichen Entschuldigung für ein Abendessen in Papas Büro gesessen und mit angewinkelten Beinen in seinem Lederdrehstuhl ein bisschen gelesen.

Nicht in einem von Papas Büchern, mit seinen Krimis konnte sie nie etwas anfangen (um ehrlich zu sein, fand sie die stinklangweilig), sondern in einer abgenutzten Taschenbuchausgabe von Huckleberry Finn.

Irgendwann taten ihr die Augen wie immer vom Lesen im Halbdunkel weh und sie stellte das Buch zurück ins Regal.

Sie ließ ihren Blick über Papas Schreibtisch gleiten.

Über das zugeklappte, von einer Staubschicht bedeckte Laptop, mit dem er ihr Leben finanziert hatte.

Über die kleine, goldene Skulptur daneben: eine Hand mit einem Messer und Papas im Sockel eingravierter Name, irgend so ein Krimipreis, von denen er ständig einen gewann, seit seine zu Beginn selbst verlegten Krimis zu Bestsellern geworden waren.

Über die gerahmten Babyfotos von Fabio und ihr. Du meine Güte, sie war ein dermaßen fettes Baby gewesen, eine bloße

Ansammlung von Speckrollen. Zum Glück sah Fabio auch nicht besser aus. Im Gegenteil, er war fast noch fetter.

Über das vergrößerte Passfoto von Mama, geschossen an dem Tag, an dem sie Papa kennenlernte, weil der Mann im Fotogeschäft ihm die falschen Bilder ausgehändigt hatte, nämlich die von Mama statt seiner eigenen.

Beim Anblick von Mama spürte Henni ein Brennen in den Augen, aber Tränen wollten einfach keine kommen.

Sie nahm den Kerzenständer mit der halb runtergebrannten Kerze und verließ das Büro.

Jetzt steht sie an der Haustür und horcht, während die Kerzenflamme tanzende Schatten auf die Wände wirft.

Stille.

Absolute Stille.

So wie immer.

Sie geht die Treppe in den ersten Stock hinauf, begleitet vom leisen Knarren der Holzstufen.

Fabios Tür steht halb offen und sie sieht hinein.

Hose und T-Shirt achtlos hingeworfen am Boden.

Fabio im Bett.

Über einem Comic eingeschlafen.

Tim und Struppi.

Die Kerze, auf einem Unterteller, steht am Boden und brennt immer noch. Heißes Wachs ist über den Rand des Untertellers bis auf den Teppich vor Fabios Bett getropft. Für einen Moment ist Henni versucht, ihn zu wecken und zusammenzuscheißen, aber dann lässt sie ihn schlafen.

Irgendwann wird wegen seiner bescheuerten Nachlässigkeit noch mal das Haus abbrennen. Während sie drinnen schlafen.

Dann hätte die ganze Scheiße wenigstens ein Ende.

Der Gedanke ist einfach da und sie schüttelt ihn ab.

Sie pustet Fabios Kerze aus und zieht den *Tim & Struppi* Comic vorsichtig unter seinem Gesicht weg.

In diesem Moment öffnet er schlaftrunken die Augen. „Ich hab die Kerze nicht vergessen."

„Wenn wir verbrennen, tret ich dir in den Arsch. Zähne geputzt?"

„Klar."

„Lügner." Sie küsst ihn auf die Stirn. „Gute Nacht."

„Nacht."

Sie geht zur Tür, und als sie bereits wieder im Flur ist, hört sie ihn flüstern: „Gute Nacht, Mama. Gute Nacht, Papa."

Wieder spürt sie Wut, wieder lässt sie die Wut verebben. Es ist nicht seine Schuld. Und trotzdem, es gibt ja niemanden sonst, auf den sie wütend sein könnte.

Weiter, vorbei am Schlafzimmer von Mama und Papa und dann ins Badezimmer.

Sie stellt die Kerze auf dem Waschbecken ab. Löst ihren Pferdeschwanz und beginnt, ihr langes Haar zu kämmen. Früher hat Mama das gemacht und dabei haben sie sich gegenseitig von ihrem Tag erzählt.

Sie lässt ein paar Haarsträhnen durch ihre Finger gleiten. Obwohl sie ihr Haar täglich kämmt, erscheint es ihr stumpf. Kein Glanz. Die Spitzen sind gespalten. Kein Wunder, ohne Friseur, ohne Shampoos, ohne Haarkuren. Vielleicht sollte sie einfach eine Schere nehmen und – zack – ab damit. Ist ja nicht so, als hätte es noch irgendeinen Sinn, gut auszusehen. Morgen vielleicht. Wahrscheinlich hätte Fabio sogar Spaß daran, die Schere selbst in die Hand zu nehmen.

Sie legt den Kamm beiseite und greift zur abgenutzten Zahnbürste. Sie taucht sie in die Wasserschüssel, dann beginnt sie, ihre Zähne zu putzten. So lang, wie die kleine Sanduhr, die es mal als Gimmick zu einer Zahnpasta gab, durchläuft. Zwei Minuten.

Sie pinkelt in den Plastikeimer neben der Kloschüssel. Der Eimer ist leer, also hat Fabio wahrscheinlich wieder einfach aus dem offenen Fenster gestrullt, obwohl sie abgemacht haben, dass er das nicht mehr tut. Er findet, sie stellt sich an, aber Henni hat keinen Bock, dass es draußen irgendwann dauernd nach Pisse stinkt. Deswegen haben sie hinten auf der Wiese eine Grube ausgehoben. Da entleeren sie jeden Tag ihre Fäkalien.

Sie zieht ihre Hose wieder hoch, nimmt die Kerze und verlässt das Bad.

Ihr Zimmer.

Sauber.

Aufgeräumt.

Auf dem Schreibtisch ihr totes Smartphone. Wie gern würde sie es jetzt anschalten und sich die letzten Fotos ansehen, die sie gemacht hat.

Von ihren Freunden.

Von Mama und Papa.

Vom banalen Alltag.

Von der Wand grinst Justin Bieber in Unterhose sie an. Sofort hört sie Papas Stimme in ihrem Kopf: *Wieso greift der sich in den Schritt? Hat der Flöhe am Sack?* Und sofort sieht sie Mamas Gesicht, die grinsend den Kopf schüttelt. Dass das bescheuerte Poster noch da hängt. Das war ihr schon peinlich, als die Welt noch in Ordnung war. Nach allem, was man so hörte, soll der Typ ja ein echtes Arschloch gewesen sein. Auf seine Fans zu spucken, was für ein Spast. Wo er wohl jetzt ist? Ob er noch lebt? Oder schlurft er debil und verrottet und hungrig durch die Gegend, so wie der Wanderer und die dürre Frau?

Sie stellt die Kerze auf dem Stuhl neben dem Bett ab.

Zieht sich aus bis auf die Unterwäsche. Ihre Klamotten riechen. Wird Zeit, mal wieder Wäsche zu machen.

Sie schlägt die Decke zurück und kriecht ins Bett.

Pustet die Kerze aus.

Dunkelheit.

Sie starrt nach oben an die Zimmerdecke.

Das Fenster steht auf Kippe und sie lauscht einmal mehr.

Lauscht auf das Geräusch von Steinen, die in Blechdosen rasseln.

Manchmal tun sie das, weil ein starker Wind die Konserven zum Schwingen bringt. Lächerlich, diese Alarmanlage.

Wenn sie kommen, dann kommen sie und dann zählt sowieso nur eins:

dass Türen und Fenster fest verschlossen sind.

Sie will nicht wieder an Dinge denken, an denen sie nichts ändern kann und darüber ihren Schlaf verlieren, also lenkt sie ihre Gedanken in andere Bahnen.

Denkt an das Buch, das sie vorhin gelesen hat.

An Huck Finn.

Daran, wie er mit seinem Freund, dem Sklaven Jim, auf einem Floß den Mississippi hinabfährt.

Sie stellt sich vor, selbst auf diesem Floß zu sein. In ihre Decke gewickelt auf den massiven Baumstämmen zu liegen und in den nächtlichen Sternenhimmel zu starren, während das Floß, sanft auf- und abwogend, über das Wasser gleitet, von einer stetigen Strömung getrieben.

Sie stellt sich vor, niemals stoppen zu müssen.

Und zu schlafen.

Einfach zu schlafen.

7

Du erinnerst dich.

Du erinnerst dich an die rasante Fahrt über die Straße, hoch in die Berge, hoch zu eurem Zuhause.

Du erinnerst dich, wie Papa die Kurven mit viel zu hoher Geschwindigkeit nimmt und er ein paarmal fast die Kontrolle über das Auto verliert. Wie die Karre von links nach rechts schlingert und dem steilen Abhang viel zu nahe kommt.

Du erinnerst dich an Fabios Schluchzen auf dem Beifahrersitz, an sein tränenüberströmtes Gesicht.

Und du erinnerst dich an Mama.

Wie sie auf dem Rücksitz in deinem Schoß liegt.

An das Blut, das unaufhörlich aus der grässlichen Wunde in ihrem Hals sprudelt, obwohl du versuchst, Papas zusammengeknülltes Hemd fest auf das Loch zu drücken und die Blutung zu stoppen.

Du erinnerst dich an Mamas weit aufgerissene Augen.

An ihre Hand, die sich in deine dünnen Arme krallt.

Wie sie versucht, etwas zu sagen, aber nur Röcheln und Blut über ihre Lippen kommen.

Du erinnerst dich an das Oktoberfest, das die Gemeinde nicht absagen wollte, obwohl inzwischen überall davor gewarnt wurde, Massenveranstaltungen zu veranstalten oder aufzusuchen.

Du erinnerst dich an den Moment, an dem Mama sagt, sie müsse mal zur Toilette und daran, wie sie dich anlächelt. Zum letzten Mal.

Du erinnerst dich an die krampfhaften Versuche der Menschen, sich fröhlich zu geben. An die getuschelten Gespräche, die nur ein Thema haben.

Und du erinnerst dich an den schrillen Schrei.

An die plötzliche Panik.

Daran, wie die Leute an den Biertischen plötzlich aufspringen und wie von einem Moment zum anderen das komplette Chaos herrscht.

Du erinnerst dich, dass du sofort weißt, dass es mit den ungeheuerlichen Vorkommnissen zu tun haben muss, die seit Wochen in der ganzen Welt für Angst und Schrecken sorgen.

Und du erinnerst dich an Mama, die plötzlich auf dich zutaumelt, ihre alberne weiße Trachtenbluse, die sie extra für das Oktoberfest gekauft hat, jetzt rot, knallrot.

Blutgetränkt.

Du erinnerst dich, wie sie in Papas Arme fällt und er sinnlos nach einem Arzt schreit.

Wie Papa, der immer ein eher dünner Mann war, Mama, die immer eine eher schwere Frau war, auf seine schmalen Arme wuchtet und sie zu einem am Rand der Festwiese geparkten Rettungswagen schleppt. Wie du Fabios Hand ergreifst und hinterherläufst.

Du erinnerst dich, wie der Rettungswagen davonrast, als ihr nur noch wenige Schritte von ihm entfernt seid. Wie Papa ihm verzweifelt Obszönitäten nachruft.

Du erinnerst dich, wie ihr das Chaos auf der Festwiese hinter euch lasst und es zu eurem Wagen schafft. Wie Papa sein Hemd auszieht und dich anschreit, du sollst es auf Mamas Wunde pressen.

Dieses klaffende, Blut sprudelnde Loch.

Du erinnerst dich an die rasante Fahrt durchs Dorf und über die Landstraße.

An die Gruppe von wankenden, stolpernden Gestalten auf einem Feld zu eurer Rechten.

An die Straßensperre auf der Landstraße, auf halbem Weg zum Bezirkskrankenhaus. An die panischen Polizisten, die euch mit ihren Waffen bedrohen und denen es scheißegal ist, dass Mama in deinen Armen verblutet.

Du erinnerst dich, wie Papa das Steuer herumreißt und den einzigen Weg nimmt, der euch verbleibt.

Den Weg nach Hause.

Du erinnerst dich, wie die Bäume, die die Straße säumen, an dir vorbeifliegen und die Lichter des Dorfs unten im Tal in der hereinbrechenden Dämmerung funkeln.

Du erinnerst dich an das Quietschen der Reifen, das Schlingern des Wagens, an Papas kreidebleiches Gesicht.

Du erinnerst dich an das plötzliche Auftauchen der Einfahrt zu eurem Grundstück und daran, wie Papa einmal mehr viel zu abrupt das Steuer herumreißt.

Du erinnerst dich an die Fliehkraft, die euch aus der Spur trägt, an Fabios panischen Schrei und an die Bäume, die durch das Fenster auf dich zufliegen.

Du erinnerst dich an die unglaubliche Erschütterung, als euer Wagen gegen den Baumstamm kracht und an das Bersten der Fenster, an das Kreischen des sich verbiegenden Metalls.

Du erinnerst dich daran, wie Mama aus deinen Armen gerissen und nach vorne geschleudert wird.

Du erinnerst dich an die Stille, die folgt.

Und du erinnerst dich, das danach dein Leben, so wie du es kanntest, so wie du es für selbstverständlich gehalten hast, das dieses Leben ein für alle Mal und unwiderruflich vorbei ist.

Du erinnerst dich.

8

Henni erwacht mit dem altbekannten Gefühl im Magen.

Murmelt: „Guten Morgen, Hunger, ich hab nichts für dich. Später vielleicht ein bisschen Obst aus der Dose."

Es klingt fast, als würde ihr Magen gleich noch mal knurren. Als wolle er sagen: *Langsam hab ich die Schnauze voll. Tu endlich was, du Bitch!*

Sie schwingt die Beine aus dem Bett und gähnt.

Tageslicht schimmert schwach hinter dem mit einer Decke verhangenen Fenster.

Henni steht auf und reckt sich, dann zieht sie die Decke zur Seite.

Der Himmel schimmert rosa, die Sonne versteckt sich noch hinter den Bergspitzen.

Reste von Frühnebel schleichen um die Bäume.

Tau auf Blättern und Wiesen.

Vögel zwitschern.

Sie gähnt wieder. Reckt sich wieder. Schält sich aus Unterwäsche und BH. Holt frische Sachen aus dem Schrank und zieht sie an. Dazu eine saubere Jeans und ein T-Shirt. Sie kämmt die Haare nach hinten und macht sich einen Zopf.

Im Flur steckt sie den Kopf durch die Tür von Fabios Zimmer.

Er sitzt auf dem Bett und starrt auf seine nasse Unterhose.

Auf das uringetränkte Bettlaken.

Er hebt den Kopf und blickt sie gequält an.

Sie geht zu ihm und streicht ihm übers Haar. „Ist doch egal. Waschen wir."

Er nickt und verschwindet wortlos aus dem Zimmer. Seit Neuestem ist es ihm peinlich, sich vor Henni auszuziehen.

„Wirf die Unterhose einfach in die Wanne", ruft sie ihm nach.

Er antwortet nicht.

Henni zieht sein nasses Bettlaken ab und checkt die Decke. Die ist zum Glück trocken geblieben.

Sie bringt das Bettzeug ebenfalls in die Wanne. Fabio ist noch im Bad, jetzt splitternackt, und hält sich schnell eine Hand zwischen die Beine, als sie hereinkommt.

„Du meine Güte, ich guck dir schon nichts weg."

Er eilt wieder wortlos an ihr vorbei und zurück in sein Zimmer.

Henni schüttelt seufzend den Kopf.

Später treffen sie sich in der Küche.

Henni hat eine Dose Pfirsiche aus dem Keller geholt. Fabio protestiert nicht. Dazu trinken sie Wasser.

Fabio hat seit dem Aufstehen immer noch kein Wort gesprochen und Henni sucht seinen Blick: „Irgendwann hört es auch wieder auf."

Sein Gesicht verzieht sich gequält. „Weißt du, was das für'n Gefühl ist, jeden Morgen in seiner eigenen Pisse wach zu werden?"

„Es ist doch nicht jeden Morgen."

Aber fast.

Seit Mama und Papa ...

Seit sie ...

Seit ...

„Wir gehen gleich waschen." Sie lächelt ihn an. „Ist ja nicht so, als hätten wir sonst was zu tun."

Einer seiner Mundwinkel zuckt im kläglichen Versuch eines Lächelns.

Zum Glück weiß Henni, dass er spätestens bis heute Mittag die Sache wieder vergessen hat.

Bis zum nächsten Mal.

Sie sammelt alles, was sie waschen wollen, in dem Baumwollsack mit Mickey-Maus-Aufdruck, den Mama ihr letzten Sommer für ihre Wäsche geschenkt hat.

Der letzte Sommer.

Damals geisterten die ersten Meldungen durch die Medien, aber es waren nur Meldungen unter vielen. Wenige Wochen später beschuldigten sich Russland, China und die USA gegenseitig, die Katastrophe ausgelöst zu haben, obwohl keiner dem anderen beweisen konnte, wie genau das geschehen sein sollte. Es spielte auch keine Rolle mehr.

Es war zu spät.

Auch wenn das zu diesem Zeitpunkt noch niemand wusste. Oder wahrhaben wollte.

Mit jedem weiteren Tag häuften sich die Meldungen.

Ein Fest für die religiösen Irren dieser Welt.

Für die sogenannten Fachleute in den Medien.

Geschwätz, Geschwätz und noch mehr Geschwätz.

Mama und Papa versuchten, das Thema in der Familie zu vermeiden, aber abends, wenn sie glaubten, Henni und Fabio würden schlafen, saßen sie aneinander gekuschelt im Wohnzimmer vor der Glotze und flüsterten. „Wenn wir irgendwo sicher sind, dann hier oben", hatte Papa gesagt. Mama hatte nichts erwidert.

Es ist wieder ein strahlender, sonniger Tag, als Henni und Fabio über die Bergwiese hinauf zum See gehen. Insekten summen, Vögel machen Rabatz, ein angenehmer Wind kühlt die Haut.

Henni trägt den Wäschesack und die Axt. Fabio hat den

Bogen quer über den Rücken gehängt und hält in jeder Hand einen leeren Metallkanister.

Sie brauchen eine halbe Stunde bis zum See. Die letzten Meter führen auf einem schmalen Pfad durch ein Fichtenwäldchen. Ihre Schritte auf dem mit Nadeln übersäten Boden sind leise.

Irgendwo knackt ein Ast.

Sie bleiben stehen. Halten den Atem an.

Lauern. Beobachten. Lauschen.

Ein Schatten huscht über den Boden.

Ein Eichhörnchen.

Ausatmen. Weitergehen.

Dann lichten sich die Bäume und da ist der See. Die schroffen Kanten der Berge spiegeln sich in der glatten Wasseroberfläche.

Sie gehen zum Ufer und Henni leert den Wäschebeutel. „Hältst du die Augen offen?"

Fabio nickt. Er setzt sich im Schneidersitz ins Gras, den Bogen quer über den Beinen.

Henni fängt mit Fabios Bettlaken an. Tunkt es ins immer noch eiskalte Wasser und rubbelt den Stoff mit den Händen aneinander.

T-Shirts, Hosen und Unterwäsche folgen.

Irgendwann macht sie eine Pause, um ihre steifen, eisigen Finger in der Sonne aufzuwärmen. Sie sieht zu Fabio, der wieder sein Borussia-Trikot trägt. Seit wie viel Tagen eigentlich? „Willst du das nicht auch mal waschen?"

Er kapiert, was sie meint und schüttelt den Kopf. „Ne. Riecht nicht."

„Glaubst du."

„Ich will's aber nicht waschen."

„Das ist unfair, weißt du. Ich muss den Gestank ertragen."

„Du kannst mich."

„Aber beim nächsten Mal."

Er nickt. „Beim nächsten Mal."

Später, es ist Mittag und die Sonne steht an ihrem höchsten

Punkt, breitet sie mit Fabio die nassen Sachen auf dem Uferrasen aus. Dann legen sie sich nebeneinander ins Gras.

Sie verschränkt die Arme hinter dem Kopf. Sieht zu Fabio.

Er hat einen langen Grashalm ausgerissen und kaut auf ihm herum.

Sie muss an Tom Sawyer und Huckleberry Finn denken.

Die Sonne brennt heiß auf ihrer Haut. Wird einen Sonnenbrand geben. Das passiert hier oben schneller, als man denkt. Weiß sie aus Erfahrung. Scheiß drauf.

„Wie's wohl unten ist?"

Henni atmet durch. Immer dieselbe Frage. „Gefährlich", sagt sie, ohne Fabio anzusehen.

„Ja, aber fragst du dich nicht manchmal, ob's noch andere gibt–"

Ihr Ton ist schärfer als beabsichtigt: „Wir sind allein, Fabio. Damit müssen wir uns abfinden."

Er sieht aus, als wolle er noch etwas sagen, aber tut es nicht. Stattdessen starrt er in den Himmel.

Henni weiß, dass er darauf hofft, ein Flugzeug zu entdecken.

Das letzte haben sie im November gesehen.

Der Himmel bleibt leer.

Später füllen sie die beiden Kanister mit Wasser. Henni sammelt die Wäsche ein. Sie ist noch klamm, aber sie stopft sie trotzdem zurück in den Sack. Sie schlingt sich dessen Schnüre wie einen Rucksack über die Schultern und packt einen der Kanister. Fabio den anderen. Dann machen sie sich auf den Rückweg.

Die Kanister sind schwer und die beiden sind schweißüberströmt, als sie das Haus erreichen.

„Ich häng die Wäsche auf", sagt sie.

„Soll ich helfen?"

„Ne. Passt schon."

Er öffnet die Haustür mit seinem Schlüssel und geht hinein. Schließt die Tür hinter sich, so wie sie es abgesprochen haben.

Henni holt die Wäscheklammern aus dem überdachten

Carport, den Papa selbst gezimmert hat. Dann hängt sie die gewaschenen Klamotten und Bettlaken auf die Leine, die zwischen Carport und Scheune gespannt ist.

Die Haut in ihrem Gesicht spannt. Sonnenbrand. Sie wusste es.

Als sie das letzte Stück Wäsche aufhängt, ist sie nur eine Armlänge von der Scheunenwand entfernt. Sie hält inne. Starrt auf das sonnengebleichte Holz. Sie hört nichts. Sieht keine Bewegungen durch die schmalen Ritzen.

Eine leichte Brise kommt auf und sie hält ihr heißes Gesicht in den kühlenden Luftstrom. Schließt die Augen.

Sie hört die Haustür und dann Schritte.

„Ich hab'n Sonnenbrand", sagt sie. „Du auch?"

Keine Antwort.

Stattdessen das Knarren von Holz.

Sie öffnet die Augen und macht zwei Schritte zurück.

Bemerkt Fabio, der die an die Scheune genagelte Leiter hinaufklettert, hoch zum Heuboden.

Und sieht die Konservendose, die er dicht an seinen Körper gepresst hält. Dann ist er auch schon durch die offene Außentür des Heubodens verschwunden.

Wut, heiß und glühend, steigt in ihr auf wie Lava in einem Vulkan.

Gottverdammter kleiner Pisser!

9
_____

Hennis Wut hat sie bereits die Hälfte der Leiter nach oben getragen, als sie Fabios Stimme hört: „Ich vermisse, dass du mich in den Arm nimmst, Mama."
Die Antwort ist ein Stöhnen von unten aus der Scheune.

Sie stoppt. Tränen steigen ihr in die Augen. Seine Worte rauben ihr die Kraft, und sie muss sich krampfhaft festklammern, um nicht von der Leiter zu rutschen.

„Ich vermiss deine blöden Witze, Papa", sagt Fabio.

Wieder ein Stöhnen als Antwort.

Henni spürt die Tränen heiß über ihr Gesicht laufen.

Gottverdammt!

„Ich versteh ja, ihr wollt raus, aber das kann ich nicht machen. Ihr würdet uns wehtun, das weiß ich", hört sie ihren Bruder sagen, und für einen Moment ist sie bereit, die Sache auf sich ruhen zu lassen und die Leiter wieder hinabzusteigen – aber dann kommen die Worte: „Ich hab euch Pfirsiche mitgebracht."

Die Wut kehrt zurück. Brodelt in ihrem Magen und schnürt ihr die Brust zusammen. Henni nimmt die letzten Sprossen und klettert durch die Luke ins Innere.

Sonne dringt durch die Ritzen im Holz.

Staub tanzt in den Strahlen.

Fliegen surren.

Fabio sitzt am Rand Heubodens, der zwei Drittel der Scheunenfläche bedeckt.

Unten, etwa drei Meter tiefer, liegt die Scheune im Halbdunkel. Der muffige Geruch von Erde, altem Stroh und Holz vermischt mit etwas anderem.

Dem anderen Geruch.

Süßlich.

Beißend.

An der Bewegung seines rechten Arms erkennt Henni, dass Fabio etwas nach unten wirft.

„Kommt schon, die sind lecker–"

„Du blödes Arschloch!"

Er hat Henni nicht kommen gehört, obwohl sie sich nicht die geringste Mühe gegeben hat, leise zu sein, und jetzt reißt sie ihm die offene Konservendose aus der Hand. Die Hälfte des Inhalts ist bereits unten in der Scheune verschwunden und liegt dort unangetastet im Dreck.

„Was soll der Scheiß?! Mann, Kacke, Fabio! Wir sind am Verhungern und du …" Sie schüttelt vor Wut schnaubend den Kopf.

Fabio richtet sich auf. „Sie sind–"

„Nein! Das sind sie nicht!", schreit Henni. „Das sind nicht mehr Mama und Papa, wieso schnallst du das nicht?! Mach die Augen auf: Die verfaulen vor unseren Augen! Wenn sie könnten, würden sie uns fressen!"

Sie will nicht nach unten sehen, aber sie tut es trotzdem.

Da stehen sie.

Mama: In ihrem schmutzigen Trachtenkleid; verfilzte, schulterlange Haare, an manchen Stellen liegt die Kopfhaut frei. Milchige Augen in einem halb verwesten Gesicht. Ein schmutziger Verband mit lange getrocknetem Blut um den Hals. Sie hat die Arme ausgestreckt und die knochigen Hände mit den langen, schmutzigen Nägeln greifen erfolglos ins Leere.

Papa: In zerlumpten, schmutzigen Jeans und einem zerrissenen T-Shirt. Seine linke Wange ist zerfetzt und die obere Zahnreihe liegt frei. Auch er hält stöhnend die Arme nach ihnen ausgestreckt

Die beiden Erwachsenen starren ihre Kinder an, keine Gesichter, nur grässliche, seelenlose Fratzen, die ihre Zähne fletschen.

„Vielleicht gibt's ja doch irgendwann ein Heilmittel–", flüstert Fabio.

Ihr Kopf ruckt wieder zu ihm herum. „Sie sind tot, Fabio! Tote kann man nicht heilen! Das Einzige, was wir für sie tun können ist, sie zu erlösen! Und genau das sollten wir endlich machen! Die Scheißscheune abfackeln!"

Er schüttelt heftig den Kopf. „Nein!"

„Doch! Damit du nicht noch mehr von dem Bisschen, was wir haben, an die beiden verschwendest!"

„Wenn du das tust, hau ich ab!"

Sie atmet tief durch. „Fabio–"

Jetzt schreit er auch: „Ich hau ab, ich schwör's!" Tränen glitzern in seinen Augen, als er an ihr vorbei zur Luke stapft. Er klettert ins Freie und verschwindet die Leiter hinab.

Henni brüllt: „Dann verpiss dich halt, du Bettnässer!" Sie sieht durch die Öffnung, wie er über den Hof zur Haustür eilt: „Ich hab die Schnauze so voll davon, ewig deine Pisse auszuwaschen!"

Er verschwindet im Haus.

Die Tür knallt laut hinter ihm ins Schloss.

Sie steht da. Fühlt sich schwach. So schwach. Als hätte ihr jemand die Luft rausgelassen. Ihre Augen brennen.

Sie sieht wieder nach unten. Da stehen sie immer noch. Die verwesenden Hälse reckend, die Münder aufgerissen, die Pupillen weiß und stumpf, die gekrümmten Klauen nach oben ausgestreckt.

Bevor sie weiß, was sie tut, hat sie die Konserve geworfen.

Sie trifft Papa im Gesicht und er wankt ein paar Schritte nach hinten. Sein Wangenknochen ist eingedrückt. Sieht seltsam aus. Als hätte er eine Delle im Gesicht.

Henni blickt auf die offene Konserve.

Auf den Fruchtsaft, der hinausläuft und den Scheunenboden tränkt.

Die Pfirsiche, die sie hätten essen können, im Schmutz.

Sie taumelt ein Stück nach hinten, ihre Beine geben nach und sie sackt auf die Knie. Die unten können sie nicht mehr sehen und nach einer Weile verstummt das Stöhnen.

Es ist bereits dunkel, als Henni sich aus ihrer Starre löst. Ihr Magen knurrt. Nichts Neues. Sie richtet sich auf. Ihre Gelenke schmerzen. Sie geht zur Luke und klettert hinaus. Hinter ihr stöhnen sie wieder, aber nur leise, und als sie draußen von der Leiter steigt, verstummen sie.

Sie bleibt einen Moment stehen. Sterne funkeln am Himmel. Es ist kalt. Sie fröstelt. Das Haus vor ihr ist ein schwarzer, lebloser Klotz. Sie geht zur Tür. Fabio hat nicht abgeschlossen. Sie drückt die Klinke runter und geht rein. Dreht den Schlüssel im Schloss und vergewissert sich mit einem sanften Rütteln, dass auch wirklich abgeschlossen ist.

Kein Kerzenschein aus der Küche oder dem Wohnzimmer.

Sie zündet die Kerze im Ständer auf der Kommode mit dem Feuerzeug an, das sie immer in der Hosentasche trägt. Wie lange hält eigentlich so ein Feuerzeug? Sie haben mehrere, aber irgendwann werden die alle leer sein. Sicher gibt es irgendwo im Haus auch noch ein paar Streichhölzer, aber was, wenn die auch verbraucht sind?

Fragen. So viele Fragen, die fast genauso Furcht einflößend sind wie das, was da draußen auf zwei Beinen durch die Gegend taumelt.

Henni nimmt den Kerzenständer und steigt die Treppe hinauf.

Oben ist auch alles dunkel.

Sie geht zu seiner offenen Zimmertür.

Er liegt im Bett, das Gesicht zur Wand gedreht.

Sie tritt ein und stellt den Ständer auf seinem Schreibtisch neben den *Avengers*-Figuren ab. *Iron Man* fällt um. Sie stellt ihn wieder auf. Dann pustet sie die Kerze aus. Zieht sich aus und gleitet neben Fabio auf die Matratze.

Kuschelt sich an.

Spürt, wie er atmet.

Weiß, dass er wach ist.

Sie sucht nach Worten, aber er ist schneller: „Ich weiß nicht, warum, aber ich glaub, sie hören mir zu. Manchmal hab ich das Gefühl, sie verstehen, was ich sage."

Sie weiß nicht, was sie darauf erwidern soll.

„Wenn ich mit ihnen rede, fühle ich mich besser, Henni." Er dreht sich um und sieht ihr in die Augen. „Sie waren doch immer für uns da."

Ihr Herz bricht. Wie so oft zuvor. „Tut mir leid. Was ich gesagt hab ..."

Er lächelt. „Ist okay."

Sie küsst seine Stirn und drückt ihn an sich.

Und so schlafen sie ein.

10

Hennis Augen öffnen sich schlagartig.

Kalter Schweiß auf ihrer Haut.

Frösteln.

Der Traum von Mama und Papa, die bis auf die blutigen Münder ganz normal aussehen und am Küchentisch sitzen, auf dem der ausgeweidete Fabio liegt, noch in ihrem Kopf wie ein gerade gestoppter Film.

Im Traum hat Mama sie angelächelt, die Zähne rot verschmiert und gesagt: „Guten Morgen, Süße. Setz dich doch und iss was."

Aber deswegen ist sie nicht erwacht.

Sie sieht zu Fabio.

Seine Augen sind geöffnet. Er hat es auch gehört.

Die beiden sehen sich an.

Ein paar Sekunden, dann ist es wieder da.

Das Rasseln der Steine in einer der leeren Blechdosen.

Lauter als zuvor.

„Bestimmt nur der Wind", sagt Fabio leise.

Aber Henni ist bereits aus dem Bett gesprungen. Sie eilt zum Fenster. Schiebt die Gardine beiseite und späht in die Nacht.

„Siehst du was?"

Sie schüttelt den Kopf.

„Bestimmt nur der Wind", sagt er wieder, als wolle er sich selbst überzeugen.

Vielleicht hat er recht. Vielleicht auch nicht.

Was, wenn es einer von denen ist? Ins Haus kommen sie nicht, da ist sie sich sicher. Auch nicht, wenn es mehrere sind. Am besten ruhig verhalten und abwarten. Wenn sie nichts hören oder sehen, was sie anlockt, dann sind sie vielleicht morgen früh wieder verschwunden. Und wenn nicht? Dann ist es bei Tageslicht einfacher, sich mit dem Problem zu befassen.

Aber der bloße Gedanke, morgen früh mehr als einen oder zwei draußen vorzufinden, lässt Henni das Blut in den Adern gefrieren. Vielleicht kann Fabio sie mit dem Bogen oben vom Balkon erledigen. Sie sind langsam. Und ihre Intelligenz haben sie mit dem Sterben abgegeben.

„Was machen wir?", fragt Fabio.

„Schhht." Sie hat wieder etwas gehört. Waren das Schritte? Nein, so klingen keine Schritte.

Und jetzt – war das Stöhnen?

Nein. Eher ein Schnauben. Sie sieht zu Fabio. Deutet mit dem Finger zur Tür und dann zum Boden.

Er nickt. Schlingt sich den Köcher mit den Pfeilen auf den Rücken. Packt den Bogen.

Sie gehen auf nackten Füßen in den Flur.

Henni holt die Axt aus ihrem Zimmer.

Dann die Treppe hinab.

Sie stoppen vor der Haustür.

Lauschen.

Das Knirschen von–

Doch Schritte?

Sie tauschen einen Blick.

„Wir checken die Fenster", flüstert Henni. „Du Wohnzimmer, ich Küche."

Er nickt.

Sie trennen sich.

Die Fliesen des Küchenbodens kalt unter Hennis Fußsohlen. Sie geht zum Fenster hinter der Spüle. Zieht die Decke beiseite. Die verschlossenen Fensterläden lassen nur einen schmalen Spalt, um hinauszusehen. Sie presst ihr Gesicht an das schmutzige Glas und blickt mit zusammengekniffenen Augen in die Nacht.

Da ist es wieder. Das Geräusch. Diesmal ist sie sicher. Es *sind* Schritte.

Aber sie sieht nichts.

Und dann saust etwas dicht am Fenster vorbei.

Ein Schatten.

Eine Gestalt.

So schnell und so überraschend, dass Henni vor Schreck nach hinten stolpert und gegen den Küchentisch prallt. Sie packt die Axt mit beiden Händen. Ihr Herz wummert in ihrer Brust wie das Trommelsolo eines Rockmusikers. Ihr Atem kommt stoßweise.

Der Schatten, die Gestalt, sie war zu schnell.

Zu schnell für einen von denen.

War das–?

„HENNI!"

Sie wirft sich herum und rennt aus der Küche, streift dabei mit der Schulter schmerzhaft den Türrahmen. Stolpert und stürzt fast über die Schwelle ins Wohnzimmer.

Fabio steht an der Terrassentür. Er hat die dicken Vorhänge ein Stück weggezogen und den Kopf zu ihr gedreht.

„Bist du bescheuert?!", fährt sie ihn an. „Schrei nicht rum! Da war jemand–"

„Guck mal raus."

Sie tritt neben ihn, reibt dabei mit einer Hand die schmerzende Schulter und späht durch die Lücke zwischen den Vorhängen.

Draußen, hinter der Terrasse steht ein Pferd.

Ein gesatteltes Pferd.

Es rupft mit gesenktem Kopf Gras aus der Erde und der Schweif schwingt gelangweilt hin und her.

Daneben am Boden liegt ein prall gefüllter Trekking-Rucksack.

Henni starrt auf das Pferd.

Den Sattel.

Den Rucksack.

Das kann nur eins bedeuten.

Nur eins.

Und dann explodiert die Stille mit dem Geräusch der splitternden Haustür.

11

Als sie in den Flur stürmen, steht die Haustür sperrangelweit auf.

Das Holz im Bereich des Schlosses ist gesplittert, Bruchstücke liegen am Boden herum. Genau wie ein langes, oben und unten gebogenes Stück Eisen. Eine Brechstange.

Frische Nachtluft weht von draußen herein und vertreibt den Muff.

Henni hält die Axt mit angewinkelten Armen.

Fabio steht neben ihr, einen Pfeil auf der gespannten Sehne.

Sie starren durch die offene Tür hinaus in die Dunkelheit. Was sie vom Hof sehen können, ist leer.

Sie tauschen einen Blick. Bewegen sich Schritt für Schritt auf die offene Tür zu. Das Schloss ist halb herausgebrochen. Das war's mit dem Abschließen.

Wer immer die Tür zerstört hat, wo steckt er?

„Bewegt euch nicht! Oder ich schieße!"

Die Stimme ist nicht mal besonders laut, aber für Henni und Fabio, die seit Monaten niemanden mehr sprechen gehört haben, klingt es, als würde jemand ein Megaphon benutzen.

Henni spürt, wie sich ihre Brust zusammenzieht. Wie ihr der

Atem wegbleibt. Kann man mit fünfzehn Jahren einen Herzinfarkt bekommen?

Sie bleiben wie gelähmt stehen.

„Die Axt auf den Boden! Den Bogen auch!"

Henni schielt aus den Augenwinkeln zu Fabio. Dann beugt sie sich vor und lässt die Axt vorsichtig zu Boden gleiten.

Fabio nimmt den Pfeil von der Bogensehne und legt beides hin.

„Seid ihr allein?"

Sie antworten nicht.

„Ob ihr allein seid?!" Lauter. Schärfer.

„Ja", sagt Fabio leise.

Henni schenkt ihm einen bösen Blick.

„Ihr könnt euch umdrehen."

Das tun sie. Ganz langsam.

Im Dunkeln ist der Mann auf der Treppe nur schwer zu erkennen. Aber er hält etwas in den Händen. Etwas, das aussieht wie ein Gewehr.

„Habt ihr Licht?"

„Die Kerze auf der Kommode", sagt Henni.

„Anmachen."

Henni geht zur Kommode und zündet die Kerze mit dem Feuerzeug an. Sieht zurück zur Treppe.

Halblanges, fettig glänzendes Haar. Ein struppiger, ungepflegter Vollbart, hier und da mit Grau durchsetzt. Sonnengegerbte Haut. Ausgelatschte Wanderstiefel, zerschlissene Jeans, ein schmutzig-grauer Hoodie mit Reißverschluss.

Erst jetzt, wo Henni ihn sieht, nimmt sie plötzlich auch seinen Geruch wahr. Wie einer der vielen Obdachlosen, die einem früher in Berlin den Straßenfeger verkaufen wollten.

Um seine Hüften hängt ein Werkzeuggürtel, von dem ein Dachdeckerhammer und eine der großen, schwarzen Maglite-Taschenlampen baumeln.

„Seid ihr wirklich allein?"

„Nein", sagt sie. „Mein Vater steht hinter ihnen."

Der Anflug eines müden Lächelns umspielt seine Mundwinkel.

„Das mit der Tür tut mir leid." Er lässt das Gewehr sinken und setzt sich mit steifen Bewegungen auf die Treppe. Reibt dabei mit schmerzverzerrtem Gesicht seinen Oberschenkel.

„Sie hätten klopfen können", sagt Henni.

Er nickt. „Ja. Aber ich hatte Angst. Wusste ja nicht, was mich hier drin erwartet."

„Warum sind Sie dann nicht draußen geblieben?"

„Weil ich keine Lust mehr hab, im Freien zu schlafen."

„Es gibt andere Häuser."

„Mag sein. Aber ich bin nicht in einem anderen Haus. Wohnt ihr hier?"

„Wonach sieht's denn aus?"

Ihre rotzigen Antworten entlocken ihm ein Lächeln. „Wie lang seid ihr schon allein?"

„Seit Okt–"

Henni schneidet Fabio das Wort ab: „Was wollen Sie?"

„Das hab ich dir schon gesagt. Ein Dach über dem Kopf. Ihr braucht keine Angst vor mir zu haben. Wirklich nicht." Er lächelt. „Ich bin Ralf."

Und natürlich plappert Fabio gleich wieder drauf los: „Ich heiß Fabio. Das ist meine Schwester Henni."

Der Mann richtet sich langsam auf. Er hält das Jagdgewehr am Lauf gefasst und stützt sich drauf ab. Er sieht unglaublich müde aus. „Ich hab Cola. Die echte. Tauschen wir gegen was zu essen?"

12

„Ich hab seit drei Tagen keinen mehr gesehen. Seit ich in den Bergen bin. Hab mich allerdings auch die meiste Zeit querfeldein bewegt. Mehr Cola?"

Fabio streckt die Hand mit dem leeren Glas über den Küchentisch aus und Ralf füllt es mit Cola aus der Anderthalb-Liter-Flasche wieder auf. Er blickt zu Henni.

Sie zögert einen Moment, bevor sie ihm ihr Glas hinhält. Er gießt es bis zum Rand voll.

Sie trinkt. Die Kohlensäure kitzelt in ihrer Kehle. Früher hat sie sich nicht viel aus Cola gemacht, aber jetzt erscheint sie ihr als das Beste, was sie je getrunken hat. Wie flüssige Lebensenergie.

„Die blöde Flasche hätte mich beinah den Kopf gekostet. Dachte, die Tankstelle wäre leer, aber da war einer ohne Beine. Kroch zwischen den Regalen rum. Hab ihn im Halbdunkel erst gesehen, als ich fast drauf stand." Ralf fischt mit schmutzigen Fingern eine Birne aus der offenen Dose und schiebt sie sich in den Mund. Saft läuft in seinen Bart und tropft auf seinen Hoodie.

„Wir haben gestern zwei erledigt", sagt Fabio.

„Mit dem Bogen?", fragt Ralf.

Fabio nickt stolz. Dann zeigt er auf Henni. „Und der Axt. Es waren die ersten, seit der Schnee weg ist."

„Schnee und Kälte haben sie langsamer gemacht, als sie es ohnehin schon sind", sagt Ralf. „Unten auch." Er isst wieder eine Birne. „Wart ihr den ganzen Winter allein hier oben?"

Fabio nickt.

Henni sieht Ralf nur an.

Ein Mensch.

Ein echter Mensch.

Ein Erwachsener.

Das ist gut, oder?

„Wie ist es unten?", fragt Fabio.

Ralf zuckt mit den Schultern. „Sie sind überall. In den Städten am schlimmsten. Weniger auf dem Land. Ich hab ganze Horden gesehen. Hunderte, die durch die Gegend gezogen sind. Aber die meisten stehen einfach nur rum, bis sie was hören. Oder riechen. Oder wie auch immer sie auf uns aufmerksam werden."

„Wo kommen Sie her?", fragt Henni.

„München. Eigentlich Berlin."

„Wir sind auch aus Berlin", sagt Fabio mit Begeisterung in der Stimme. „Ich mein, wir haben da gewohnt, bevor wir hergezogen sind."

„Ich bin aus Schöneberg."

„Charlottenburg", sagt Fabio. „In der Nähe vom Schloss."

„Warum München?", fragt Henni.

„Ich war beruflich da. Hab's nicht wieder zurückgeschafft, als es richtig losging."

„Gibt's andere? So wie uns?", fragt Fabio.

Ralf nickt. „Hier und da. Die Letzten hab ich vor über einem Monat getroffen."

„Warum sind Sie nicht bei denen geblieben?"

„Weil ich nicht wollte." Er isst den letzten Pfirsich, dann trinkt er den Saft aus der Dose und wischt sich mit dem Handrücken über Kinn und Bart. „Die Not schweißt zusammen. Manchmal. Aber leider nicht immer." Er beugt sich vor, um etwas aus dem Trekking-Rucksack zu holen, der neben dem Tisch steht. Dabei stößt er mit dem Oberschenkel gegen die Tischkante. Er verzieht das Gesicht. Grunzt. Reibt seinen Oberschenkel. Und hält inne.

Henni sieht, warum.

Ein kleiner Blutfleck hat sich auf seiner dreckigen Jeans gebildet.

Ralf bemerkt ihren Blick. „Keine Angst. Ich wurde nicht gebissen. War 'ne kaputte Scheibe. Als ich in die Tankstelle geklettert bin. Da hab ich übrigens noch was erbeutet." Er zieht eine bunte Pappröhre aus dem Rucksack.

„Pringles!" Fabios Augen leuchten.

Ralf gibt ihm die Röhre. „Hau rein."

Fabio zieht den Plastikdeckel ab und reißt den silbernen Alu-Verschluss auf.

Ralf beobachtet lächelnd, wie der Junge sich die Chips in den Mund stopft.

Fabio schließt die Augen. „Oah. So geil." Er hält Henni die Dose hin.

Aber sie schüttelt den Kopf. Sie kann nur an das Blut auf Ralfs Bein denken.

Und an Mama und Papa.

Wenn Ralf gebissen wurde, dann muss ihm klar sein, was passiert.

Als könnte er ihre Gedanken lesen, richten sich seine wässrigen, müden Augen auf Henni. „Das hier ist euer Haus. Und das respektiere ich. Wenn ihr wollt, dass ich wieder abhaue, ist das kein Problem. Aber ich frage euch. Von Mensch zu Mensch. Kann ich bei euch übernachten?"

Wieder ist Fabio schneller als Henni: „Natürlich. Wir haben sogar ein Bett für dich."

Ralfs Blick bleibt auf Henni.

Ihre Herz rast. Die Möglichkeit, dass er gebissen wurde, will ihr nicht aus dem Kopf. Sie will „nein" sagen, will ihm anbieten, dass er draußen im Carport schlafen kann, aber stattdessen hört sie ihre eigene Stimme, die „okay" sagt.

Er lächelt. „Danke."

Nachdem sie die Pringles verputzt und die Cola geleert haben, bringt Ralf sein Pferd in den Carport. Er nimmt den Sattel ab und sie stellen dem Tier etwas Wasser in einem Eimer hin. Der Carport hat keine Tür, aber Ralf bindet das Pferd nirgendwo an.

„Hast du keine Angst, dass es wegläuft?", fragt Fabio.

Ralf schüttelt den Kopf. „Der Gaul mag mich. Er weiß, dass ich für ihn sorge."

Als sie über den Hof zurück zum Haus gehen, bemerkt Henni, dass Ralfs Blick die mit der Kette verschlossene Scheunentür streift, aber er stellt keine Fragen. Drinnen bleibt es ruhig.

Zurück im Haus schieben sie die Kommode vor die kaputte Tür.

Ralf bemerkt Hennis vorwurfsvollen Blick. „Ich kann versuchen, das zu reparieren, okay?"

Sie erwidert nichts.

Er folgt ihnen hoch in den ersten Stock. Sie bleiben vor Mama und Papas Schlafzimmer stehen. Henni zögert einen Moment, bevor sie die Klinke hinunterdrückt und die Tür nach innen aufschiebt.

Die Luft, die ihnen entgegenschlägt, ist so abgestanden und muffig wie die unten. Der Kerzenschein ist stark genug, um das getrocknete Blut an der Wand und die zerknüllten, blutigen Laken zu erkennen.

Würgereiz steigt in Henni hoch.

„Wir müssen die Laken für Ralf wechseln", hört sie Fabio hinter sich sagen.

Aber eine unsichtbare Wand hält Henni davon ab, über die Schwelle zu treten.

„Hört mal, ich kann auch unten auf der Couch schlafen."

Henni schüttelt den Kopf. „Die Couch ist unbequem. Wozu haben wir das Bett?" Und damit marschiert sie ins Zimmer, geradewegs darauf zu. Sie stellt den Kerzenständer auf den Nachttisch, auf dem noch die dicke Schmonzette liegt, die Mama zuletzt gelesen hat. Irgendwas mit einer zeitreisenden Krankenschwester und einem sexy Highlander, dem die Krankenschwester gern mal unter den Kilt greift.

Henni reißt hektisch den Bettbezug und das Laken von der Matratze. Sie öffnet das Fenster und wirft den blutbesudelten Stoff einfach hinaus. Sie bleibt vor dem offenen Fenster stehen und saugt die kühle Nachtluft tief in ihre Lungen.

Dann geht sie, ohne zu Ralf und Fabio zu sehen, die noch im Türrahmen stehen, zum Kleiderschrank und holt frisches Bettzeug heraus. Beginnt, das Bett zu beziehen.

Ralf stellt das Jagdgewehr neben der Tür an der Wand ab und macht ein paar Schritte ins Zimmer. „Danke. Ich weiß das wirklich zu schätzen."

Henni knöpft noch den Bettbezug zu, dann ist sie fertig. Ralf steht nur einen Meter von ihr entfernt und der Geruch seiner ungewaschenen Klamotten steigt ihr in die Nase. Sein Blick gleitet durch das Zimmer, bleibt wieder auf den getrockneten Blutflecken an der Wand haften. Sie weiß genau, was er jetzt denkt und für einen Moment sieht es tatsächlich so aus, als würde er nach Mama und Papa fragen.

Aber stattdessen setzt er sich auf das frisch gemachte Bett.

Mit seinen stinkigen Klamotten auf die saubere Wäsche. Henni weiß auch nicht, warum ihr das jetzt durch den Kopf fährt.

Ralf seufzt. Schließt die Augen. Seine Hände krallen sich in die Decke. Ein seliges Lächeln erscheint auf seinem Gesicht und so bleibt er sitzen.

Henni sieht zu Fabio.

Der zuckt mit den Achseln.

„Na dann. Gute Nacht." Henni wartet auf eine Erwiderung, aber sie kommt nicht. Also geht sie zur Tür.

Und hört ihn plötzlich schluchzen.

Sie bleibt stehen.

Fabio sieht an ihr vorbei zu Ralf. Starrt ihn schamlos an.

Henni dreht sich um.

Tränen laufen über Ralfs Wangen und verschwinden in seinem Bart. Sein Oberkörper bebt. Dann beugt er sich vor und fährt sich mit zitternden Händen durchs Gesicht. Richtet sich wieder auf. Atmet tief durch. Sieht Henni und Fabio an. „Keine Angst. Ich bin okay. Sind nur die Nerven."

„Gute Nacht", sagt Henni noch einmal. „Vergiss nicht, die Kerzen auszumachen."

„Gute Nacht." Er lässt sich rücklings aufs Bett fallen und breitet die Arme aus.

Henni blickt auf das Jagdgewehr, das an der Wand neben der Tür lehnt. Sieht noch mal zurück zu Ralf, der regungslos und mit geschlossenen Augen auf dem Bett liegt. Dann packt sie die Waffe, schiebt Fabio aus dem Türrahmen und schließt die Tür hinter sich. Sie fummelt den Schlüssel, den sie vorhin aus der Küchenschublade geholt hat, aus der Hosentasche und schließt die Tür ab.

Fabio runzelt die Stirn. „Was soll das?"

Bevor sie etwas erwidern kann, hören sie Ralfs Stimme aus dem Zimmer: „Schon okay, Leute. Wenn ich ihr wäre, würde ich mir auch nicht trauen. Schlaft gut."

Fabios Blick ist vorwurfsvoll. „Er hat gesagt, er wurde nicht gebissen."

„Und du glaubst ihm?"

„Er hat uns Cola gegeben. Und Pringles." Als wäre das die selbstverständlichste Antwort der Welt.

„Geh schlafen, Fabio."

Er schüttelt er den Kopf, als wäre sie diejenige gewesen, die etwas Absurdes gesagt hat, und dreht sich um. Geht den Flur hinab und verschwindet in seinem Zimmer.

Henni bleibt vor der Tür stehen. Horcht. Sie ist sich nicht sicher, aber irgendwie klingt das, was sie hört, wie Schnarchen. Die Anspannung, die ihren Körper gepackt hält, seit sie erwacht ist, lässt langsam nach.

Sie blickt auf das Jagdgewehr in ihren Händen. Ein glattpolierter brauner Schaft. Ein schwarzes Zielfernrohr. Ein kurzer schwarzer Lauf. Sie hat keine Ahnung, wie man so etwas benutzt. Klar, an die Schulter legen und den Abzug drücken, so viel weiß sie schon. Sie hat ja schließlich Filme gesehen wie jeder andere auch. Aber wäre sie in der Lage, etwas zu treffen?

Das Schnarchen, und ja, es ist wirklich Schnarchen, ist lauter geworden.

Papa musste mal ein paar Tage unten im Wohnzimmer schlafen, weil Mama regelmäßig von seinem Schnarchen wach wurde. „Manchmal würde ich ihn am liebsten mit einem Kissen im Schlaf ersticken", hatte Mama eines Morgens genervt und mit gigantischen Ringen unter den Augen zu Henni gesagt. Doch als Papa dann auf der Wohnzimmercouch übernachtete, wurde Mama immer noch von seinem Schnarchen wach. Nur das es nicht sein Schnarchen war. Es war ihr eigenes. Und Papa durfte zurück ins Schlafzimmer.

Henni lächelt. Dann muss sie gähnen. Aber statt ins Bett zu gehen, rutscht sie mit dem Rücken die Wand hinab, bis sie auf dem Boden sitzt.

Mit dem Jagdgewehr quer über dem Schoß starrt sie auf die Tür.

Heute Nacht wird sie nicht schlafen.

13

D u sitzt mit dem Rücken an die Wand gelehnt.
Einen Arm um Fabios schmalen Körper geschlungen. Er hat seinen Kopf an deiner Brust vergraben.
Seine Tränen tränken dein T-Shirt.

Du streichelst sein Haar.

Du weinst nicht.

Aber deine Augen sind weit aufgerissen und deine Unterlippe zittert.

Durch die offene Tür siehst du Papa mit gesenktem Kopf neben dem Ehebett sitzen. Zu seinen Füßen liegt der offene Erste-Hilfe-Kasten aus dem Auto.

Papa weint, genau wie Fabio.

Er hält Mamas Hand zwischen seine gepresst.

Du kannst ihr Gesicht nicht sehen, nur ihre Fußsohlen, die unter der Decke hervorragen. Aber du weißt, dass ihre Haut bleich und wächsern ist. Du weißt, dass das Bettlaken sich mit ihrem Blut vollgesaugt hat.

Mama hat noch gelebt, als ihr sie durch das geborstene Seitenfenster des SUV gezerrt habt, weil die Tür sich nicht mehr öffnen ließ. Papa hat sie unter den Armen gepackt und ihren schlaffen Körper den Rest der Einfahrt entlang bis zum Haus geschleift, hat dabei immer wieder dasselbe geschrien: „Der Erste-Hilfe-Koffer, Henni! Der Erste-Hilfe-Koffer!"

Du bist zurück ins Auto geklettert und hast den Erste-Hilfe-Koffer unter dem Beifahrersitz hervorgezogen.

Papa zerrte Mama schwitzend und stöhnend die Treppe hoch in den ersten Stock, statt sie unten einfach auf die Couch zu legen.

Du hast neben dem Bett gestanden und zugesehen, wie ihr Blut die Laken tränkte und Papa hektisch mit Bandagen und Wundabdeckungen hantierte. Es sah nicht sehr professionell aus, was Papa da machte. Wie denn auch? Welcher normale Mensch hat denn je in seinem Leben eine dermaßen grässliche Wunde versorgen müssen? Die medizinischen Kenntnisse der meisten Leute reichen doch nicht über das Kleben eines Pflasters hinaus.

Du wolltest Papa helfen, irgendwie, aber er hat dich angeschrien: „Kümmere dich um deinen Bruder."

Du hast zu Fabio gesehen, der im Flur am Boden hockte und einfach nicht aufhören wollte zu weinen.

Du bist zu ihm gegangen und hast dich neben ihn gesetzt.

Irgendwann fing Papa laut an zu schluchzen.

Und da wusstest du, dass Mama tot war.

Wie lange ist das jetzt her?

Zwei Stunden?

Drei?

Vier?

Du hast jedes Zeitgefühl verloren.

Es heißt, die Toten sind gefährlicher als die Lebenden und du weißt, dass ihr bald etwas tun müsst.

Aber dir fehlt die Kraft.

Die Kraft, aufzustehen.

Die Kraft, den Mund zu öffnen und Worte zu formulieren.

Dann richtet Papa sich langsam auf. Er sieht zu euch rüber. Er ist kreidebleich, sein Gesicht eingefallen, die Augen rot und geschwollen. Er wischt mit dem Handrücken Rotze weg, die aus seiner Nase läuft. Seine Hände und sein Hemd sind voll mit Mamas Blut.

Rot. So rot.

„Henni."

Du siehst ihn nur an.

„Wir müssen ..." Seine Stimme bröckelt wie Putz.

Und dann siehst du Mamas Fuß zucken.

Einbildung?

Nein. Er zuckt.

Sie lebt.

Mama lebt.

Nein. Sie lebt nicht.

Sie ...

„Papa–!"

Mama richtet sich im Bett auf, nicht mal besonders schnell, aber sie kriegt Papas linkem Arm zu packen, bevor er weiß, was geschieht. Papa zuckt zusammen und dreht den Kopf. Will Mama seinen Arm entreißen, aber sie krallt beide Hände in sein Fleisch.

Du siehst Mamas Augen. Das funkelnde Grün, das Papa auf ihren Fotos so fasziniert hat, als der Mann im Fotogeschäft ihm vor zwanzig Jahren versehentlich ihre Bilder statt der seinen ausgehändigt hatte. Das Grün, das so hell und fröhlich strahlte, wenn Mama laut über einen von Papas bescheuerten Witzen lachte.

Dieses Grün, es ist verschwunden.

Stattdessen ist da ein milchig weißer Schleier, der sich wie ein Vorhang über ihre Pupillen gelegt hat.

Du siehst Mamas Mund.

Weit aufgerissen.

Und dann siehst du, wie sie ihre Zähne in Papas Unterarm schlägt.

Du schreist.

Fabio schreit.

Papa schreit.

Und er versucht sie abzuschütteln, aber Mama krallt sich an

ihm fest und mit einem Ruck ihres Kopfes reißt sie ihm ein blutiges Stück Fleisch aus dem Arm.

Papas freie Hand kriegt die Nachttischlampe zu fassen, er schwingt sie, schlägt zu, trifft Mamas Schädel. Sie kippt nach hinten, ihre Finger geben seinen Arm frei. Papa taumelt zur Seite. Starrt fassungslos auf das blutige Loch in seinem Arm.

Du starrst auf Mama.

Siehst, wie sie sich wieder aufrichtet.

Wie sie auf dem Stück Fleisch – Papas Fleisch – in ihrem Mund herumkaut, während sein Blut von ihrem Kinn tropft.

Du spürst Schmerzen in deiner Brust. Es sind Fabios Finger, die sich wie Klauen in dein T-Shirt graben und du hörst ihn laut wimmern. Du willst ihn abschütteln, aber er lässt nicht los, also ziehst du ihn einfach mit dir auf die Beine.

Du siehst Mama mit ungelenken Bewegungen aus dem Bett steigen. Siehst, wie sie ihre Arme mit den gekrümmten Fingern nach Papa ausstreckt. Hörst das lang gezogene Stöhnen, das über ihre blutigen Lippen kommt.

Papa starrt sie an, stammelt leise ihren Namen, immer und immer wieder.

Ihre Finger sind nur noch wenige Zentimeter von seinem Gesicht entfernt.

„PAPA!"

Sein Kopf ruckt herum. Er sieht zu dir.

Und dann macht er endlich einen Schritt zur Seite.

Mamas Finger kriegen nur noch Luft zu fassen.

Papa stolpert zur Tür und das Blut aus seinem Arm tropft auf die Dielen, gesellt sich zu dem getrockneten Blut von Mama.

Ihr drei starrt sie an.

Wie sie stöhnend und mit ausgestreckten Armen auf euch zuwankt, so wie einer von den bescheuerten Suffköppen auf dem Oktoberfest.

Dann schlägt Papa die Tür zu.

BAM!

Er tritt zurück, bis er neben euch an der gegenüberliegenden

Wand steht. Du spürst seine Hand auf deiner Schulter. Nicht, um dich zu trösten. Sondern um sich zu stützen.

Ihr blickt auf die Tür.

Hört das dumpfe Geräusch, als Mamas massiger Körper dagegen rammt.

Hört ihre Finger über das Holz kratzen.

Kratz.

Kratz-Kratz-Kratz.

Du wartest darauf, dass die Klinke sich nach unten senkt und Mama die Tür öffnet. Aber es geschieht nicht.

Das Einzige, was bleibt, ist das schabende Geräusch ihrer Finger auf dem Holz.

Kratz.

Kratz-Kratz-Kratz.

Und dann hörst du ihre Stimme:

„Hallo? Schon jemand wach?"

14

Henni öffnet die Augen.

Sie ist im Schlaf zur Seite gerutscht und eine Seite ihres Gesichts liegt auf dem Boden. Ihr rechter Arm ist unter ihrem Oberkörper eingeklemmt und kribbelt wie wahnsinnig. Sie richtet sich auf.

„Henni? Fabio? Seid ihr wach? Hallo?"

Jetzt erst realisiert sie, wo sie ist. Sie steht auf und dabei rutscht das Jagdgewehr mit einem dumpfen Laut zu Boden.

„Henni?"

Sie massiert ihren eingeschlafenen Arm mit der anderen Hand.

Starrt auf die Tür.

„Als es losging, haben sie errechnet, dass die Inkubationszeit etwa sechs Stunden beträgt. Ich würde jetzt nicht mit dir reden, wenn ich gebissen worden wäre."

Sie bückt sich nach dem Jagdgewehr.

Hört ihn hinter der Tür atmen.

Dann fummelt sie den Schlüssel aus ihrer Hose und steckt ihn ins Schloss.

Zögert einen Moment, bevor sie ihn umdreht.

Sieht, wie die Klinke nach unten gedrückt wird.

Und die Tür nach innen aufschwingt.

Ralf lächelt sie an. Sein fettiges Haar steht in alle Richtungen ab. Er reibt mit einer Hand durch seinen struppigen Bart. „Kaffee habt ihr nicht zufällig, oder?"

Henni schüttelt den Kopf. „Der ist schon lange aus." Sie erinnert sich noch genau an den Geschmack der letzten Tasse. Die Filter waren schon vorher verbraucht und sie hatte sich einen aus altem Zeitungspapier gebastelt.

Nach dem Frühstück (Einmachglas mit Pflaumen, Wasser) holt Henni den Erste-Hilfe-Kasten aus dem Schlafzimmer und sieht zu, wie Ralf draußen auf der Bank neben der Haustür die Schnittwunde in seinem Bein desinfiziert und mit Mullbinde umwickelt. Ihm scheint bewusst, dass er nicht gut riecht und er zuckt entschuldigend mit den Schultern. „Gab nicht viele Gelegenheiten zu baden, weißt du."

„Wir gehen manchmal hoch zum See. Da machen wir auch unsere Wäsche." Sie blickt auf seine zerschlissene, dreckstarrende Jeans. „Papas Sachen sind oben im Schrank. Nehmen Sie sich, was Sie wollen. Die Größe müsste passen."

Er lächelt. Berührt seinen Bart. „Rasierzeug?"

„Im Badezimmer. Da steht auch ein Kanister mit Wasser. Zum Waschen."

„Danke." Er steht auf und humpelt ins Haus.

Henni geht rüber zu Fabio, der auf dem Rasen den Dreibeinständer für die Strohzielscheibe aufbaut.

„Und? Was denkst du?"

Er sieht sie fragend an. „Wie, was denk ich?"

„Na, über ihn."

„Wen?"

Manchmal möchte sie ihm echt gern eine knallen. „Über Ralf, du Horst."

Fabio zuckt mit den Schultern. „Er ist nett."

„Ja. Aber–"

„Aber was?"

„Na ja. Glaubst du, wir können … Ich mein, glaubst du, wir können ihm trauen?"

„Warum nicht?"

Ruhig bleiben, Henni, denkt sie. Einfach ruhig bleiben. „Weil wir ihn nicht kennen."

Fabio zuckt wieder mit den Achseln. „Jedenfalls müssen wir keine Angst haben, dass er versucht, uns zu fressen."

Der Punkt geht an Fabio, das muss sie zugeben.

Er packt die am Boden liegende Strohzielscheibe auf den Ständer, dann geht er ein paar Meter nach hinten, wo der Sportbogen im Gras liegt. Er sieht wieder zu Henni. „Wovor hast du Angst? Dass er uns Essen klauen will?"

Sie folgt ihm und schneidet eine Grimasse. „Welches Essen?"

Fabio hebt seinen Bogen auf. „Eben. Und immerhin hat er uns–"

„Cola und Pringles gegeben, jaja."

Er legt einen Pfeil auf die Sehne und visiert die Zielscheibe an.

TSCHAK!

Trifft den innersten Kreis.

Als Ralf eine halbe Stunde später zurückkommt, erkennt Henni ihn zunächst nicht wieder.

Er trägt eine von Papas beigen Kargo-Hosen und ein Jeanshemd. Reibt sich mit einer Hand über das glatte Kinn, als könnte er selbst nicht glauben, dass er rasiert ist. „Wie seh ich aus?"

„Jünger", ruft Fabio von der Wiese, wo er gerade seine Pfeile aus der Zielscheibe zieht.

„Besser", sagt Henni, die die Wäsche von der Leine nimmt und in einem Korb faltet. Sie blickt in Ralfs sonnengebräuntes Gesicht. Ohne Bart kann sie zum ersten Mal realistisch sein Alter schätzen. Etwas jünger als Papa, Ende dreißig oder so.

Ralf betastet mit den Fingern einen kleinen Schnitt mit getrocknetem Blut an der Kinnspitze. „Bin etwas aus der Übung", sagt er mit einem Lächeln.

Ohne Bart ist es ein ziemlich sympathisches Lächeln, findet Henni.

Er sieht, wie sie Fabios Bettlaken von der Leine zieht. „Kann ich dir helfen?"

„Wenn Sie wollen."

„Du musst mich wirklich nicht siezen."

„Okay."

Er kommt zu ihr und beginnt, Kleidung von der Leine zu nehmen und zu falten. Er macht das ziemlich gut. Sehr akkurat, wie Mama.

Ralf bemerkt Hennis Blick. „Hat meine Frau mir beigebracht."

Seine Frau.

Henni braucht nicht zu fragen, wo sie ist.

Sie ist nicht bei ihm, das ist Antwort genug.

Eine Weile arbeiten die beiden schweigend nebeneinander, bis das letzte Handtuch gefaltet ist.

Hinter ihnen stößt Fabio einen kleinen Jubelschrei aus. Sie drehen sich um und sehen, dass Fabio einmal mehr mit einem Pfeil genau in die Mitte der Zielscheibe getroffen hat. Er macht eine Boris-Becker-Faust. „Yeah, ich bin *Green Arrow*, Alter!"

Ralf lächelt. Henni rollt mit den Augen.

Ralf ist beeindruckt. „Dein Bruder ist gut."

„Wir haben versucht zu jagen, aber ..." Sie zuckt mit den Achseln. „Die Tiere wittern uns oder so was. Jedenfalls ist es nicht so einfach, wie es in den Filmen immer ausgesehen hat."

Ralf nickt. Dann geht er rüber zur Haustür, wo sein Jagdgewehr noch immer neben der Bank an der Wand lehnt. Er nimmt das Gewehr in beide Hände und reibt über den Schaft. Sieht wieder zu Henni. „Hiermit wittern sie uns nicht."

15

Sie hat den Geruch von gebratenem Fleisch schon fast vergessen.

Henni blickt fasziniert auf die Fleischstücke, die auf dem Grillrost aus dem Backofen im Kamin brutzeln. Fett tropft zischend in die Flammen.

Dann beißt sie wieder in ihr Fleisch, das auf dem Teller liegt.

Es ist mit Salz, Pfeffer, Piment und Nelken gewürzt, aber es schmeckt trotzdem ...

Seltsam.

Und zäh.

Ungefähr so wie an ihrem vorletzten Weihnachten in Berlin. Da hatte Mama versucht, einen Hasenbraten zu machen. Totale Katastrophe. Die ganze Familie, das schloss Papas Bruder Carsten, seine Frau Bea, Cousine Lara und Oma Rita ein, hatten gute Miene zum bösen Spiel gemacht, aber später hatte Papa zu Mama in der Küche gesagt: „Schatz, das war mit Abstand das grausigste Weihnachtsessen, dass ich jemals hatte." Mama hatte ihm lächelnd auf den Arm geboxt. Und dann die Reste des Bratens – was nicht wenig war – in den Müll geworfen. Am ersten Weihnachtsfeiertag hatten sie dann was beim Asiaten bestellt.

Aber so ist das mit Wild, mehr Muskeln und Bindegewebe, weniger Fett. Das schmeckt halt anders als so ein Rindvieh oder Schwein, das die meiste Zeit seines Lebens nur dumm rumsteht und gemästet wird.

Ralf, der auf dem Drehhocker vor Mamas Klavier sitzt, scheint ihre Gedanken gelesen zu haben. Er lächelt: „So'n echtes Gulasch nach Hausmannart ist natürlich was anderes."

„Hauptsache Fleisch", sagt sie.

„Ich find, es schmeckt geil", sagt Fabio und holt sich mit der Gabel noch ein Stück vom Rost.

Es war tatsächlich so einfach gewesen, wie Ralf gesagt hatte. Sie gingen zur selben Stelle, an der sie zwei Tage zuvor erfolglos ihr Glück mit Fabios Bogen versucht hatten. Die Sonne stand tief und die Unterseiten der wenigen Wolken schimmerten rötlich, als sie am Waldrand lagen und warteten.

Dann kamen die Rehe. Zwei Stück. Ralf ließ sie eine ganze Weile gewähren und sie stöberten arglos mit ihren Schnauzen im Gras. Henni wurde bereits nervös, die konnten doch jeden Moment wieder im Wald verschwinden, aber sie hielt den Mund. Sie wollte Ralf auf keinen Fall nervös machen oder, noch schlimmer, die Rehe aufschrecken.

Dann endlich zog Ralf das Jagdgewehr an die Schulter. Langsam und lautlos. Er presste sein Auge ans Zielfernrohr.

Wieder ein paar Sekunden, die Henni wie eine Ewigkeit erschienen, bevor–

BLAM!

Der Schuss war ohrenbetäubend laut, das Lauteste, was sie seit letztem Oktober gehört hatte, und das Geräusch ging ihr durch Mark und Bein.

Eins der Tiere zuckte, das andere verschwand mit schnellen Sprüngen im Wald.

Henni starrte auf das Reh, das noch versuchte, ein paar Schritte zu machen, aber dann knickten die Vorderbeine ein und Sekunden später sackte der ganze Körper ins Gras.

Als sie die Wiese überquerten, war das Tier bereits tot.

Die ersten Sterne funkelten am kobaltblauen Abendhimmel, als sie den Kadaver endlich bis zurück vors Haus geschleift hatten. Henni gab Ralf eins der beiden großen, extrem scharfen Küchenmesser und sie sahen zu, wie er sich breitbeinig über dem toten Tier aufstellte. Dann rammte er die Klinge in Höhe des Afters in den Körper. Und schnitt ihn, Stück für Stück, der Länge nach auf. Der Gestank, der nach oben stieg, als Ralf begann, die blutigen Innereien herauszurupfen, brachte Henni zum Würgen.

Ralf hob den Kopf und wischte sich mit einer Hand den Schweiß aus dem Gesicht. Er lächelte Henni und Fabio an. „Was man nicht alles lernt, wenn man muss, hm?"

Henni erwiderte nichts, sondern starrte nur auf die grellrote Spur aus Tierblut, die seine Hand auf seiner Wange hinterlassen hatte.

Jetzt stellt Ralf seinen Teller aufs Klavier und wischt sich den Mund mit den Weihnachtsservietten ab, die Henni aus der Anrichte geholt hat. Seine Finger streichen über die Tastatur des Klaviers, das Mama zu ihrem dreizehnten Geburtstag geschenkt bekommen hatte, als Oma und Opa noch glaubten, ihrer Tochter stände eine große Karriere als Konzertpianistin bevor. Aber mit dem Erscheinen von Partys, Jungs und Zigaretten in ihrem Leben verlor Mama das Interesse an der Musik, was Opa bis zu seinem Tod zu jährlichen Tiraden über das mit Klavierstunden verschwendete Geld veranlasste. Aber das Klavier hatte Mama nie verkauft und manchmal, wenn Henni und Fabio sie anbettelten, ließ sie sich dazu hinreißen, ein Stück zu spielen.

Ralfs Blick fällt auf die aufgeschlagene Seite eines Notenhefts.

Er spielt eine Note.

Dann noch eine.

Eine mehr.

Eine Melodie.

Erst unbeholfen.

Dann flüssiger.

Henni kennt die Musik gut.

Sehr gut.

Debussys „*Clair De Lune*".

Sie starrt Ralf an.

Er blickt ins Leere, der Anflug eines Lächelns kräuselt seine Lippen, während seine Finger sanft, ganz sanft über die Tasten gleiten.

Genauso hat Mama ausgesehen, wenn sie gespielt hat.

Glücklich.

Aus den Augenwinkeln sieht Henni Fabio zum Kamin gehen.

Ralf hört auf zu spielen. Er dreht den Kopf und bemerkt, dass Henni ihn anstarrt.

„Entschuldige, ich hab nicht gefragt–"

„Das war Mamas Lieblingsstück."

„Meine Frau hat gespielt. Sie hat mir ein bisschen beigebracht. Kannst du–?"

Sie schüttelt den Kopf. „Nein."

Ralf sieht sie einen Moment an. Und dann stellt er die Frage, auf die sie die ganze Zeit gewartet hat. „Was ist mit euren Eltern?"

Sie dreht den Kopf zu Fabio.

Und stellt fest, dass er nicht mehr im Zimmer ist.

Im selben Moment hört sie, wie die Kommode vor der Haustür zur Seite geschoben wird.

Henni blickt zum Grillrost.

Es ist leer. Das letzte Stück Fleisch verschwunden.

Sie spürt, wie ihr das Blut ins Gesicht steigt und sie springt auf.

„Henni–"

Sie ignoriert Ralf und rennt in den Flur. Die Kommode steht nicht mehr vor der Haustür. Sie reißt die Tür auf und da erkennt sie ihn im hellen Licht des Vollmonds.

Er ist bereits auf halbem Weg zur Scheune und hält einen Teller mit dem Rehfleisch in der Hand.

Sie rennt los und holt ihn ein. Schlägt ihm den Teller aus der Hand. Das Fleisch landet im Dreck. Sie stößt ihm beide Handflächen vor die Brust und er strauchelt. Landet auf dem Hintern. „Du blöde Sau!", schreit sie und tritt nach ihm.

„Henni!"

Sie dreht sich um und sieht Ralf aus dem Haus treten.

Er blickt die beiden verwirrt an. „Leute, was ist denn los?"

Henni rennt zurück und drängt sich an Ralf vorbei durch die Tür.

Das Jagdgewehr lehnt an der Kommode im Flur.

Sie packt es und läuft wieder ins Freie.

Ralf hat sich nach dem Teller gebückt und die Fleischstücke aufgesammelt.

Fabio sitzt noch immer am Boden und seine Augen weiten sich, als er das Gewehr in Hennis Hand bemerkt.

Sie stürmt zur Leiter. Das Gewehr in der Rechten, packt sie mit der Linken die Sprossen und klettert hinauf. Duckt sich durch die Tür des Heubodens.

Hört Fabio unter sich schreien: „NEIN!"

Sie tritt an den Rand des Heubodens.

Mama und Papa – nein, das sind nicht Mama und Papa! – haben sie gehört und schlurfen in Sicht. Stöhnen und strecken die Klauen nach ihr aus.

Henni presst das Jagdgewehr an ihre Schulter. Legt den Finger auf den Abzug.

Zielt auf Mamas Kopf.

Aus dieser Entfernung kann sie nicht verfehlen, oder?

Einfach abdrücken.

Einmal, zweimal.

Damit es endlich vorbei ist.

„Henni! Bitte nicht!" Sie hört Fabio hinter sich auf den Heuboden kriechen. „Bitte nicht!"

Na los!

Komm schon, Henni!

Drück ab!

Sie spürt den Widerstand des Abzugs an ihrem Zeigefinger.

Sie erinnert sich, dass es so etwas wie einen Rückstoß gibt, und spreizt die Beine ein Stück, um besseren Stand zu haben.

„Henni …"

Sie braucht Fabio nicht zu sehen, um zu wissen, dass er weint.

„Was soll der Scheiß?!" Schwere Schritte auf dem Holzboden.

Mama und Papa stöhnen noch agitierter.

Dann steht Ralf neben ihr. Er starrt hinab in die Scheune.

Sie sind im hellen Mondlicht, das durch die Ritzen in den Wänden fällt, gut zu erkennen.

Ralf atmet laut ein und aus. Er sieht zu Henni und eins seiner Augenlider zuckt nervös.

Henni schwenkt den Lauf des Gewehrs von Mamas Kopf zu Papas Kopf und wieder zurück. Sie versucht die Waffe ruhig zu halten, aber es will ihr einfach nicht gelingen. Ihr ganzer Körper zittert. Sie beißt sich so fest auf die Lippen, dass sie spürt, wie sie zu bluten beginnen. Sie wartet darauf, dass Ralf etwas sagt, aber es hat ihm die Sprache verschlagen. Sie hört Fabio leise weinen. Schmeckt das Blut ihrer aufgebissenen Lippen im Mund.

Und dann lässt sie das Gewehr sinken.

Sie sieht zu Ralf, dem die Fassungslosigkeit ins Gesicht geschrieben steht. Sie streckt die Arme mit dem Gewehr aus. Er nimmt ihr die Waffe wortlos aus den Händen.

Dann wendet sie sich ab und geht an Fabio vorbei, ohne ihn anzusehen.

Klettert die Leiter hinab.

Als sie den Hof überquert und zurück zum Haus geht, hofft sie, dass Ralf tut, wozu sie nicht in der Lage war.

Sie hofft, zwei Schüsse zu hören.

Aber es bleibt still.

16

"*Wissenschaftler sind inzwischen überzeugt, dass das Gehirn der Verstorbenen von einem Virus befallen ist, der ihre Körper reanimiert.*"

Du stehst in der Wohnzimmertür und siehst zu Papa.

Er wartet am Fuß der Treppe, seine Finger umklammern die Axt mit dem langen Griff. Er ist kreidebleich, so unglaublich kreidebleich, als wäre bereits alles Blut aus seinem Körper geflossen. Schweiß perlt von seiner Stirn.

Blut. Es hat die Schichten Mullbinde, die Papa sich um die Bisswunde in seinem Arm gewickelt hat, längst durchdrungen.

Ein Poltern. Als ob oben im Flur etwas umkippt. Vielleicht das kleine Tischchen, auf dem Mama so gerne Blumen platziert hat.

Dann hörst du ihre schleppenden Schritte.

Papa dreht den Kopf in deine Richtung. Eure Blicke treffen sich. Er sieht so unglaublich schwach aus. Als könnten seine Beine jeden Moment nachgeben. Du siehst den Schweiß von seiner Nasenspitze tropfen. Es ist das Fieber. Sein Körper glüht. So wie Mamas, bevor sie ...

"*Bisher ist es nicht gelungen, den Virus zu identifizieren, aber in Seuchenzentren auf der ganzen Welt arbeitet man fieberhaft daran.*"

Du spürst Fabio, der hinter dir steht und sich an dich klammert.

„Unbestätigten Berichten zufolge hat es in China und Russland Massenerschießungen von Infizierten gegeben. Amnesty International und andere Menschenrechtsorganisationen protestieren–"

Ihre Schritte sind lauter geworden.

Papa hebt den Kopf und du folgst seinem Blick.

Mama ist am Treppenabsatz erschienen. Ihr Mund noch von Papas Blut verschmiert. Die grausige Bisswunde an ihrem Hals von Papas amateurhafter Bandage nur halb verdeckt. Die Augen milchig-weiß.

Als sie Papa unten entdeckt, kommt ein lang gezogener Laut über Mamas blutige Lippen und sie streckt die Arme aus.

Ein Wimmern verlässt Papas Kehle und er beginnt zu weinen.

Fabio vergräbt sein Gesicht an deinem Rücken und seine Finger krallen sich in deine Seite.

Mama macht einen Schritt nach vorn. Für einen Augenblick sieht es aus, als würde sie stürzen, so ungelenk und unkoordiniert sind ihre Bewegungen. Aber ihr massiger Körper behält das Gleichgewicht. Sie macht einen weiteren Schritt. Und noch einen. So kommt sie Stufe um Stufe die Treppe herab. Langsam, aber zielstrebig, die Arme nach vorne ausgestreckt.

Papa hebt die Axt über den Kopf. Sie ist nicht besonders schwer, aber es macht den Eindruck, als müsste er ein mit Steinen gefülltes Fass stemmen. Seine dünnen Arme zittern.

„Die Bundeskanzlerin hat in einer vor zwei Stunden veröffentlichen Erklärung die Information bestätigt, dass die reanimierten Infizierten nur durch die Zerstörung des befallenen Gehirns gestoppt werden können. Polizei und Bundeswehr–"

Du hörst den Fernseher nicht mehr.

Du fühlst dich, als hätte dir jemand Watte über den Kopf gestülpt.

Nur deine Sicht bleibt klar.

Mama ist zu zwei Dritteln die Treppe hinab. Ihr Mund ist

weit geöffnet und sie bleckt die Zähne wie Ares, der aggressive Schäferhund eurer alten Nachbarn in Berlin.

Papa macht einen Schritt nach hinten.

Und lässt die Axt wieder sinken.

Sein tränennasses Gesicht dreht sich in deine Richtung.

Und du weißt, er kann es nicht.

Er *will* es nicht.

„Papa–"

„Raus mit euch."

„Aber–"

„Raus!"

Du greifst Fabios Arm und ziehst ihn hinter dir her. Er hat wieder angefangen zu schluchzen. Mamas Stöhnen wird noch lauter, als sie euch entdeckt.

Du erreichst die Haustür und reißt sie auf. Schiebst deinen Bruder hinaus.

Der Himmel ist wolkenverhangen, es ist kalt, dein Atem tanzt in der Luft und Nieselregen sprenkelt deine Haut.

Was hat Papa vor?

Du drehst dich um.

Papa ist euch gefolgt und hat dafür gesorgt, dass die Haustür nicht hinter ihm ins Schloss fällt.

Mama kommt durch die Tür, stößt mit den Schultern gegen den Türrahmen und strauchelt auf den beiden Stufen vor der Tür. Sie stürzt wieder nicht, aber taumelt ein paar Schritte zur Seite, bevor sie sich fängt. Dann dreht sie sich in Papas Richtung.

„Komm zu mir, Schatz. Komm zu mir", sagt Papa mit sanfter Stimme und winkt mit der Axt.

Das tut sie. Schleppt sich auf ihn zu.

Er redet weiter: „So ist's gut. Komm zu mir. Ja. Komm zu mir."

Du und Fabio, ihr steht nur wenige Meter entfernt und Mamas Augen finden euch. Sie stoppt für einen Moment, unschlüssig, wem sie ihre Aufmerksamkeit schenken soll.

Papa streckt die Arme aus und stößt sie mit der Axt an. „Hier, Schatz! Hier!"

Ihr Kopf ruckt herum.

Du hörst ihren Kiefer knacken, als sie den Mund aufreißt und nach ihm schnappt. Du hörst ihre Zähne aufeinander schlagen.

Papa bewegt sich rückwärts, bis er gegen die Scheunentür stößt.

Mama stolpert auf ihn zu, ein bisschen schneller als zuvor.

Papa zerrt die Scheunentür mit einer Hand auf. Stellt sich in die Öffnung. „Komm zur mir, Schatz."

Mama hat euch vergessen. Sie wankt stöhnend auf Papa zu und er weicht nach hinten in die Scheune zurück.

Er verschwindet aus eurer Sicht.

Dann Mama.

Du hörst die Schritte der beiden in der Scheune, während du im Regen stehst und Fabio an dich gedrückt hältst.

Dann taumelt Papa wieder aus der Scheunentür. Schlägt sie zu. Die Kette und das Schloss hat er schon vor Monaten gekauft, obwohl es in der Scheune nichts gibt, was man hätte klauen können und man hier oben nicht mal seine Haustür abschließen muss, weil Diebstahl so gut wie nicht existiert. Jetzt zieht er die Kette mehrfach durch die Eisengriffe der beiden Türflügel und verriegelt sie mit dem Schloss. Das Holz vibriert, als Mama von drinnen dagegen stößt.

Da ist es wieder, das Kratzen ihrer Finger auf der Tür.

Kratz.

Kratz-Kratz-Kratz.

Papa sackt auf die Knie, die Axt gleitet aus seinen Fingern.

Ihr lauft zu ihm. Er nimmt euch in die Arme. Sein Körper fühlt sich an wie ein Heizkissen.

So hockt ihr eine Weile im stärker werdenden Regen.

Das Kratzen von Mamas Fingern verstummt. Ihr Stöhnen auch.

Irgendwann, dein T-Shirt ist inzwischen vom Regen komplett durchnässt, versucht Papa, sich aufzurichten. Er schafft es kaum und ihr packt von beiden Seiten seine Arme. Als er endlich steht, blickt Papa zur Leiter, die auf den Dachboden führt. „Helft mir hoch."

Fabio klettert zuerst hinauf. Dann Papa. Du bildest den Schluss und schiebst. Auf der Hälfte verlassen ihn die Kräfte und er rutscht ab. Ein Fuß quetscht deine Finger auf der Sprosse, der andere trifft dich hart im Gesicht.

Der Schmerz macht dich wütend und du drückst ihn grob nach oben. Als er die letzten Sprossen erreicht, streckt Fabio von drinnen seine Hände nach ihm aus, kriegt ihn zu fassen und zieht ihn hoch.

Papa kriecht auf allen vieren an den Rand des Heubodens. Unten schlurft und stöhnt Mama. Papa sackt auf dem Stroh zusammen und rollt sich auf den Rücken.

Ihr kniet euch neben ihn.

Er sucht deinen Blick. „Henni. Wenn ich … du musst …"

„Ich weiß, Papa."

„Was?", wimmert Fabio. „*Was* weißt du, Henni?"

„Es ist okay, Fabio", sagt Papa und streckt eine Hand aus. Streichelt mit den Fingern über seine Wange. Der Versuch zu lächeln verwandelt sein eingefallenes Gesicht in eine Fratze.

Draußen verwandelt sich ein dunkler Tag in eine dunkle Nacht.

Der Regen trommelt auf das Dach der Scheune. Hier und da tropft es durch die Ritzen. Der Geruch von nassem Holz und aufgeweichtem Stroh erfüllt die Luft.

Du hockst noch immer neben Papa. Du bist durchgefroren und zitterst. Papa rührt sich nicht, aber du siehst, wie sich sein Brustkorb hebt und senkt.

Fabio liegt zusammengerollt wie ein Embryo auf den Holzbohlen. Er schläft, aber hin und wieder zuckt sein Körper und er murmelt unverständliche Worte.

Deine Augen fallen zu.

Aber du darfst nicht schlafen.

Du musst bereit sein.

Deine Augen fallen zu.

Nein. Nicht schlafen.

Deine Augen fallen zu.

Bereit sein.

Nicht schlafen.

Deine Augen fallen zu.

Bleiben zu.

Du erwachst, weil sein Arm gegen dein Knie stößt. Du hörst den Regen. Deine Augenlider flattern. Öffnen sich.

Wo bist du?

Ach ja. Der Heuboden.

Du zwinkerst. Kannst kaum etwas erkennen. Es ist so dunkel hier drinnen. „Fabio?" Keine Antwort. Du machst seinen Körper als dunkle Form am Boden aus. Er scheint noch immer zu schlafen.

Wieder stößt Papas Arm gegen dein Knie.

Du beugst dich über ihn.

Berührst mit einer Hand seine Stirn.

Sie ist kalt.

Eiskalt.

Das Fieber ist weg.

Das Fieber–

Er öffnet die Augen.

Sie waren blau. Jetzt sehen sie aus wie die von Mama.

Milchig-weiß.

Panik schießt durch deinen Körper.

Papa stöhnt.

Deine Arme schießen vor. Du krallst eine Hand in seine Schulter, die andere in seine Hüfte.

Und schiebst.

Er ist leicht.

Und die Todesangst verleiht dir Kraft.

Du beförderst ihn über den Rand des Heubodens, bevor er nach dir greifen kann.

Sein Körper dreht sich einmal in der Luft, dann schlägt er mit einem dumpfen Laut unten auf.

Hinter dir rührt sich Fabio. „Henni?"

Du erwiderst nichts. Blinzelst runter in die Scheune, wo sich die Umrisse von Mamas Gestalt in der Dunkelheit bewegen. Sie schlurft stöhnend und mit ausgestreckten Armen auf Papas Körper zu, der mit dem Gesicht nach unten auf dem Boden liegt.

Dann bleibt sie abrupt stehen. Lässt die Arme sinken.

Fabio kommt auf Knien neben dir an den Rand des Heubodens gerutscht. Er folgt deinem Blick nach unten, wo Papa sich gerade aufrichtet.

Plötzlich erhellt ein Blitz die Nacht.

Das gleißende Licht fährt durch die Ritzen im Holz und ihr seht sie.

Wieder vereint.

Wie sie aus ihren verschleierten Augen zu euch heraufstarren, die Lippen zurückgezogen, die Zähne gefletscht, die Arme mit zu Klauen gekrümmten Fingern nach euch ausgestreckt.

Mama und Papa.

Deren entsetzliches Stöhnen vom ohrenbetäubenden, von den Bergen tausendfach verstärkten Knall des Donners wenigstens für ein paar barmherzige Sekunden erstickt wird.

17

„Ich hab Papa gehasst, als er uns aus Berlin hierher geschleppt hat. Ich musste alle meine Freunde aufgeben. Bloß weil er meinte, er könnte in der beschissenen Pampa besser schreiben."

Ralf zieht ein Buch aus dem Regal. „War er Schriftsteller?"

Sie nickt. „Krimis. Die letzten beiden waren sogar richtig erfolgreich. Das da kam letzten Sommer raus. War auf Platz zwei der Spiegel-Bestsellerliste, als es ... als es losging."

Ralf blickt auf Papas Foto auf der Rückseite des Buchumschlags: Papa, lächelnd, mit den Bergen im Hintergrund. Das Bild hat Henni mit ihrem Smartphone von ihm gemacht und mit einer Foto-App gepimpt. Papa war vom Ergebnis so beeindruckt gewesen, dass ihr Foto das des professionellen Fotografen ersetzte, das seine vorherigen Bücher geziert hatte.

„Dein Vater hat euch wahrscheinlich das Leben gerettet. Wenn ihr nicht in die *beschissene Pampa* gezogen wärt ..." Er zuckt mit den Schultern. „In den Großstädten war's am schlimmsten. Da ist kaum einer rausgekommen."

„Du ja."

„Ich hatte Glück." Er starrt für einen Moment auf den Boden. „Wenn man's denn Glück nennen will."

Henni wartet, dass er weiterspricht, aber er scheint in Gedanken verloren. Schließlich räuspert sie sich. „Als Mama und Papa in der Scheune waren ... Wir haben jeden Tag drauf gewartet, dass die im Fernsehen oder Internet melden, dass die Situation wieder unter Kontrolle ist. Stattdessen hörten sie einer nach dem anderen auf, zu senden. Und dann war der Strom weg."

Ralf erwidert nichts. Er steht noch immer bewegungslos da, Papas Buch in der Hand, den Blick zu Boden gerichtet.

„Du bist der erste ... Mensch, den wir seitdem gesehen haben."

Ralf hebt den Kopf. Er hat Tränen in den Augen. Er atmet tief ein und aus. Versucht sich an einem Lächeln. „Bin mir nicht sicher, ob ich wie ein Mensch ausgesehen hab. Oder gerochen."

Henni erwidert sein Lächeln. „Schätze, mit der Körperhygiene ist es da draußen nicht so leicht. Ich mein, ist ja hier schon schwierig genug. Nicht, dass es Fabio stört. Der hat sich schon vorher nicht regelmäßig gewaschen."

Ralf grinst. „So sind sie, die Jungs. Ändert sich erst wieder, wenn die Mädchen interessant werden."

Sie schüttelt den Kopf. „Jungs sind solche Spacken."

Er lacht. „Hast du keinen Freund?"

Sie erstarrt.

Ralf seufzt. „Tut mir leid. Ich meinte ... ich wollte nicht ..."

Sie schüttelt den Kopf. „Ich hatte keinen Freund. Ich mein, es gab einen, den fand ich gut, aber ..." Henni sieht ihn vor sich: Arian Dannenberg. Das dunkle Haar, die braunen Augen. Der athletische Körper. Das breite Lachen. Er war immer nett zu ihr. Aber wie heißt es so schön: nett ist der kleine Bruder von scheiße. Sie hatte zwei Nächte lang durchgeheult, als sie Arian auf der Klassenfahrt zum Gardasee beim Knutschen mit Anna-Maria Brettschneider, der blöden Ziege, gesehen hatte und die beiden danach ein Paar waren.

„Vielleicht ist er ja irgendwo da draußen", sagt Ralf und tritt vor den Drehstuhl, auf dem Henni mit angezogenen Beinen sitzt. „So wie ihr."

Henni weiß, dass er seinen Ausrutscher wieder gutmachen

will, aber sie spürt, wie sich die Dunkelheit in ihrem Kopf ausbreitet; eine schwarze Wolke, die sich nicht stoppen lässt. „Glaub ich nicht."

Er geht vor in die Knie. „Warum? Euch geht's doch auch gut."

„Tut es das?"

„Ihr lebt."

„Du hast es gerade doch selbst gesagt. Ist das Glück? Oder eher Pech?"

„Natürlich ist das Glück. Das Leben ist das Einzige, was wir haben. Ich hab auch Menschen verloren, Henni. Vielleicht sogar alle, die ich kannte. Aber jeden Morgen, wenn ich wach werde und den Himmel sehe und die Wolken, dann bin ich glücklich, dass ich lebe, ganz egal, wie kaputt wie die Welt um mich herum ist."

„Ich wollte Mama und Papa längst … erlösen. Aber Fabio …" Sie schüttelt den Kopf. „Der Idiot glaubt ernsthaft, dass irgendwann jemand aufkreuzt und sagt: *He, Leute. Alles wieder im Lot. Ach, und guckt mal hier, ein Heilmittel.*"

„Dein Bruder hat Hoffnung. Das ist gut. Ohne Hoffnung wär alles sinnlos."

„Glaubst *du* an ein Heilmittel?"

Er schüttelt den Kopf. „Nein, kein Heilmittel. Tote kann man nicht wieder zum Leben erwecken." Er stößt ein heiseres Lachen aus. „Ich weiß, wie paradox das klingt. Aber ich glaube, dass wir das Ruder irgendwann wieder rumreißen. Hat die Menschheit immer geschafft. Was meinst du, wie sich die Menschen in den Zeiten der Pest gefühlt haben? Oder während der Weltkriege."

„Ich glaube, so schlimm wie jetzt war es noch nie."

„Kann sein, dass du recht hast." Er legt eine Hand auf ihr Knie. „Aber es wird wieder gut, Henni. Irgendwie. Irgendwann. Du darfst nur nicht aufhören, dran zu glauben."

Sie spürt seine Hand auf ihrem Knie.

Warm und …

Angenehm. Beruhigend.

Da ist noch etwas. Ein Gefühl, dass sie lange nicht hatte.

Ein Gefühl von ... Sicherheit.

Sie haben sich monatelang allein hier oben durchgeschlagen. Natürlich hat Fabio seinen Teil dazu beigetragen, aber Henni hatte immer das Gefühl, als „große Schwester" laste die ganze Verantwortung für ihr tägliches Überleben nur auf ihr. Jetzt, mit Ralf, mit einem Erwachsenem im Haus fühlt es sich plötzlich an, als sei diese Last leichter geworden.

Henni spürt, wie sich die schwarze Wolke, die sich in ihrem Kopf ausgebreitet hat, langsam wieder lichtet.

Und dann hört sie eine Stimme, die sagt: „Ich bin froh, dass du da bist."

Ihre Stimme.

Ralf lächelt. „Ich auch, Henni. Ich auch."

18

„Falafel vom Ägypter um die Ecke", sagt Ralf.

„Hier gab's nur Döner. Und der schmeckte scheiße." Tatsache ist, dass Henni nach ihrem ersten Döner unten im Dorf zwei Tage lang kotzen musste. Einen Monat später wechselte der Besitzer, aber Henni hat trotzdem nie wieder irgendetwas bei denen gegessen.

„Coffee to go."

„Skateboarden", sagt Fabio.

Henni schnauft spöttisch. „Seid wann kannst du skateboarden?"

„Seit ich acht bin."

„Ich hab dich immer nur hinfallen sehen."

„Ich hab ja nicht behauptet, dass ich Profi bin." Er zeigt Henni den Mittelfinger und sie kneift ihm grinsend ein Auge zu.

„Mit Ersen über schlechte Witze lachen."

Sie sieht zu Ralf. „Wer ist Ersen?"

„Der Barista von meinem Lieblings-Café."

„*Star Wars.*"

„Ich hab den ersten Film damals im Kino gesehen", sagt Ralf. „Als er raus kam."

Fabios Augen leuchten „Ehrlich?"

„Yup. Ich war zehn. Meine Mutter hat mich am Tag, an dem er anlief, zum Kino gebracht und ich bin allein reingegangen. Weil ich nicht warten wollte, bis einer von meinen Freunden Zeit hatte. Danach bin ich mit dem Bus nach Haus gefahren, hab mich mit Papier und Stiften an den Wohnzimmertisch gesetzt und gemalt. Schlachten zwischen Sturmtruppen und Rebellen. Ein Bild nach dem anderen. Bis meine Eltern nach Hause kamen."

Henni vermutet, dass es nichts gibt, was Ralf in Fabios Augen zu einem größeren Helden machen könnte als das, was er gerade erzählt hat.

Fabio lässt ein imaginäres Laserschwert durch die Luft zischen. „So'n paar Jedi-Ritter könnte die Welt jetzt gut gebrauchen. Die würden aufräumen."

Ralfs Blick streift den Fernseher. „Sonntags Tatort gucken."

Henni kann es nicht fassen. „Tatort? Ernsthaft? Hab ich Depressionen von gekriegt."

„Was ist Tatort?", fragt Fabio.

„Die Grütze, die Papa sonntags immer geguckt hat."

Ralf lächelt. „Siehst du, euer Vater fand's auch gut."

„Ne, fand er nicht. Er hat immer gesagt, er guckt's nur, um zu wissen, was er beim Schreiben *nicht* tun soll."

„Ihr könnt mich mal. Tatort war super."

Henni steht von der Couch auf und beginnt, das schmutzige Geschirr einzusammeln. „Fotografieren."

Fabio rollt mit den Augen. „Henni glaubt, sie ist 'ne Künstlerin. Dabei kann mit den Filtern jeder seine Handyfotos gut aussehen lassen."

„Du hast doch keine Ahnung." Sie verlässt das Wohnzimmer und stellt das Geschirr in der Küchenspüle ab.

Als Ralf kam, muss es Mai gewesen sein.

Sie hat die Tage und Wochen nicht bewusst gezählt, aber würde sie jemand fragen, würde sie schätzen, es ist inzwischen Juni. Vielleicht sogar Juli.

Sie haben seitdem drei weitere Male Wild geschossen. Inzwischen schmeckt Henni das Fleisch besser. Man gewöhnt sich eben an alles. Und beim letzten Mal hat sie sogar selbst den Kadaver aufgeschnitten und die Innereien herausgeholt.

Während Henni der lange, kalte, depressive Winter vor Ralfs Erscheinen schier unendlich erschien, sind die letzten Wochen wie im Flug vergangen.

Sie hat (ein bisschen) reiten gelernt. Ralf selbst hatte mit Pferden auch keine Erfahrung, als er das Tier auf einem verlassenen Bauernhof außerhalb von München fand. Aber scheinbar war es ungelernte Reiter gewohnt, denn „eigentlich hat der Gaul mir das Reiten beigebracht", erzählte Ralf. Als Henni dann das erste Mal selbst im Sattel saß, fühlte sie ähnlich: Das Pferd gab die Bewegungen vor und mit Ralfs Hilfe verstand Henni ziemlich schnell, welche Kommandos der Hengst erwartete.

Fabio zeigte kein Interesse am Reiten, versuchte aber seinerseits, Ralf das Bogenschießen beizubringen. Ohne großen Erfolg. Ralf trifft noch immer nur mit sehr viel Glück überhaupt die Zielscheibe.

Manchmal gab es während der vergangenen Tage und Wochen sogar Momente, in denen sie vergaß, was mit der Welt passiert war und in denen ihr das Leben ganz normal vorkam, fast so wie früher. Zum Beispiel, wenn sie durch das Fenster im Speicher aufs Dach kletterten und dort oben in der Sonne liegend Bücher lasen, was Papa zwar verboten hatte, sie und Fabio aber dennoch manchmal getan hatten, wenn sie allein zuhause waren.

Und dann war da der Tag am See.

Nachdem sie wieder Wäsche gewaschen und in der Sonne ausgebreitet hatten, waren Henni und Ralf im Wasser schwimmen gegangen. Fabio, das Weichei, wachte mit schussbereitem Bogen am Ufer, ihm war das Wasser immer noch zu kalt.

Henni konnte den Blick nicht von Ralf nehmen, als er sich auszog. Sein käsig-weißer Körper (bis auf Gesicht und Hände, die im Kontrast dazu noch dunkler wirkten, als sie es eigentlich waren) bestand nur noch aus Muskeln und Sehnen; mangelnde

Ernährung und die Strapazen der letzten Monate hatten jedes Gramm Fett verbrannt.

Ralf bemerkte ihren Blick und lächelte. Henni wandte verlegen ihr Gesicht ab und sie spürte, wie ihr die Schamesröte ins Gesicht schoss. Shit, ging es ihr durch den Kopf, nicht, dass der jetzt denkt, ich würde ihn abchecken oder so was.

Megapeinlich.

Als sie nach einer Weile wieder aus dem Wasser stiegen und Henni sich mit geschlossenen Augen in die Sonne stellte, damit ihre nasse Unterwäsche trocknete, hatte sie plötzlich das Gefühl, beobachtet zu werden.

Sie öffnete die Augen und blickte zum Waldrand.

Erwartete für einen bangen Moment, von dort stolpernde Gestalten mit ausgestreckten Armen auf sich zukommen zu sehen.

Aber alles, was sie sah waren Äste, deren Blätter sich in einem leichten Wind bewegten.

Sie drehte sich um.

Und blickte in Ralfs Gesicht. Er lächelte sie an, während er sich nach seiner Hose bückte.

Hatte *er* sie etwa abgecheckt?

Ach was, dachte sie, ich bin doch nur ein dünnes Ding ohne nennenswerte weibliche Formen, da gibt's nichts abzuchecken. Abgesehen davon könnte ich seine Tochter sein.

Sie drehte ihr Gesicht zu Fabio, der plötzlich verdächtig auffällig an einem Grashalm interessiert zu sein schien.

„Du kleiner Spanner!"

„Was?"

„Ich bin deine Schwester."

„Was laberst du?"

„Glotz mir nicht auf die Möpse!"

Fabio richtete sich mit genervtem Blick auf. „Spinnst du? Du hast ja nicht mal welche."

Hitze stieg in Henni auf, obwohl Fabio nur aussprach, was sie selbst gerade noch gedacht hatte.

Plötzlich war sie wieder in der Schule.

In der Umkleidekabine nach dem Sport, vor knapp einem Jahr. Lena und Anna-Maria, die sich gegenseitig ihre Sport-BHs präsentierten und dann spöttisch grinsend zu Henni rüberblickten, die sich gerade ihr T-Shirt über den 75A-BH zog. Auf dem Weg zur Tür hörte Henni Anna-Maria sagen: „Kein Arsch und kein Tittchen, sieht aus wie Schneewittchen", gefolgt von Lenas hämischem Gelächter.

„Vielleicht wachsen sie ja noch", hatte Mama zuhause versucht, sie zu trösten, aber sie beide wussten, dass das Bullshit war. „Es gibt auch Männer, die mögen kleine Brüste", hatte Mama nachgelegt und es damit nur noch schlimmer gemacht. „Boah, Mama, du bist unmöglich, echt." Dann war Henni hoch in ihr Zimmer gestürmt, um ein bisschen zu heulen.

„Du Penner!" Henni stieß ihre Handflächen wütend gegen Fabios schmale Brust.

Er taumelte zwei Schritte nach hinten, rutschte im nassen Ufergras aus und landete dann mit dem Hintern platschend im Wasser. Wie er sie da im See sitzend aus großen Augen anstarrte, da war Hennis Wut wieder verflogen und sie musste lachen. „Bad war bei dir eh längst mal wieder fällig."

Als Henni zurück ins Wohnzimmer kommt, sagt Ralf gerade: „Realityshows."

„Die sind doch voll fake." Henni lässt sich wieder auf die Couch fallen. „Von wegen reality."

„Ist doch egal. Zum Abschalten super." Ralf gähnt und streckt die Arme aus.

„Tatort und Realityshows. Fabio, was haben wir hier für'n geschmacksverirrten Typen ins Haus gelassen."

Fabio lacht.

„Mit Freunden im Biergarten sitzen", sagt Ralf.

Henni nickt. „Abtanzen."

Fabio grinst Ralf an. „Sie tanzt wie'n Vollspast." Er imitiert übertriebene Tanzbewegungen.

„Selber Vollspast."

Ralf schmunzelt. Reibt mit einer Hand über sein Kinn, auf dem bereits wieder ein kurzer Bart wächst. „Rasieren beim türkischen Friseur."

„Tierfilme." Henni denkt an gemütliche Sonntagmorgen, die sie im Bett verbracht und dabei mit Kopfhörern im Ohr BBC-Dokus über die Tierwelt geglotzt hat, bis Mama zum Mittagessen rief.

„Laue Sommernächte auf dem Balkon und hören, wie das Leben in der Stadt pulsiert", sagt Ralf.

„Pixar-Filme."

„Eis essen gehen."

Fabio nickt. „Ja. Drei Kugeln. Erdbeer, Zitrone, Mango. Mit bunten Streuseln und Sahne."

„Stracciatella", sagt Henni und kann das Eis förmlich schmecken.

„Zu schnell über die Autobahn fahren."

Sie sieht Ralf tadelnd an. „Raser sind Idioten."

Er grinst. „Schuldig." Er nimmt einen Schluck Wasser aus seiner Tasse und stellt sie wieder auf dem Tisch ab. „Apropos, was ist eigentlich mit dem Auto?"

„Unseres?"

„Welches sonst, du Dumpfbacke", sagt Fabio und stößt sie mit dem Ellenbogen an.

Henni ignoriert Fabio. Sie weiß nicht, warum, aber sie hat auf einmal Angst. „Was soll mit dem Auto sein? Es ist kaputt."

Ralf beugt sich vor und sieht ihr in die Augen. „Bist du sicher?"

19

Kumuluswolken werden vom Wind über die Bergspitzen gejagt und jedes Mal, wenn sie über das Haus hinwegziehen, wird die pralle Hitze der sengenden Sonne von kühlendem Schatten ersetzt.

So wie in diesem Moment, als Henni heftig den Kopf schüttelt. „Auf gar keinen Fall."

„Willst du lieber Gras und Wurzeln fressen?" Fabio, der neben Papas offener Werkzeugkiste hockt, sieht zu ihr auf.

„Nein, aber ich will auch nicht gefressen werden."

„Schraubenschlüssel, Fabio."

Fabio greift in die Werkzeugkiste und drückt den Schraubenschlüssel in Ralfs Hand, die unter dem Geländewagen hervorragt.

Sie haben das Fahrzeug heute früh gemeinsam von seinem Ruheplatz am Baum in die Mitte der Einfahrt geschoben. Hennis Blick fiel auf Mamas lange getrocknetes Blut, das sich in dunklen Flecken auf den Polstern manifestierte. Für einen kurzen Moment konnte sie wieder Mamas Röcheln hören, als sie verblutend in ihrem Schoß lag, während Papa den Wagen mit viel zu hohem Tempo um die Kurven peitschte. Sogar der metallische Geruch von Mamas Blut stieg Henni wieder in die Nase.

„Du hast gesagt, da unten gibt's sie zu Hunderten. Tausenden."

„Ja. Aber–"

„Da gibt's kein aber. Ihr seid doch komplett bescheuert!"

„Du bist bescheuert", sagt Fabio. „Die Regale im Keller sind leer. Wir haben nicht mal mehr 'ne beschissene Obstkonserve."

Ralf schiebt sich mit Ellenbogen und Füßen unter dem Geländewagen hervor. „Ich verstehe, dass du Angst hast. Das haben wir alle." Er legt die Arme über die Knie und sieht sie mitfühlend an.

„Darum geht's nicht. Es ist einfach bescheuert! Total stulle! Die Häuser weiter unten haben Obstbäume. Äpfel, Pflaumen, Kirschen. Da können wir uns eindecken."

Die Wolke zieht vorüber und Henni kneift die Augen zusammen, als die grelle Sonne ihr wieder ins Gesicht scheint. Für einen Moment hat sie direkt hineingesehen und schwarze Flecken tanzen vor ihrem Gesicht.

„Die sind doch noch gar nicht reif", sagt Fabio.

„Wir haben das Gewehr. Wir können jagen."

Ralf sieht zu dem Jagdgewehr, das neben der Einfahrt im Gras liegt. Er steht auf und greift in seine Jeans (Papas Jeans). Fischt drei Patronen aus der Tasche. Sie klimpern auf seiner Handfläche, als er sie Henni vor die Nase hält. „Mit etwas Glück finden wir vielleicht sogar Munition für das Gewehr."

Henni starrt auf die Patronen. „Das sind alle?" Sie fühlt sich, als hätte ihr jemand in die Magengrube geschlagen. Drei Patronen. Sie dachte, sie hätten mehr, viel mehr. Keine Ahnung, warum sie das gedacht hat.

„Es geht nicht nur um Essen, Henni. Es gibt so viel Zeug, das wir gebrauchen könnten. Batterien, Kerzen, Zahnpasta. Toilettenpapier."

„Ja", sagt Fabio. „Vielleicht sogar vierlagiges." Er und Ralf grinsen sich an.

Hennis Herz rast. Sie hat Angst. Sie ist wütend. Warum ist ihr bescheuerter Bruder nicht auf ihrer Seite? Warum hat er keine Angst?

Wieder eine Wolke, wieder Schatten, doch nicht genug, um

Hennis Aufregung abzukühlen. „Ist doch sowieso längst alles geplündert."

„Ich hab immer irgendwo noch was gefunden." Ralf sucht ihren Blick. „Henni. Ich glaube nicht, dass wir einen weiteren Winter hier oben überstehen, wenn wir nicht unsere Vorräte aufstocken."

„Der Winter ist noch lange hin. Bis dahin−"

„Bis dahin was?", fragt er unerbittlich.

Sie hasst ihn.

Sie hasst ihn für die Frage.

Und sie hasst ihn, weil sie ihm keine Antwort darauf geben kann.

Sein Blick wird sanft. Er legt eine ölverschmierte Hand auf ihren Arm. „Sie sind dumm. Und sie sind langsam. Wenn wir aufpassen−"

Sie reißt ihren Arm weg und hört sich plötzlich selbst schreien: „Ich will da nicht runter! Ich will da nicht runter! Wie oft muss ich's noch sagen? Ich will da nicht runter!"

„Dann bleib halt hier, wenn du Schiss hast, du hysterische Kuh."

Henni starrt Fabio fassungslos an. Hat er das gerade wirklich zu ihr gesagt?

„Ralf und ich schaffen das auch alleine!"

„Bist du bescheuert?", sagt sie leise. „Wie redest du eigentlich mit mir?"

Ralf hebt beruhigend eine Hand. „Hey. Leute. Jetzt bleibt mal locker−"

Hennis Kopf ruckt herum. „Du bist hier nur Gast! Was *du* machst, ist deine Sache. Aber zieh nicht meinen Bruder da mit rein!"

Fabio stellt sich demonstrativ neben Ralf und verschränkt die dünnen Arme vor der Brust. „Ich mach, was ich will. Du hast mir gar nichts zu sagen."

„Ich bin deine verfickte Schwester! Deine ältere Schwester!"

Er schnauft verächtlich. „Du bist so lächerlich, Henni."

Fabios Worte sind wie Ohrfeigen. Ihr Gesicht brennt, obwohl es noch im kühlenden Schatten der Wolke ist.

Ralf verzieht gequält das Gesicht. Sie kann sehen, dass er diesen Streit nicht will und dass er sich schuldig fühlt. Richtig so. Soll er sich schuldig fühlen. *Fick dich, Ralf.*

„Du hast recht", sagt er ruhig. „Ich bin hier nur Gast. Und ich werde niemanden zu irgendetwas zwingen."

„Du zwingst mich nicht", sagt Fabio.

Ralf ignoriert ihn. Sein Blick liegt auf Henni.

Sie spürt einen Kloß im Hals und weiß, dass sie kein Wort mehr herausbringen wird, ohne loszuheulen. Und so wendet sie sich einfach ab und kehrt zum Haus zurück, während die Wolke über sie hinwegzieht und der Hang mit seinem saftig-grünen Gras wieder in gleißendes Sonnenlicht getaucht wird.

Sie marschiert geradewegs hoch in ihr Zimmer.

Wirft sich aufs Bett.

Und heult hemmungslos drauflos. Tränen tränken das Kissen, Rotz läuft aus ihrer Nase und ihr Körper bebt.

Sie hat Angst, dass einer der beiden, oder womöglich beide, ihr gefolgt sind und sie jetzt beim Weinen erwischen. Dann würden sie sich bestätigt fühlen.

Henni, die hysterische Kuh.

Aber niemand betritt ihr Zimmer. Weder Ralf noch Fabio. Sie kann sie durchs offene Fenster draußen am Wagen werkeln hören. Fast ist sie beleidigt, dass sie einfach weitermachen, ohne nach ihr zu sehen.

Sie greift nach ihrer zerfledderten Ausgabe von Huck Finn und versucht, ein paar Seiten zu lesen, aber sie kann sich nicht konzentrieren.

Sie sieht sie vor sich.

Die Toten.

Hunderte. Tausende. Abertausende. Millionen. Eine gigantische Masse aus verwesendem, von Maden zerfressenem Fleisch, umschwirrt von Billionen von Fliegen.

Henni spürt Schweiß auf der Stirn, auf ihrem ganzen Körper.

Das Herz wummert in ihrer Brust wie ein Geistesgestörter mit Vorschlaghammer.

Sie richtet sich auf. Hat das Gefühl, als säße jemand auf ihrer Brust. Das Atmen fällt ihr schwer.

Das Blut rauscht brüllend laut in ihren Ohren, als stünde sie vor einem gewaltigen Wasserfall.

Sie starrt auf ihre Hände. Sie zittern.

Was passiert mit mir?

Sie steht auf, aber ihr Zimmer beginnt, sich um sie herum zu drehen und sie lässt sich wieder auf die Matratze fallen, bevor sie umkippt.

Sie hört ein Röcheln und realisiert, dass es aus ihrer Kehle kommt.

Ich ersticke!

Ihre Hände krallen sich ins Bettlaken.

Ich sterbe!

Sie hört ein Geräusch und sieht zur Tür.

Aber ihre Sicht verschwimmt.

Ich erblinde!

Sie blinzelt; da steht jemand in der Tür.

Sie sind hier.

Sie sind gekommen, um sie zu fressen. Um ihre Zähne in Hennis Fleisch zu schlagen, ganz tief, bis das Blut spritzt. Sie werden ihre dreckigen Finger in Hennis Bauch krallen, so fest und so tief, bis sie Haut und Fleisch durchdringen und ihre Eingeweide erreichen. Sie werden sie durch ihre zerfetzte Bauchdecke herausziehen, warm und dampfend und glitschig und stinkend, und sie werden sie sich gierig grunzend in ihre weit aufgerissenen Münder stopfen.

„Henni."

Der Schatten ist jetzt vor ihr und sie will schreien, aber ihre Stimmbänder versagen ihr den Dienst.

Jemand presst sie an sich.

„Alles ist gut, Henni. Alles ist gut."

Ralf?

„Tief durchatmen, Henni. Ganz tief durchatmen."

Sie schließt die Augen und konzentriert sich auf seine Stimme.

„Atmen. Ein und aus. Ein und aus."

Wer oder was immer sich auf ihre Brust gesetzt hat, verschwindet. Das Atmen fällt ihr wieder leichter. Sie spürt Ralfs warmen Körper. Es tut gut. Der Irre mit dem Vorschlaghammer scheint müde zu werden, ihr Herzschlag beruhigt sich.

Sie öffnet die Augen.

Sieht über Ralfs Schulter und durch ihr Fenster einen Greifvogel, der sich von der Thermik tragen lässt. Er kann bestimmt bis runter ins Tal spähen. Was er wohl sieht?

„Geht's wieder?" Ralf streicht mit einer Hand über ihre schweißnasse Stirn.

„Glaub schon."

„Es tut mir leid, Henni."

„Schon okay."

„Ich werde allein runterfahren."

„Fahren?"

Er lächelt, nicht ganz ohne Stolz. „Der Motor läuft. Er hat den Crash gut überstanden. Die Vorderachse auch. Der Wagen ist fahrtüchtig."

„Und was, wenn du nicht wiederkommst?"

„Ich komme wieder. Versprochen."

Sie sieht ihn an. Verrückt, wie der Gedanke, dass er plötzlich wieder fort sein sollte, ihr zu schaffen macht. Sie holt tief Luft. „Wenn du glaubst, dass ich mit meinem bescheuerten Bruder allein hier oben bleibe, hast du dich geschnitten."

Er lächelt. „Du hast es doch vorher auch geschafft."

„Ja. Aber das war *vorher*. Jetzt sind wir ..." Sie zögert, aber das Wort, das ihr durch den Kopf schwirrt, scheint das einzig richtige zu sein. „Jetzt sind wir eine Familie."

20

D ie Bäume ziehen draußen langsam an dir vorbei.
Dann kommt die nächste Kurve.
Der SUV gleitet sanft hindurch.

Lautlos.

Ihr fahrt ohne Motor.

Rollt lautlos den Berg hinab.

Sonnenlicht tanzt über die auf der Beifahrerseite von einem spinnennetzartigen Muster durchzogene Windschutzscheibe.

Der Tank ist nur noch zu einem Viertel voll und Ralf will jeden unnötig verbrauchten Tropfen Sprit vermeiden. Der Himmel war noch grau und wolkenverhangen, als ihr den SUV heut früh von der Einfahrt zur Straße geschoben habt. Euer bescheidenes Frühstück bestand aus mehrere Tage altem Rehfleisch, aber du hast keinen Bissen runtergekriegt. Jetzt hast du ein flaues Gefühl im Magen. Natürlich ist das nicht der Hunger. Deine Hände zittern. Auch das ist nicht der Hunger.

Ihr habt nach dem Aufstehen nur das Nötigste gesprochen.

„Morgen."

„Guten Morgen, Henni."

„Morgen, Ralf."

„Morgen, Fabio."

Jetzt fahrt ihr schweigend.

Du siehst aus den Augenwinkeln zu Ralf. Er blickt konzentriert geradeaus. Wirkt entspannt. Falls er nervös ist, lässt er sich nichts anmerken.

Im Rückspiegel beobachtest du Fabio. Dafür, dass er vor drei Tagen noch so eine große Klappe hatte, ist er jetzt ziemlich bleich. Er leckt sich immer wieder über die Lippen und seine Pupillen huschen pausenlos von einer Seite zur anderen. Heute früh hat er wieder ins Bett gemacht. Erst das dritte Mal, seit Ralf bei euch ist, aber du konntest ein gehässiges Grinsen nicht unterdrücken, als du die vollgepinkelte Bettwäsche in der Badewanne gefunden hast. Du fühlst dich ein bisschen schlecht, weil du so schadenfreudig bist, aber dann erinnerst du dich an Fabios verletzende Worte und das schlechte Gewissen lässt wieder nach.

Der SUV schnurrt durch die nächste Kurve.

Vorbei an einer Jesus-Statue unter ihrem verwitterten Holzdach. In der Bibel steht, dass Jesus von den Toten wiederauferstanden ist. Aber es steht nicht drin, dass er daraufhin angefangen hat, seine Jünger und die Römer zu fressen. Vielleicht haben sie diesen Teil ja einfach ausgelassen, um niemanden zu beunruhigen.

An der nächsten Kurve liegt der Bauernhof der Mailingers. Im Winter hast du mit Fabio überlegt, ob ihr drinnen nach Lebensmitteln suchen solltet. Aber ihr habt euch dagegen entschieden. Zu weit unten, habt ihr gedacht. Damals wart ihr euch noch einig.

Jetzt rollt ihr am Haus vorbei. Die Reste von Frau Mailingers einst so prachtvollen Rosen türmen sich lang verwelkt und tot in den Balkonkästen wie die Opfer einer Massenerschießung. Die Haustür steht offen. Die Garage auch. Keine Fahrzeuge. Der Garten ist verwildert. Die Obstbäume neben dem Haus hängen voller Äpfel, die aber noch weit von ihrer vollen Reife entfernt sind.

Der Hof bleibt hinter euch.

Du drehst dich in deinem Sitz, blickst zurück. „Wir könnten da–"

„Vielleicht auf dem Rückweg", sagt Ralf, ohne dich anzusehen.

Auf dem Rückweg.

Falls ihr den je antretet.

Ralf hat dir in den vergangenen drei Tagen jeden Morgen eingetrichtert, dass du positiv denken sollst. Kein „wenn", kein „aber" und kein „falls." Er hat was von *positive thinking* und *self-fulfilling prophecy* geredet. Und du hast tatsächlich versucht, jeden negativen Gedanken beiseite zu schieben, sobald er sich in deinen Kopf geschlichen hat. Aber die Zweifel und Ängste kommen beinahe unaufhörlich und der ständige Kampf in deinem Gehirn macht dich mürbe. Du bist nun mal kein tibetanischer Mönch. Wie wohl der Dalai Lama reagiert hat, als die Toten begannen, die Lebenden zu fressen?

Die nächste Kurve.

Da steht ein Hirsch.

Er starrt euch einen Moment an, als wolle er euch zu einem Duell herausfordern. Dann springt er erst im letzten Moment vor dem SUV von der Straße und verschwindet im Unterholz.

Die nächste Kurve.

Der Wald lichtet sich.

Weniger Bäume.

Mehr grasbewachsene Hänge.

Mehr Häuser. Die meisten Pensionen und kleine Hotels.

Du beugst dich im Sitz vor. Hältst den Atem an.

Du rechnest damit, die Ersten zu sehen.

Aber alles ist menschenleer.

Sieht fast normal aus.

Bis auf die ausgebrannte Pension Dechenau auf der Falkenhöhe, die von den Eltern eines Mädchen geführt wurde, dessen Namen du dir nie merken konntest und das in deine Parallelklasse gegangen ist.

Zur Linken siehst du die Stahlträger des Sessellifts, die zuvor vom dichten Wald verborgen waren. Der Lift führt zu den

Anfängerpisten, die auf halber Höhe zu eurem Haus liegen. Du hast noch nie in dem Ding gesessen. Skifahren war dir immer schnuppe, ganz egal, wie oft deine Mitschüler versucht haben, es dir schmackhaft zu machen. Und Snowboarden? Allein schon weil Lena und Anna-Maria, diese Bitches, sich im Winter damit so wichtig machten, wärst du nie auf so ein bescheuertes Brett gestiegen.

Eine letzte Kurve, und dann du siehst den Ort.

Das Dorf.

Das Scheißkaff, wie du es Papa und Mama gegenüber in euren ersten Wochen hier immer genannt hast, um sie zu provozieren. Aber Mama und Papa waren zu gelassen, um sich von dir provozieren zu lassen. Und das bringt dich jetzt tatsächlich zum Lächeln.

Das Dorf ist nicht mehr als eine Ansammlung von Skischulen, Sportgeschäften, Hotels, Restaurants und Pensionen. Im Winter wimmelte es hier von Menschen, aber im Sommer war das Treiben unaufgeregter, abgesehen von den Wanderern und Bergsteigern, die in wesentlich geringerer Zahl herkamen als die Wintersportler. Tatsächlich kam dir der Ort im Sommer manchmal wie eine Geisterstadt vor.

Der SUV rollt die letzte Steigung hinab, als du sie siehst.

Die alte Frau.

Ihr schmutziges Nachthemd flattert in einem Lüftchen. Sie steht schwankend am Straßenrand und starrt euch aus toten Augen an.

Dann seid ihr an ihr vorbei und du siehst im Rückspiegel, wie sie auf die Straße stolpert und euch mit schlenkernden Armen verfolgt. Aber so langsam, wie sie ist, wird sie euch nie kriegen.

Dann spürst du, dass ihr langsamer werdet. Und realisierst, dass Ralf bremst. „Was machst du?"

Ralfs Augen konzentrieren sich auf den Rückspiegel. „Sie ist allein."

„Na und? Fahr weiter."

„Nein. Ich will nicht, dass sie andere auf uns aufmerksam macht. Fabio. Steig aus und erledige sie."

„Was?"

„Mit deinem Bogen. Mach hin."

Dein Blick trifft sich kurz mit dem von Fabio im Rückspiegel. Du siehst die Panik in seinen Augen und willst etwas sagen, aber da stößt er bereits die Hintertür auf und zieht seinen Sportbogen aus dem Fußraum.

Die alte Frau wankt auf dürren Beinen heran, an einem Fuß einen Pantoffel, der andere nackt. Bei Fabios Anblick öffnet sie ihren Mund und stöhnt.

Du siehst, dass sie keine Zähne mehr hat. Wahrscheinlich steht ihr Gebiss in einem Glas mit Wasser in ihrem Badezimmer. Macht sie das weniger gefährlicher? Haben ihre alten Kiefer genug Kraft, um mit ihrem verfaulten Zahnfleisch eure Haut zu durchdringen und sich in euer Fleisch zu graben? In das von Fabio, wenn sie ihn erreicht und zu fassen kriegt? Tatsächlich lassen ihre fehlenden Zähne die alte Frau noch furchterregender, noch todbringender erscheinen.

Fabio steht neben dem SUV und hat einen Pfeil auf die Sehne des Bogens gelegt. Er visiert die alte Frau an. Sie wankt, aber sie bietet ein sehr gutes Ziel. Fast so gut wie die Strohzielscheibe auf ihrem dreibeinigen Ständer.

Fabio lässt den Pfeil von der Sehne.

Die alte Frau zuckt, aber sie schleppt sich grunzend weiter.

Du hörst Fabio durch die offene Tür fluchen. „Scheiße."

Sein Pfeil hat die Kehle der alten Frau durchbohrt und ist im Nacken wieder ausgetreten. Sie stolpert stöhnend näher, fletscht ihr schwarzes Zahnfleisch.

Fabio beugt sich hektisch ins Wageninnere und zieht einen zweiten Pfeil aus dem Köcher, der auf dem Rücksitz liegt.

„Schaffst du's?", fragt Ralf, ohne sich zu ihm zudrehen. Seine Stimme ist ruhig.

Fabios Antwort ist kaum zu hören. „Ja ..."

Er dreht sich wieder zur alten Frau um.

Sie ist nah.

Zehn Meter.

Fabio legt den Pfeil auf.

Neun.

Spannt die Sehne.

Acht.

Zielt.

Sieben.

Du hörst Fabio ausatmen.

Sechs.

Vorne zieht Ralf die Handbremse an. Greift nach dem Dachdeckerhammer in seinem Werkzeuggürtel. Seine linke Hand schließt sich um den Türgriff.

Fünf.

Deine Hände krallen sich in den Vordersitz. „Schieß!"

Vier.

Ralf stößt die Tür auf.

Drei.

Die von Altersflecken übersäten Hände der Frau strecken sich nach Fabio aus.

Zwei.

Ralf springt ins Freie, reißt den Arm mit dem Dachdeckerhammer in die Höhe.

Eins.

Fabios Pfeil schießt durch die Luft

Der Weg ist kurz.

Sekundenbruchteile.

TSCHAK!

Der Fiberglas-Schaft bohrt sich bis zu den Federn durch die Schädelknochen dicht über der Nasenwurzel. Der magere Körper sackt auf der Straßenmitte in sich zusammen.

Ralf lässt den Dachdeckerhammer sinken und rutscht wortlos hinters Steuer. Wahrscheinlich hat Fabio nicht einmal gemerkt, dass er ausgestiegen ist.

Deine Finger lösen sich vom Vordersitz. Du merkst erst jetzt, dass du die ganze Zeit über den Atem angehalten hast. Deine Lungen füllen sich hektisch wieder mit Luft.

Fabio steht breitbeinig über dem verkrümmten Körper der alten Frau und zieht seine Pfeile aus Hals und Kopf. Dann kehrt er wortlos zum Wagen zurück und steigt ein.

„Gute Arbeit", sagt Ralf.

Fabio erwidert nichts. Er ist kreidebleich.

Du lächelst ihn an, aber er sieht durch dich hindurch.

Ralf löst die Handbremse und der SUV rollt wieder an.

Ihr nehmt langsam wieder Tempo auf.

Die Häuser der Ortschaft kommen näher. Ein Kombi steht mit offenen Türen in der Mitte der Hauptstraße. Unkraut drängt sich durch Risse im Asphalt und Spalten im Gehsteig. Ein plötzlich auftretender Wind lässt Zeitungspapier und eine Plastiktüte über die Straße tanzen.

Die Fenster der Häuser sind wie dunkle Augen, die euch abwartend anstarren. Hier und da stehen Haustüren offen.

Die digitale Geschwindigkeitsanzeige des SUVs steht bei dreißig Stundenkilometern, als die Straße eben wird. Rechts, hinter der Wiese mit dem kniehohen Gras, auf der diesen Sommer eigentlich die Bauarbeiten für ein neues Hotel beginnen sollten, erkennst du den langen Flachbau des einzigen Discounters im Dorf. Ein einsames Fahrzeug ruht auf dem großen Parkplatz.

Der Discounter ist euer erstes Ziel.

Ihr werdet langsamer. Ralf lässt den Wagen ausrollen. Kurz vor der Straße, die zum Supermarkt führt, kommt ihr sanft zum Stehen.

„Warum fahren wir nicht bis vor die Tür?"

Ralf dreht den Kopf. „Aus demselben Grund, warum wir den Motor bis jetzt auch ausgelassen haben. Lärm lockt sie an. Lass uns den wenigen Sprit sparen, bis wir ihn wirklich brauchen."

Macht Sinn. Heißt aber auch, das ihr die letzten fünfhundert Meter bis zum Supermarkt zu Fuß gehen müsst.

Einen Moment lang sitzt ihr schweigend im SUV. Du wartest

auf Ralfs Kommando. Denn bei diesem Unternehmen ist er euer General.

Du siehst, wie sich sein Adamsapfel bewegt. Er schluckt. Dir wird klar, dass er genauso so viel Angst hat wie du. Und das ist, so absurd es klingt, ein beruhigendes Gefühl. Sein Brustkorb bewegt sich und Luft entweicht laut aus seiner Nase. „Seid ihr bereit?"

„Ja", hörst du Fabios Stimme vom Rücksitz.

Du nickst. Ziehst den leeren Trekking-Rucksack aus dem Fußraum auf deinen Schoß. Zusammen mit dem zweiten Rucksack, den Fabio hinten hat und dem von Ralf werdet ihr eine Menge Zeug transportieren können. Vorausgesetzt, ihr findet genug.

Vorausgesetzt, ihr schafft es überhaupt zurü–

Du erstickst den negativen Gedanken mit einer Litanei:

Wir schaffen es zurück.

Wir schaffen es zurück.

Wir schaffen es zurück.

Ralf rutscht im Sitz herum, sieht erst zu dir, dann zu Fabio. „Wenn wir draußen sind, reden wir nur, falls es unbedingt nötig ist."

Ihr nickt.

Und dann steigt ihr aus.

21

S o still.

Sie verharren, nachdem sie aus dem SUV gestiegen sind und die Türen leise hinter sich geschlossen haben.

Beobachten.

Lauschen.

Keine Motorengeräusche. Keine Stimmen. Keine Musik. Kein Kinderplärren. Keine Fahrradklingel. Keine Türen, die geöffnet und geschlossen werden.

Nichts.

Nur Stille.

Am Himmel haben die letzten Wolken aufgegeben und die Sonne strahlt siegreich und heiß.

Kein Wind. Die Luft steht. Der Geruch, den sie trägt, ist süßlich und faul.

Ralf setzt sich in Bewegung. Die Straße hinab zum Discounter.

Henni folgt.

Fabio bildet den Schluss.

Jetzt hören sie etwas. Das Summen der Insekten, die die Blumen auf der Wiese zu ihrer Rechten umschwirren.

Zur Linken Häuser. Weiße Wände, holzvertäfelte Balkone.

Der ungemähte Rasen der Vorgärten meist kniehoch. Überall wuchert Unkraut. Die Rache des Löwenzahns.

Fabios Turnschuh fängt an zu quietschen. Bei jedem Schritt. Nicht besonders laut, aber Henni wünschte, es würde aufhören. In ihren Ohren klingt es wie der Schrei eines Babys.

Wie gut können sie hören?

Wieso können sie überhaupt hören?

Riechen?

Sehen?

Sie sind doch tot.

Henni schüttelt die Gedanken ab. Öffnet und schließt die Hände um den langen Stiel der Axt, um das Blut zum Zirkulieren zu bringen.

Am Straßenrand liegt ein rostiges Fahrrad.

Der Discounter kommt näher.

Schritt für Schritt.

Schweiß perlt auf Hennis Stirn. Läuft kitzelnd unter dem T-Shirt ihren Rücken hinab. Ihr Mund ist trocken. Sie leckt sich über die Lippen. Das Schlucken fällt ihr schwer. Sie würde gerne etwas trinken. In dem Netz an der Seite ihres Rucksacks steckt eine Plastikflasche mit Wasser. Aber um sie herauszunehmen, müsste sie stehen bleiben und das will sie nicht.

Dann bemerkt sie aus den Augenwinkeln eine Bewegung. Sie blickt zur Seite.

Und sieht Fabio, der ausgeschert ist und sich dem Zaun eines Vorgartens nähert.

Der Idiot! Was macht er?

Sie widersteht dem Impuls, seinen Namen zu rufen. Stattdessen streckt sie die Arme aus und stößt Ralf mit der Axt an.

Er bleibt stehen und dreht den Kopf. Sieht, was sie sieht.

Fabio hat den Zaun erreicht. Blickt auf etwas, dass im Vorgarten liegt. Dann blickt er zu Henni und Ralf.

Ralf wedelt mit der linken Hand. Komm zurück.

Fabio deutet mit dem Zeigefinger in den Vorgarten.

Ralf schüttelt heftig den Kopf.

Aber Fabio hat bereits seinen Sportbogen an den Zaun gelehnt und setzt einen Fuß in die hölzernen Querstreben. Schwingt das andere Bein über die Holzlatten.

Henni ist fassungslos. Sie sieht zu Ralf.

Der atmet frustriert aus. Schaut sich aus zusammengekniffenen Augen um. Niemand zu sehen.

Fabio steht jetzt in der Mitte des Vorgartens und bückt sich. Schiebt die Arme ins hohe Gras.

Hennis Herz wummert. Ihr wird noch heißer. Ihr Körper pumpt Schweiß aus allen Poren.

Fabio richtet sich wieder auf. Hält etwas in den Händen.

Einen Ball.

Einen Fußball.

Einen gottverdammten, verkackten Fußball.

Fabio grinst so breit und so blöd, als hätte er gerade im Lotto gewonnen.

WHAM!

Fabio lässt den Ball vor Schreck fallen.

Henni spürt, wie sie sich in die Hose macht. Nicht viel, aber genug, um ihren Slip zu tränken.

Ralf grunzt wütend.

Am großen Wohnzimmerfenster des Hauses, nur wenige Meter von der Stelle entfernt, an der Fabio steht, presst eine Gestalt ihr blasses Gesicht an die Scheibe und fletscht die Zähne. Lange Fingernägel kratzen hektisch über das Glas.

Die Gestalt ist etwa so groß wie Fabio und trägt ein Fußball-Trikot von Bayern München. Der Junge dürfte in Fabios Alter gewesen sein, als er starb. Vielleicht ist er sogar auf dieselbe Schule gegangen.

Hennis Kopf ruckt zur Haustür. Sie ist verschlossen.

Fabio starrt den Jungen hinter dem Fenster noch ein paar Sekunden an, dann hebt er den Ball wieder auf und eilt zurück zum Zaun. Klemmt sich den Ball unter einen Arm und klettert hinüber. Greift mit der freien Hand nach seinem Bogen.

Hinter ihm drückt der Junge noch immer sein Gesicht gegen

das Fenster und hinterlässt dabei eine Spur aus dunklem Schleim.

Fabio kehrt zu Ralf und Henni zurück. Er lächelt schuldbewusst. „Der Ball ist 'ne Limited Edition. Mit den Unterschriften vom FC Barcelona."

Henni ohrfeigt ihn. Schnell und hart. Das Klatschen ihrer Hand auf seiner Wange zerreißt die Stille.

Fabios Kopf fliegt zurück und er zuckt zusammen.

Sie sieht, dass er sie anschreien will, aber der finstere Blick von Ralfs grauen Augen hält ihn davon ab. Wahrscheinlich hätte Ralf ihm auch gerne eine geknallt. Fabio senkt den Kopf. Seine Wange glüht rot, dort, wo Hennis Hand ihn getroffen hat.

Einen Moment lang bleiben sie so stehen. Ralf sieht wieder zum Haus. Der Junge im Bayern-München-Trikot drückt sich nach wie vor gegen die Scheibe, Mund weit aufgerissen, die verkrümmten Finger übers Glas kratzend.

Gibt's noch andere im Haus? Wenn ja, wo sind sie? Zum Türen aufmachen sind sie zu blöd, aber falls hinten eine offen steht ...

Eine halbe Minute verstreicht.

Nichts geschieht.

Hennis Herzschlag beruhigt sich. Sie spürt ihren uringetränkten Slip. Befühlt mit einer Hand ihren Schritt. Zum Glück ist nichts durch die Jeans gedrungen. Eine Fliege setzt sich auf ihrer schweißnassen Stirn ab und sie schüttelt den Kopf. Die Fliege surrt davon.

Ralf zeigt zum Discounter.

Weiter.

Ralf geht los.

Henni stößt Fabio an, der noch immer auf den Asphalt starrt. Er hebt den Kopf. Dackelblick. Dann folgt er Ralf.

Henni wirft einen letzten Blick zurück zum Haus, zu dem Jungen, dessen Ball Fabio gerade geklaut hat. Ja, es klingt absurd, aber er hat den Ball geklaut.

Was dieser Junge wohl den ganzen Tag macht?

Na, was wohl? Darauf warten, dass er seine Zähne ins Fleisch von jemandem rammen kann, der noch nicht gestorben ist.

Henni wendet sich ab und beschleunigt ihre Schritte, um Ralf und Fabio einzuholen, die bereits ein paar Meter voraus sind.

Sie erreichen den Parkplatz. Die gläsernen Eingangstüren des Supermarkts sind unversehrt. Nur eine Seite wird von einem spinnennetzartigen Riss verziert, aber das Sicherheitsglas hat standgehalten.

Sie passieren den einsamen PKW. Bewegung hinter den schmutzigen Fenstern. Und dann presst sich eine Frau von innen gegen das Glas. Diesmal erschrickt Henni nicht.

Ralf ignoriert die Frau und geht einfach weiter.

Fabio auch.

Henni zögert. Bleibt stehen.

Der Unterkiefer der Frau klappt hektisch hoch und runter. Ihre weißen Augen sind weit aufgerissen. Die Nägel ihrer Finger waren mal rot lackiert.

Henni kneift die Augen zusammen. Und dann, überrascht, dass sie in diesem Moment gar keine Angst verspürt, beugt sie sich vor.

Erkennt auf der Rückbank einen Kindersitz.

Darin die beinahe blank genagten Knochen eines Kleinkindes.

Als Henni mit einem Schlag bewusst wird, was sich im Innern des Fahrzeugs abgespielt haben muss, fängt sie an zu würgen. Dank ihres fehlenden Frühstücks spuckt sie nur ein bisschen Magenflüssigkeit auf den Boden.

Ihr wird schwindelig. Sie lässt die Axt fallen. Stützt sich mit einer Hand auf ihrem Oberschenkel ab und mit der anderen an der Scheibe des Autos.

Das macht die Frau darin rasend. Sie schüttelt wild ihren Kopf und Lippen und Zähne gleiten, dunklen Schleim hinterlassend, über die wenigen Millimeter Glas, die ihren Mund von Hennis Hand trennen.

Henni hört Schritte. Ralfs Finger schließen sich um ihren Arm und er zieht sie hoch.

Sie sieht ihm in die Augen.

Erinnert sich an ihre Panikattacke vor ein paar Tagen und an seine Worte:

Einatmen. Ausatmen.

Ganz langsam.

Einatmen. Ausatmen.

Ganz langsam.

Einatmen. Ausatmen.

Der Schwindel lässt nach.

Henni bückt sich nach ihrer Axt und richtet sich auf.

Sie nickt. *Ich bin okay.*

Dann gehen sie zum Eingang des Discounters, wo Fabio wartet. In den Fenstern hängen die gerahmten Angebote der letzten Woche, in der es noch regulären Betrieb gab.

Hackfleisch, besonders günstig.

Gulasch.

Gartenmöbel.

Schreibutensilien für das neue Schuljahr.

Eine der Türen steht halb offen.

Henni, Fabio und Ralf blicken ins Innere.

Der Kassenbereich und die vorderen Regale sind zu erkennen, der Rest verliert sich im Halbdunkel. Ein Herrenschuh liegt einsam am Boden vor den Kassen.

Irgendwo aus der Dunkelheit erklingt ein schepperndes Geräusch, nicht besonders laut, aber immer und immer wieder, in einem monotonen Rhythmus.

Dong. Dong. Dong.

Die drei tauschen Blicke.

Ralf zieht den Dackdeckerhammer und die große Maglite aus seinem Werkzeuggürtel. Er spricht leise, ganz leise: „Fabio. Du wartest hier."

„Aber–"

„Du wartest."

„Okay."

„Gib Henni deinen Rucksack."

Fabio legt Bogen, Köcher mit Pfeilen und Ball am Boden ab. Zieht den Rucksack vom Rücken und reicht ihn Henni.

„Wenn du einen siehst oder mehrere, verhalt dich ruhig. Beweg dich nicht. Falls sie herkommen, gibst du Bescheid. Nicht schreien. Komm einfach rein, okay?"

Fabio nickt.

„Halt die Augen auf", sagt Ralf noch einmal eindringlich. „Bist du bereit, Henni?"

Nein. Bin ich nicht.

Sie nickt.

Ralf macht einen Schritt durch die Tür. Glaskrümel knirschen unter seinen Wanderstiefeln.

Von drinnen nach wie vor das scheppernde Geräusch.

Dong. Dong. Dong.

So gleichmäßig wie der Trommelschlag eines buddhistischen Mönchs.

Henni mustert Fabio, der seinen Bogen wieder aufgehoben und einen Pfeil auf die Sehne gelegt hat. Wenn sie jetzt mit Ralf da reingeht, dann wird das das erste Mal sein, dass sie von ihrem Bruder getrennt ist. Das erste Mal, seit sie im Winter allein in die Graudingerhütte geklettert ist.

Fabio spürt ihren Blick. Seine großen blauen Augen finden ihre. Er lächelt.

Sie möchte sich für die Ohrfeige entschuldigen, auch wenn das natürlich so was von beschissen saudämlich war, was er da vorhin angestellt hat. Aber sie kriegt kein Wort über die Lippen.

Fabios Kinn deutet zur Tür. *Geh.*

Sie wendet sich ruckartig von ihm ab.

Ralf steht bereits im Innern des Discounters, zwischen Eingang und Kassen, und wartet auf sie.

Die Axt in der einen Hand, Fabios Rucksack in der anderen, schiebt Henni sich durch den Spalt in der Tür.

Dong. Dong. Dong.

22

ong. Dong. Dong.
Die Kassenschubladen stehen offen. Sie sehen aus, als hätte man sie aufgebrochen. So ist das. Die Welt geht den Bach runter und es gibt Idioten, die raffen das Geld zusammen, dass sie eh nicht mehr ausgeben können.

Die vorderen Regale sind geplündert. Nur noch vereinzelt liegen verpackte Lebensmittel herum. Henni erkennt eine aufgerissene Schachtel Spaghetti. Eine Tüte Gummibärchen. Zersplitterte Gläser und etwas, das aussieht wie lange vertrocknete Cornichons.

Die Metallbarrieren der einzelnen Kassen stehen offen. Ralf tritt als Erster hindurch. Der starke Strahl der Maglite sucht sich seinen Weg durch den vor ihm liegenden Gang.

Henni sieht, wie Ralf den Kopf dreht und lächelt.

„Hinten finden wir noch was", sagt er leise.

Sie folgt ihm mit vorsichtigen Schritten hinter die Kassen. Sie kneift die Augen zusammen. Tatsächlich scheint es, als wären die Regale weiter hinten noch besser bestückt.

Dong. Dong. Dong.

Henni bückt sich schnell nach der Tüte Gummibärchen und wirft sie in Fabios Rucksack. Sie erinnert sich an das Café in

Berlin, in das Papa früher gerne zum Schreiben ging. Dort gab es eine Glasschüssel mit Gummibärchen auf dem Tresen und immer wenn sie Papa dort abholte, ließ der nette Barista sie davon so viel essen, wie sie wollte.

Sie gehen weiter. Es wird dunkler. Das Geräusch lauter.

Dong. Dong. Dong.

Ralf bleibt plötzlich stehen.

Das Surren von Fliegen.

Über seine Schulter hinweg macht Henni die Umrisse eines Körpers im Gang aus.

Der Strahl von Ralfs Maglite findet eine Frau. Ihre knochigen Finger sind um einen Einkaufswagen geklammert, den sie immer und immer wieder gegen ein Regal rammt.

Dong. Dong. Dong.

Eine leere Konservendose rollt im Einkaufswagen hin und her.

Jetzt dreht die Frau ihren Kopf und blickt direkt ins Licht der Maglite. Ihre weißen Augen blinzeln nicht. Sie trägt einen schmutzigen Rock und ihr verrotteter Oberkörper ist nackt bis auf einen BH. Die Reste einer abgebissenen Brust hängen aus diesem BH wie eine verschrumpelte, übergroße Pflaume. Um ihren sehnigen Hals liegt eine Kette mit billigem Modeschmuck. Fliegen schwirren um ihren Schädel mit dem strähnigen Haar.

Die Finger der Frau lösen sich vom Griff des Einkaufswagens und sie streckt die Arme nach Ralf und Henni aus. Ihr Mund öffnet sich und das Stöhnen quillt über ihre aufgeplatzten Lippen.

Henni sieht, wie Ralf den Arm mit dem Dachdeckerhammer anwinkelt.

Bereit zum Schlag.

Die Frau hinkt auf ihn zu. Sie trägt Sandalen mit Korkabsätzen und ihr linker Fuß knickt bei jedem Schritt um.

Henni lässt Fabios Rucksack zu Boden gleiten. Umklammert die Axt mit beiden Händen. Ihr Herzschlag pocht wie ein betrunkener Trommler in ihren Ohren.

Ralf lässt die Frau bis auf eine Armlänge an sich herankommen. Erst dann hebt er den Arm mit dem Dachdeckerhammer und lässt ihn nach unten sausen.

Die lange Spitze bohrt sich mit einem trockenen Geräusch von oben herab tief in den Kopf der Frau.

Ihre Arme fallen nach unten.

Das Stöhnen verstummt.

Ralf reißt den Hammer wieder heraus. Knochenstücke und schwarze Masse fliegen durch die Luft.

Die Beine der Frau geben nach.

Der Körper sackt schlaff in sich zusammen.

Ralf verharrt über ihr. Starrt auf sie hinab. Dann geht er langsam in die Knie.

Henni sieht, wie er seine Hand ausstreckt und die Kette mit dem Modeschmuck befingert.

Was tut er?

Mit einem Ruck reißt Ralf die Kette ab. Sie hört ihn tief durchatmen.

Dann richtet er sich wieder auf.

Henni ist sich nicht sicher, vielleicht täuscht sie sich im Halbdunkel, aber sie glaubt, Tränen in seinen Augen glitzern zu sehen. Das überrascht sie. Er muss in den vergangenen Monaten doch viele von ihnen ... getötet ... erlöst haben.

Er deutet auf die Regale. „Pack ein, was wir brauchen können. Ich check die anderen Gänge."

Sie nickt.

Er lächelt ihr aufmunternd zu. Vielleicht waren das, was sie in seinen Augen gesehen hat, ja doch keine Tränen. Vielleicht haben ihre Sinne ihr ja nur einen Streich gespielt.

Ralf wendet sich ab und Henni sieht ihn am Ende des langen Gangs hinter einem Regal verschwinden.

Dann ist sie allein.

Auf der anderen Seite der Regals hört sie seine leisen Schritte. Sieht den Schein seiner Maglite über den Regalen schimmern.

Wo sie steht, ist es hell genug, um zu erkennen, was in den Regalen liegt.

Nudeln.

Reis.

Fast zwei Dutzend Packungen.

Sie streckt den Arm nach einer Tüte Spirellis aus, als ihr Fuß gegen den Körper der Frau stößt. Sie will nicht hinabblicken, aber sie tut es trotzdem. Maden tummeln sich im schwarzen Fleisch der abgebissenen Brust. Für einen kurzen Moment steigt wieder Brechreiz in ihrer Kehle auf. Mehrere Fliegen setzen sich auf ihre Stirn und auf ihre Arme und sie schüttelt sie hektisch ab.

Der Brechreiz lässt wieder nach. Nur nicht noch mal runtersehen. Sie ignoriert die Fliegen, die wieder auf ihrer Haut landen, und fängt an, alles, was noch an Nudeln und Reis im Regal steht, in Fabios Rucksack zu stopfen.

Sie geht weiter.

Lässt den Körper der Frau und die Fliegen hinter sich.

Findet mehr.

Fertige Bratkartoffeln mit Speck. Abgelaufen, aber was soll's.

Zwei Gläser Gurken.

Fertige Gewürzmischungen für diverse Gerichte.

Pizzatomaten in Dosen.

Eine Tube Senf.

Jede Menge Konserven mit kleinen Maiskolben für asiatische Gerichte. Warum ausgerechnet die niemand mitgenommen hat? Egal. Ab in den Rucksack damit.

Schließlich hat sie das Ende des Gangs erreicht. Fabios Rucksack ist bereits ziemlich schwer. Schweiß läuft ihre Stirn hinab und brennt in ihren Augen. Sie blinzelt, lässt den Rucksack zu Boden gleiten. Reibt sich mit den Fingern die Augenwinkel.

Und mit einem Mal wird ihr bewusst, das sie Ralfs Schritte nicht mehr hört.

Sie reckt den Hals und hält nach dem Schein der Maglite Ausschau.

Nichts.

Für einen Moment bleibt ihr das Herz stehen. Angst legt sich wie eine kalte Klaue um ihre Brust. Ihr erster Impuls ist es, seinen Namen zu rufen. Aber das tut sie nicht. Stattdessen steht sie da wie erstarrt. Horcht auf ein Geräusch. Irgendeins.

Nichts. Nur Stille.

Scheiße.

Scheiße.

Scheiße.

Vor ihr ist die Kühltheke, wo es früher Milchprodukte und Wurst und abgepacktes Fleisch gab. Aber sie ist natürlich komplett geräubert. Zur Rechten, am Ende der Kühltheke eine Stahltür. Wahrscheinlich führt die zum Lager.

Sie macht einen Schritt aus dem Gang heraus.

Blickt nach rechts.

Blickt nach links.

Kein Ralf.

Wo steckt er? Wenn noch einer von denen hier drin war und ihn angriffen hat, das hätte sie doch gehört.

Natürlich hätte sie das gehört.

Oder?

Und dann erklingen Schritte.

Ralf!

Henni wird klar, dass die Schritte von hinter der Stahltür kommen. Erleichterung durchflutet ihren Körper. Ralf ist im Lager. Sie spürt, wie sich ein Lächeln auf ihrem Gesicht ausbreitet. Sie geht zur Stahltür. Bemerkt, dass sie nicht geschlossen ist und einen Spalt aufsteht.

Die Schritte kommen näher.

„Ist noch was im Lager?", fragt sie laut und bereut es im nächsten Moment, weil sie weiß, dass sie leise sein sollte und Ralf deswegen bestimmt gleich sauer ist.

„Keine Ahnung. Aber hier gibt's vierlagiges Toilettenpapier", sagt Ralf lachend.

Aber seine Stimme und sein Lachen erklangen nicht durch den Spalt der Stahltür. Sondern aus der anderen Richtung.

Henni fährt herum. Da ist der Schein der Maglite. Am Ende des äußersten linken Gangs, fast unten an den Kassen.

Im selben Moment hört sie das Quietschen der Scharniere, als hinter ihr die Stahltür aufschwingt.

Henni wirbelt herum. Reißt die Axt mit beiden Händen in die Höhe. Sieht die Gestalt im Türrahmen und schlägt zu. So schnell und so hart sie kann. Die Axt rast hinab.

Und die Wucht, mit der das Blatt die Betonwand über der Tür trifft, schmettert ihr den Holzgriff schmerzhaft aus den Händen. Die Axt wird über ihren Kopf katapultiert und knallt scheppernd gegen eins der Regale.

Im nächsten Moment rammt etwas mit voller Wucht gegen ihre Brust und raubt ihr den Atem. Sie fliegt nach hinten und stürzt auf den Rücken. Ihr Hinterkopf knallt auf den Boden. Der Schmerz explodiert in ihrem Schädel, laut und grell wie das letzte Silvesterfeuerwerk in Berlin. Dunkle Flecken tanzen vor ihren Augen und nehmen ihr die Sicht.

Sie spürt das Gewicht der Gestalt auf sich.

Wartet auf den Moment, in dem sich Zähne in ihr Fleisch bohren.

Aus der Ferne hört sie Ralfs Stimme: „Henni?!"

Pass gut auf Fabio auf, Ralf.

„Henni?!" Ralf Stimme ist lauter. Sie hört seine Schritte. Er rennt.

Zu spät, Ralf. Ich werde gefressen.

Oh Gott. Ich werde gefressen.

Mama!

Papa!

Dann spürt sie den Atem der Gestalt in ihrem Gesicht. Er wird sie jeden Moment beißen, in die Nase, in die Wange oder in den Hals und sie, sie kann nichts dagegen tun, gar nichts, weil sie kein Gefühl in den Armen hat.

Ein Gedanke blitzt in ihrem benebelten Hirn wie das Fernlicht eines Autos:

Wieso spürt sie seinen Atem?

Sie atmen nicht.

Sie sind tot.

„Henni!" Ralf brüllt jetzt.

Sie spürt, wie das Gewicht der Gestalt sie verlässt. Sie kann besser atmen. Ihre Arme fangen an zu kribbeln. Sie bewegt ihre Finger.

Und öffnet die Augen.

Keine schwarzen Flecken mehr.

Die Gestalt über ihr ist dürr. Trägt zerfranste, abgeschnittene Kargo-Shorts mit Camouflage-Muster. Ein T-Shirt mit dem Logo einer Skateboard-Firma. „Du hättest mir beinahe den Schädel gespalten."

Ein Schrei lässt die Gestalt herumfahren.

Ralf stürmt mit verzerrtem Gesicht um die Regalecke und schwingt den Dachdeckerhammer.

„ICH BIN NICHT TOT!" Die Stimme der Gestalt überschlägt sich in Panik.

Ralf bleibt abrupt stehen. Der Dachdeckerhammer bleibt zum Schlag erhoben.

Die Gestalt atmet heftig. „Chill out, Alter. Ich bin kein Beißer."

Henni schiebt sich auf die Ellenbogen.

Die Gestalt ist ein Junge. In ihrem Alter. Oder vielleicht ein, zwei Jahr älter. Struppige Haare; eine ehemals hippe Frisur, längst aus der Form gewachsen. Die flaumige Entschuldigung für einen Bart wächst in seinem von Akne übersäten Gesicht. Er hat die Arme erhoben und hält Ralf seine leeren Hände hin. „Ganz ruhig, Mann. Alles easy."

Ralf fragt, ohne den Blick von dem Jungen zu nehmen: „Wie geht's dir, Henni?"

Sie betastet ihren Hinterkopf. Nicht feucht. Kein Blut. Aber sie spürt die Beule förmlich wachsen. „Gut. Glaube ich."

„Sorry. Ich wollte dir nicht weh tun", sagt der Junge.

Sie kämpft sich auf die Knie. „Schon gut."

Er greift nach ihrem Arm, um ihr aufzuhelfen.

„Fass sie nicht an! Henni, komm zu mir."

Der Junge schenkt ihr ein schiefes Lächeln und zuckt entschuldigend mit den Schultern.

„Komm her, Henni."

„Ist okay, Ralf."

„Ist es nicht. Wir wissen nicht, wer er ist."

„Ich bin Liam."

„Henni."

„Hi, Henni."

„Das ist Ralf."

„Hi, Ralf."

Ralf erwidert nichts. Aber er lässt den Dachdeckerhammer langsam sinken. „Was tust du hier?"

„Schätze, dasselbe wie ihr. Gucken, ob's noch was zu Beißen gibt." Liam zeigt mit dem Daumen über die Schulter zur Stahltür, durch die er gekommen ist. „Da hinten ist das Lager. Nicht mehr viel drin. Und zwei Büros."

„Bist du allein?", fragt Ralf.

„Ja."

Henni mustert den Jungen, der sich Liam nennt, und versucht sich zu erinnern, ob sie ihn schon mal gesehen hat. Auf ihre Schule kann er nicht gegangen sein, dann würde sie ihn kennen. Und die krasse Akne macht ihn ziemlich unverwechselbar. „Wo kommst du her?"

Liam öffnet den Mund, um ihr zu antworten, aber eine andere Stimme ist schneller: „Leute! Die Kacke ist am Dampfen!"

Henni dreht sich um und sieht Fabio über den Körper der Frau mit der abgebissenen Brust steigen.

„Sie kommen!"

„Wie viele?", fragt Ralf.

„Viele!"

„Fuck die Scheiße." Liam kratzt sich nervös mit schmutzigen Nägeln über die Pickel in seinem Gesicht.

Fabio entdeckt den fremden Jungen erst jetzt. Er starrt ihn ungläubig an. „Wer ist der denn?"

Liam kneift die Augen zusammen und macht einen reflexartigen Schritt nach hinten, als Fabio näherkommt. „Scheiße."

Henni späht an Fabio vorbei zum Kassenbereich. Sind sie etwa schon hier drinnen?

„Wurdest du gebissen?", fragt Liam.

Im ersten Moment versteht Henni nicht, wovon der Junge redet, aber dann bemerkt sie Ralfs erschrockenen Blick.

Hört Fabios Stimme: „Ja, aber–"

Ein eiskaltes Gefühl breitet sich in Hennis Magengegend aus. Sie hat das Gefühl, als würde der Boden unter ihr schmelzen und sie hat Mühe, nicht umzufallen.

Sie starrt ihren Bruder an. Und jetzt erkennt sie das Blut, das dunkel zwischen den zusammengepressten Fingern seiner rechten Hand hindurch auf den Boden tropft.

Blut.

Nein!

Gebissen.

Nein!

Er wurde gebissen.

Nein!

Fabio wurde gebissen.

23

„Es war ein Hund."

„Was?"

„Ein Hund."

„Was für ein Hund?"

„Er war draußen und ich–" Fabio hält inne. Jetzt erst scheint er zu kapieren, was die anderen gedacht haben. Er hebt die blutige Faust und öffnet sie. „Ich wollte den blöden Köter streicheln–"

Henni starrt auf die dunklen Löcher in seinem Handballen, aus denen das Blut fließt. Sie hört den Jungen namens Liam erleichtert ausatmen.

„Ernsthaft? Ein Hund?"

„Nach vorn! Schnell!", Ralf rennt bereits los.

Henni wirft noch einen Blick auf Fabios blutige Hand, dann läuft sie Ralf nach. Hört hinter sich die schnellen Schritte von Fabio und Liam.

Als sie die Kassen erreichen, sieht Henni sie.

Der ganze Parkplatz ist voll.

Dutzende.

Der SUV auf der Hauptstraße ist hinter dem verwesenden Mob nicht mehr zu sehen.

„Wir müssen raus!", ruft Liam.

Ralf erreicht die Tür und sieht Liam an. „Nach dir, Junge."

Liam ist an den Kassen stehen geblieben und schneidet beim Anblick der Masse aus taumelnden Körpern draußen auf dem Parkplatz eine panische Grimasse. Er schüttelt heftig den Kopf. „Scheiße."

Ralf schnauft spöttisch und schiebt die Tür zu.

Ein fetter Mann mit nacktem Oberkörper und offener Bauchdecke, aus dem die Reste von ein paar Eingeweiden hängen, hat den Supermarkt erreicht und schlägt mit einem fauligen Armstumpf dumpf gegen das Glas. Das Konzept einer Tür kennt er nicht mehr, nur deswegen ignoriert er den halb offenen Eingang, wenige Meter entfernt.

„Henni, lenk sie von der Tür ab", ruft Ralf. Er sieht zu Fabio und Liam. „Sucht was, mit dem wir die Tür verbarrikadieren können. Los!"

Henni eilt zur äußersten rechten Seite der Ladenfront und schlägt mit der flachen Hand gegen das Glas. Der fette, nackte Mann dreht sich und wankt in ihre Richtung. Andere schwankende Gestalten auf dem Parkplatz ebenfalls. Ein Mann im Jogginganzug stolpert über den Kadaver einer kleinen Promenadenmischung, in dessen schlaffem Körper einer von Fabios Pfeilen steckt.

Der Hund, der Fabio gebissen hat.

Der Mann im Jogginganzug ist auf die Knie gefallen und richtet sich schwerfällig wieder auf. Er ignoriert Hennis Hämmern gegen die Scheibe, denn er sieht Ralf, der an der Tür steht. Schlurft auf ihn zu.

Ralf dreht den Kopf nach hinten in den Laden, wo Fabio und Liam verschwunden sind. „Beeilt euch, Jungs!"

Der Mann im Jogginganzug wirft sich gegen die Tür. Die Scheibe bebt. Gelbe Fingernägel kratzen über das Glas.

Ralf presst seinen Körper gegen die Tür.

Eine zweite Gestalt ist neben dem fetten nackten Mann direkt vor Henni erschienen.

Sie erkennt ihn erst auf den zweiten Blick.

Es ist der Junge im Bayern-München-Trikot, dessen Fußball Fabio gestohlen hat. Er will seinen Ball zurück, schießt es Henni durch den Kopf, obwohl sie weiß, wie absurd das ist.

Der Junge ist also irgendwie aus dem Haus herausgekommen. Muss Fabio vor dem Supermarkt gesehen haben. Und hat damit all die anderen angelockt, die mehr und mehr auf den Parkplatz strömen. Ihr kollektives Stöhnen erfüllt die Luft und geht Henni durch Mark und Bein.

Alles nur, weil Fabio unbedingt diesen beschissenen Ball holen musste. Am liebsten würde Henni ihm jetzt noch mal eine scheuern. Noch während sie das denkt, rennt Fabio mit einem Regalbrett aus Metall in den Händen durch die Kassen. Er macht ein schuldbewusstes Gesicht, so als hätte er ihre Gedanken gelesen.

Ralf tritt zur Seite und Fabio schiebt das Metallbrett durch die senkrechten Türgriffe.

Zwei weitere Gestalten sind neben dem Mann im Jogging-anzug erschienen und drücken ihre schmutzigen Kadaver gegen die Glastür. Das Regalbrett verrutscht und die Tür gibt ein Stück nach.

Liam kommt aus der Dunkelheit, in den Händen eine lange Fahrradkette. Er läuft zu Ralf und schlingt die Kette so oft es geht durch die Türgriffe, dann steckt er sie zusammen. *Klick.*

Ralf nickt. „Das hält. Jetzt alle nach hinten. Wenn sie uns nicht mehr sehen, werden sie ruhiger."

„Ich bin durch 'ne Hintertür reingekommen", sagt Liam.

„Dann hauen wir durch die jetzt ab." Ralf läuft los und Fabio sofort hinterher.

Henni wirft noch einen letzten Blick auf den kleinen Jungen im Bayern-München-Trikot, dessen verzerrtes Gesicht sich an der Scheibe platt drückt. Fabio hat ihn nicht mal bemerkt.

„Komm!"

Sie blickt zu Liam, der an den Kassen steht und mit der Hand wedelt. Nett, dass er wartet, denkt sie und läuft los. Die beiden joggen nebeneinander durch den dunklen Gang, springen einmal mehr über die Frau mit der abgebissenen Brust und erreichen die Rückseite des Gebäudes. Ralf und Fabio warten vor der Kühltheke.

„Wo ist der Hinterausgang?", fragt Ralf.

Liam zeigt auf die halb offene Stahltür, durch die er gekommen ist.

Henni wuchtet den schweren Rucksack auf ihren Rücken und hilft Fabio, seinen zu schultern. Seine dünnen Beine geben nach, aber er fängt sich. „Boah, ey, mehr hättest du nicht reinpacken können, oder?"

Sie gibt ihm einen Klatsch mit der flachen Hand auf den Hinterkopf. „Weswegen sind wir denn hier, du Horst?" Aus den Augenwinkeln sieht sie Liam grinsen.

Ralf verschwindet kurz hinter einem Regal und als er zurückkehrt, hat er seinen Rucksack ebenfalls auf dem Rücken. „Los, geht's."

Henni blickt den Gang hinab zum Eingang. Dort drücken sich Dutzende Gestalten stöhnend und mit ungelenken Bewegungen gegen die Frontscheiben. Wie lange wird das Glas dem Ansturm ihrer Körper standhalten? Hoffentlich lang genug, bis sie hinten raus abgehauen sind.

Henni tritt als Letzte durch die Stahltür in den dahinter liegenden Gang. Zur Rechten sind die beiden fensterlosen Büros, von denen Liam gesprochen hat. Umgestürzte Drehstühle, aufgerissene Aktenschränke und am Boden verstreutes Papier. Zur Linken eine offene Doppeltür. Dahinter ein großer, dunkler Raum mit Dutzenden leeren Holzpaletten; das Lager.

Liam bückt sich nach einem prall gefüllten Bundeswehrrucksack und schultert ihn. Zeigt auf eine weitere Stahltür am Ende des Gangs. „Da lang."

Ralf ist mit wenigen Schritten an der Tür und reißt sie auf. Grelles Sonnenlicht erhellt schlagartig den Flur und der massige Körper eines Polizisten fällt Ralf fast in die Arme. Er stolpert zurück, verliert das Gleichgewicht und landet auf dem Hintern.

Der Polizist kommt stöhnend auf Ralf zu. An einer ausgestreckten Hand fehlen ihm drei Finger. Seine zurückgezogenen Lippen geben ein schwarzes Gebiss frei.

Henni sieht, wie Ralf hektisch wieder aufspringt und gleichzeitig versucht, seinen Dachdeckerhammer aus dem Werkzeuggürtel zu fummeln. Sie hört den Hammer mit einem dumpfen Laut zu Boden fallen, als er Ralf aus den Fingern gleitet.

Die Hände des Polizisten sind nur noch eine Unterarmlänge von Ralfs Gesicht entfernt.

„Zur Seite!"

Jemand rammt sie und Henni taumelt gegen die linke Wand, stößt sich schmerzhaft die Schulter.

Liam stürmt an ihr vorbei, in den Händen eine Art Lanze mit einer seltsam geformten Axtklinge am vorderen Ende. Der spitze Teil dieser Klinge bohrt sich tief in den Hals des Polizisten. Mit einem Schrei schiebt Liam den Polizisten zurück und dessen Arme wedeln dabei spastisch durch die Luft.

Ralf hat sich von seinem Schreck erholt und bückt sich fluchend nach dem Dachdeckerhammer.

Henni weiß nicht, woher sie den plötzlichen Mut nimmt, aber sie läuft an Ralf vorbei zu Liam. Er hat den Polizisten wieder ins Freie gedrängt, auf den Hinterhof des Supermarkts, wo zu beiden Seiten vierrädrige Müllcontainer aufgereiht sind.

Und ein halbes Dutzend weiterer Gestalten, deren Ziel die offene Tür ist.

Liam reißt die Spitze seiner seltsamen Axt aus dem Hals des Polizisten, zusammen mit Hautfetzen und Fleischstücken. Der Polizist schwankt vor und zurück, als stünde er auf dem Deck eines Schiffs bei Seegang, dann stolpert er wieder vorwärts auf Liam, Henni und die offene Tür zu.

Henni schwingt ihre langstielige Axt. Sie hat den Kopf des Polizisten anvisiert, aber sieht das Blatt stattdessen in seiner Schulter verschwinden. Sie hört das trockene Knacken, als sein Schlüsselbein unter dem Gewicht des Stahls bricht.

Sie zerrt am Griff der Axt.

Die Klinge steckt fest.

Henni bemerkt, wie der milchige Blick des Polizisten sie fixiert und seine Hand mit den fehlenden Fingern streckt sich nach ihr aus. Hinter ihm sind die anderen Gestalten bereits näher heran, schwankende, unscharfe Figuren, deren Details Henni im Adrenalinrausch nicht wahrnimmt.

„Lass die Axt!" Liams Stimme.

Doch mit einer Sturheit, die sie genauso überrascht wie kurz zuvor ihr Mut weigert Henni sich, die Axt einfach loszulassen und aufzugeben. Wieder reißt sie am Griff, wieder bleibt sie zwischen Uniform, Knochen und Fleisch des Polizisten stecken. Aber der Ruck bringt ihn aus dem Gleichgewicht und er fällt auf die Knie.

Ihre Finger immer noch um den Axtgriff geklammert spürt Henni, wie die Klinge endlich nachgibt. Gleichzeitig kippt der Oberkörper des Polizisten nach vorn und prallt auf den von Kaugummiresten übersäten Asphaltboden. Mit einer letzten ruckartigen Armbewegung befreit Henni ihre Axt endgültig aus dem Kadaver.

Und im selben Moment schließt sich die Hand des Polizisten, die, die noch alle Finger hat, um ihren linken Knöchel.

Sie blickt nach unten, wo der Polizist seinen Oberkörper mit den Stummeln der fingerlosen Hand nach vorne zieht. Sein Mund ist weit aufgerissen und die von dunklen Flecken gesprenkelte Haut spannt sich wie Pergament über Wangen und Kiefer.

Dann saust ein knöchelhoher Skateboard-Schuh nach unten, auf den Hinterkopf des Polizisten. Rammt sein Gesicht und den offenen Mund hart auf den Boden. Zähne splittern und brechen.

Mehrmals hintereinander schmettert die Sohle des Skateboard-Schuhs hinab. Zertrümmert die morsche Schädeldecke des Polizisten wie eine überreife Frucht, die zu lange in der Sonne gelegen hat. Eine schwarzgraue, glibberige Masse spritzt in alle Richtungen.

Henni spürt, wie die Finger ihren Knöchel freigeben.

„Kommt wieder ein!" Ralfs Stimme überschlägt sich.

Eine weitere Gestalt nimmt vor Henni Form an.

Ein Mädchen in Minirock und Spaghettitop.

Henni hätte sie nicht erkannt, wäre da nicht das alberne, kleine Einhorn-Tattoo auf ihrer Schulter. „Meine Eltern sind cool, die erlauben mir natürlich, dass ich mich tätowiere", hatte sie großkotzig verkündet, als sie letzten Januar trotz Kälte im kurzärmligen T-Shirt zur Schule gekommen war, damit auch ja jeder ihr frisch gestochenes Einhorn bewundern konnte.

Es ist Anna-Maria Wagenbach.

Die so stolz auf ihre großen Möpse im Sport-BH war.

Was hast du jetzt von deinen großen Titten, he?

Liams Hand gräbt sich in Hennis Schulter und reißt sie nach hinten.

Anna-Marias gekrümmte Finger, an denen man noch die abgeblätterten Reste von pinkem Nagellack erkennen kann, verfehlen Henni um wenige Zentimeter.

Dann bohrt sich die Spitze von Ralfs Dachdeckerhammer in Anna-Marias Auge und ihre dünnen Beine knicken ein wie Streichhölzer, die man durchbricht.

Liam zieht Henni mit sich, während Ralf seinen Hammer aus dem Schädel des Mädchens reißt und sich unter den Armen einer übergewichtigen Frau in Unterwäsche wegduckt.

Dann sind sie alle zurück im Flur und Ralf knallt die Stahltür ins Schloss.

Bam. Bam. Bam.

Körper prallen draußen dumpf gegen die Tür.

Schweiß strömt Henni aus allen Poren, tränkt ihr T-Shirt, brennt in den Augen, kitzelt auf ihrem Rücken.

Sie starrt sie an.

Den Jungen namens Liam.

Ralf.

Fabio.

Keiner spricht es aus, aber allen ist es klar.

Sie sind hier drin gefangen.

24

„Ist 'ne Hellebarde. Das Zeug hing bei uns überall an den Wänden. Schwerter, Streitäxte, Morgensterne." Liam fährt mit einem Daumen leicht über die Unterseite der fleckigen Hellebardenklinge. „Mussten wir natürlich alles erst mal scharf schleifen."

Henni hat von Liams Internat gehört. Es liegt im Nachbartal, Sankt Löring. Eine alte, zur Schule umfunktionierte Burg. Nur für Jungen. „Ich glaub, unser Fußballteam hat letzten Sommer mal gegen euch gespielt", sagt sie.

Liam zuckt mit den Schultern. „Keine Ahnung. Fußball ist scheiße."

Henni gefällt, dass er das sagt. Fabio nicht, das kann sie an seinem Gesichtsausdruck erkennen.

„Wie viele seid ihr?", fragt Ralf und fischt sich eine kleine Gurke aus dem Glas mit den Cornichons, das Fabio ihm in die Hand drückt.

„Dreiundzwanzig. Zwei Lehrer, einundzwanzig Schüler. Wir waren dreißig, als es losging. Vitaly ist an 'ner Blutvergiftung gestorben. Ugur hatte krasse Bauchschmerzen, zwei Tage später war er tot. Wahrscheinlich ein Blinddarmdurchbruch, meint Herr Brade, unser Geschichtslehrer. Chris und Bijan sind von einer Erkundungstour nicht zurückgekommen. Toto von einer anderen nicht. Er war mit Rufus unterwegs. Der ist zwar zurückgekommen, aber sie haben ihn gebissen. Herr Gerhard, das war unser Rektor, hat Rufus getötet. Einen Tag später haben wir Herrn Gerhard in seinem Büro gefunden. Hat sich aufgehängt. Herr Brade ist voll durchgedreht. Hat ihn als feiges Schwein beschimpft und sich geweigert, an der Beerdigung teilzunehmen. Im April hat er sich dann selbst 'ne fette Lungenentzündung gefangen. Er ist immer noch nicht richtig wieder auf dem Damm. Kommt allein keine Treppe mehr hoch. Ich glaub, der Brade macht's nicht mehr lang."

Henni ist schockiert, wie emotionslos Liam diese Liste aus Tod und Leiden herunterrattert. Aber vielleicht wird man so, wenn Sterben Alltag wird. Vielleicht wären sie und Fabio genauso, hätten sie mehr Menschen verloren als Mama und Papa. Streng genommen haben sie natürlich mehr verloren: Onkel Carsten, Tante Bea, Cousine Lara, Oma Rita, all die Freunde und Bekannten, die ihr Leben letzten Sommer noch bevölkerten. Aber immerhin besteht die Chance, dass die alle noch leben, so wie sie und Fabio und Ralf und Liam. Dass sie irgendwo in Sicherheit, vermeintlicher Sicherheit ausharren.

Darauf warten, dass …

Ja, auf was denn?

„Und ihr habt wirklich Strom?", fragt Fabio.

Liam nickt. „Für zwei, drei Stunden am Tag, ja. Die Schulleitung hat letzten Sommer noch Solarzellen auf dem Dach vom Hauptgebäude installiert." Er schüttelt den Kopf. „War ich sauer, als meine Eltern mich auf das Kack-Internat geschickt haben." Er sieht mit einem schiefen Grinsen zu Henni. „Auch noch eins ohne Mädchen."

Henni lächelt und fühlt sich ertappt, als sie bemerkt, dass Ralf sie beobachtet. So wie Papa, der immer bemerkte, wenn sie einen Jungen anhimmelte und sie dann anschließend damit aufzog.

Liam nimmt das Glas mit den Cornichons, das Ralf ihm hinhält. „Aber wer hätte gedacht, das so 'ne beschissene Burg mal wieder wichtig werden könnte. Zugbrücke, Wassergräben, bei uns kommt so schnell kein Beißer rein." Er schiebt sich eine Gurke in den Mund, reicht Henni das Glas und streicht mit einer Hand über den Schaft der Hellebarde, die quer über seinen Knien liegt. „Und die Deko ist auch ganz nützlich."

Ralf sieht zu Henni. „Wie weit ist es bis Sankt Löring?"

Sie zuckt mit den Schultern. „Keine Ahnung." Ihre Zähne knacken eine der kleinen Gurken. Sie kaut langsam und gleichmäßig. Genießt jeden Bissen.

„Zwanzig Kilometer", sagt Liam. „Bin mit dem Fahrrad gefahren. Mountainbike. Die beste Art, um durchzukommen. Hab bis hier zwei Tage gebraucht. Mit Zwischenstopps, um zu gucken, wo's noch was zu holen gibt."

Henni hält Ralf wieder das Gurkenglas hin. Aber sein misstrauischer Blick liegt auf Liam.

„Allein?", fragt Ralf.

Liam schüttelt den Kopf. „Nein. Wir ziehen immer zu zweit los." Er macht eine Pause. Schnauft. Ringt um Fassung. „Otto ... er wurde gebissen."

Liams Atem zittert und Henni spürt, dass er mit den Tränen kämpft. Sie legt eine Hand auf seinen Unterarm. „Sorry."

Liam hebt den Kopf, bläst laut Luft aus. „Ich hab ihn erledigt, als er geschlafen hat. Er hat nichts gemerkt."

Henni bemerkt, dass Ralfs Augen wieder auf ihr liegen und sie nimmt die Hand von Liams Arm.

Der Junge dreht den Kopf und sieht sie an. Die Akne lässt sein Gesicht im flackernden Schein der Kerze, die sie auf der Kühltheke platziert haben, ein bisschen aussehen wie das von Freddy Krüger in den *Nightmare-on-Elm-Street*-Filmen. Aber sein Lächeln macht das wieder wett.

„Also, wenn ihr mitwollt, Platz ist genug."

Der Gedanke, an einen Ort zu gehen, an dem andere Menschen sind, an dem es manchmal sogar Strom gibt, ein Ort mit hohen Mauern, der mehr Sicherheit bietet als das Haus, erscheint ihr auf Anhieb extrem verlockend.

„Uns geht's gut, wo wir sind", sagt Ralf.

Warum sagt er das? Ja, ihnen geht's gut. Aber wie lange noch? Was, wenn nach und nach immer mehr von denen den Berg hinaufkommen?

Liam gähnt und streckt die Arme aus. „Eh fraglich, ob wir hier lebend wieder rauskommen." Er sagt es, als würde der Gedanke zu sterben ihm keine besondere Angst mehr machen.

„Vielleicht haben sie sich bis morgen früh wieder zerstreut." Ralf nimmt die letzte Gurke aus dem Glas. „So was wie Erinnerungsvermögen haben sie nicht."

„Außer Hunger haben die überhaupt nichts mehr", sagt Liam und gähnt wieder. Er richtet sich auf und lehnt die Hellebarde an die Wand. „Im Flur ist'n Oberlicht. Ich penn draußen auf dem Dach. Hier drinnen ist es mir zu muffig."

Er hat recht. Die Luft ist abgestanden und faulig. Es ist heiß und man hat einen beständigen Schweißfilm auf der Haut.

Liam wartet nicht auf eine Erwiderung. Er verschwindet durch die Stahltür und Henni hört ihn, wie er die Leiter zum Oberlicht ausklappt und dann hinaufklettert.

Sie wartet einen Moment, dann sieht sie zu Ralf. „Die Burg ..."

„Wir wissen nicht mal, ob die existiert."

„Doch, die gibt's. Ich kenn die Schule."

„Das heißt nicht, dass er wirklich dort mit anderen Überlebenden wohnt."

„Warum sollte er sich das ausdenken?"

„Ich weiß, Henni, das, was er erzählt, das klingt verlockend, aber–"

„Aber was?"

„Ich bin unterwegs, seit ... seit es losging. Und wenn ich eins gelernt hab, dann, dass die Leute ..." Ralf richtet sich auf und rutscht auf den Knien zu Henni heran. Sieht ihr in die Augen. „Das alles da draußen ... das hat die Menschen verändert ... Man kann niemandem mehr vertrauen."

„Wir haben dir auch vertraut. Wir kannten dich auch nicht."

Ralf lächelt. „Das stimmt." Sein Gesicht wird wieder ernst.

„Willst du wirklich zwanzig Kilometer da draußen hinter dich bringen? Weil jemand, den wir nicht kennen, uns irgendetwas erzählt?"

Zwanzig Kilometer. Früher, vor einem halben Jahr, wäre das nichts gewesen. Eine kurze Autofahrt. Aber heute, selbst mit einem Auto, immer vorausgesetzt, der Weg ist frei? Der bloße Gedanke raubt Henni beinahe den Atem.

Aber der Junge, Liam, er hat es doch auch geschafft. Dann wiederum, sein Freund, wie hieß der noch, egal, jedenfalls hat *der* es nicht überlebt.

Und das Haus, es ist ... ja, es ist Heimat.

Wie hat sie damals sich geweigert, das Haus in den Bergen, diesen kleinen Ort, als neues Zuhause anzuerkennen. Mit Händen und Füßen, ganz egal wie sehr Mama und Papa ihr „unser neues Leben" angepriesen hatten. Und jetzt, jetzt ist es das einzige, was ihr und Fabio noch geblieben ist.

Fabio.

Wieso sagt der eigentlich nichts?

Sie blickt zu ihm. Er liegt mit angezogenen Beinen am Boden, den Kopf auf einen Arm gebettet. Seine Brust hebt und senkt sich gleichmäßig. Sein Atem das einzige Geräusch in der Stille, mal abgesehen vom vereinzelten Stöhnen, das immer noch von vorne erklingt. Sie haben die Bisswunde in Fabios Handballen mit Wasser ausgewaschen und mit einem Stück von seinem T-Shirt umwickelt. Hoffentlich entzündet sie sich nicht.

Und wenn doch, was tun sie dann?

Muss er dann sterben so wie der Junge mit der Blutvergiftung, von dem Liam erzählt hat?

So viele Fragen, auf die es keine Antworten mehr gibt.

Sie spürt die Tränen erst, als sie ihre Wangen hinabrinnen.

„Hey. Komm schon. Alles wird gut." Ralf zieht sie an sich.

Henni presst ihr Gesicht an seine Brust. Spürt seine Hände warm auf ihrem Rücken.

„Wir kommen hier raus. Das versprech ich dir."

„Und dann?"

„Dann gehen wir zurück zum Haus."

„Und dann?" Sie drückt ihn mit den Handflächen von sich. „Und dann, Ralf?"

„Henni–"

„Es ist doch alles scheiße! Sinnlos!" Ihre Stimme hallt von den Wänden wider und wird durch die Dunkelheit getragen.

„Nicht so laut. Du weckst Fabio auf. Und sie hören dich."

Scheiße.

Jetzt ist sie es wieder.

Das, was sie nicht sein wollte.

Henni, die hysterische Kuh.

Sie schnieft. „Tut mir leid."

Er streicht ihr mit dem Daumen eine Träne von der Wange. „Muss es nicht, Henni. Komm, versuchen wir, auch ein bisschen zu schlafen." Er wartet nicht auf eine Erwiderung. Streckt sich am Boden aus und bettet seinen Kopf auf den Rucksack. Atmet aus. Schließt die Augen.

Henni bleibt sitzen und beobachtet ihn. Schließlich hebt und senkt sich Ralfs Brustkorb so gleichmäßig wie der von Fabio, ihr Ein- und Ausatmen beinahe synchron.

Wahnsinn. Von jetzt auf Schlafen in was, zwei, drei Minuten? Wie macht Ralf das?

Wahrscheinlich, weil er sich so fühlt wie sie.

Hundemüde.

Kaputt.

Als hätte jemand Ziegelsteine überall in ihrem Körper gestapelt.

Hennis Augen brennen so sehr, dass sie nichts lieber tun würde, als die schweren Lider zu schließen. Aber sie weiß, dass sie nicht in der Lage sein wird zu schlafen. Die Gedanken in ihrem Kopf werden rasen, übereinander, untereinander, durcheinander und sie in den Wahnsinn treiben.

Sie zuckt zusammen.

Ein scharrendes Geräusch.

Über ihr.

Auf dem Dach.

Liam.

Sie sieht noch einmal zum schlafenden Ralf, dann richtet sie sich mit knackenden Gelenken auf.

Tritt auf leisen Sohlen durch die Stahltür in den Flur.

Sie bemerkt das offene Oberlicht und die ausgeklappte Leiter.

Spürt den frischen Luftzug, der von oben hereinweht.

Zögert noch einen Moment.

Dann setzt sie den Fuß auf die erste Sprosse der Leiter.

25

Über dir funkeln die Sterne in der Nacht.

So viele Sterne.

Wenn die Lichter der Welt erlöschen, strahlt der Himmel umso heller.

Die Dachpappe unter deinem Rücken ist noch warm von der Sonne des Tages. Ein kühler Wind streichelt deine Haut und der süßliche Verwesungsgeruch ist einigermaßen erträglich. So krass, echt. Man gewöhnt sich wirklich an alles.

Hin und wieder hörst du einen von ihnen stöhnen oder ein paar schlurfende Schritte.

Vielleicht sind alle noch da. Vielleicht sind einige wieder ziellos fortgewandert. Ihr könntet euch zum Dachrand schleichen und hinüberspähen, aber wozu? Am Morgen ist es früh genug. Warum riskieren, dass sie euch sehen.

Du drehst den Kopf zur Seite und die Beule vom Sturz schickt eine kurze Ladung Schmerz durch deinen Schädel. Der Ärmel von Liams T-Shirt ist hochgerutscht und du bemerkst erst jetzt, dass sein Oberarm tätowiert ist. Wie Anna-Maria Wagenbach. Aber bei ihm ist es kein albernes Einhorn. Es ist ein Hai, dessen Kopf mit weit aufgerissenem Maul und spitzen Zahnreihen aus dem Wasser bricht. So viele Details. So lebensecht.

„Der sieht krass echt aus."

Liam lächelt stolz. „Geil, oder?"

Geil würdest du jetzt nicht gerade sagen, aber wem's gefällt. „Ja. Geil."

„Kennst du den Film?"

„Sharknado?"

Er richtet sich entsetzt auf. *„Sharknado?!"*

„Nicht?"

„Allein, dass du das Wort in den Mund nimmst, ist 'ne Beleidigung."

Du hast keine Ahnung, wovon er redet.

„Jaws. Der weiße Hai."

Davon hast du schon mal gehört. „War das nicht irgend so'n alter Film?"

„Irgend so'n alter Film?!"

„Nicht so laut."

Er schüttelt den Kopf. „Irgend so'n alter Film. Du machst mich fertig, echt."

Du drückst dich auf den Armen nach oben. „Kein alter Film?"

„Ja. Schon. Von fünfundsiebzig, um genau zu sein. Aber das ist nicht irgendein Film. Das ist ein fucking Meisterwerk. Ein Film von Steven motherfucking Spielberg."

Du musst es jetzt zugeben. „Hab ich nie gesehen."

Er starrt dich an, eine Mischung aus Ungläubigkeit, Mitleid und Abscheu. „Echt nicht?!"

„Nein."

„Aber du hast *Sharknado* gesehen."

Du zuckst mit den Schultern. „Nicht freiwillig. Mit Fabio."

„Hat er *Der weiße Hai* gesehen?"

„Keine Ahnung."

„Oh, Mann, ey. Ihr müsst mal'n ernstes Wort mit euren Eltern reden. Filmische Erziehung und so."

Du lachst, obwohl du an Mama und Papa in der Scheune denkst.

„Nach *Der weiße Hai* willst du 'ne Woche nicht mehr ins

Wasser. Hab ihn das erste Mal bei einem Türkei-Urlaub mit meinen Eltern gesehen. In einem Open-Air-Kino in Belek. Ich war sieben oder so. Mann, war ich geflasht."

Du stellst dir vor, mit Liam in einem Open-Air-Kino am Meer zu sitzen. Du kannst das Rauschen der Wellen hören, gleich hinter der großen Leinwand, auf dem dieser Film mit dem weißen Hai läuft. Du stellst dir vor, dass ihr gemeinsam aus einer großen Papptüte Popcorn in euch reinstopft und beide durch bunte Strohhalme süße Cola aus riesigen, mit Werbung bedruckten Pappbechern trinkt. Du stellst dir vor, wie ihr beide danach zurück in euer Hotel geht und dann hoch auf euer Zimmer und–

Moment mal, warum solltest du dir mit ihm ein Zimmer teilen? Das würden Mama und Papa niemals zulassen.

„Dein Vater traut mir nicht."

„Was? Ralf? Er ist nicht mein Vater."

„Oh." Du weißt, dass er jetzt an seine Bemerkung über deine Eltern und die filmische Erziehung denkt und sich ein bisschen schlecht fühlt.

„Ich hab meinen Eltern das Leben zur Hölle gemacht", sagt er und hebt den Arm mit der Tätowierung.

„Ist doch nur 'ne Tätowierung."

„Hätten deine Eltern dir das erlaubt?"

Gute Frage. Abgesehen von deinem zickigen Verhalten nach eurem Umzug hast du Mama und Papa eigentlich nie irgend-welche Probleme bereitet. Warst immer die liebe, kleine Prinzes-sin. „Weiß nicht. Vielleicht. Eher nicht."

„War ja nicht bloß das Tattoo. Ich hab ständig Scheiß gebaut. Gesoffen. Gekifft. Einmal hab ich mit Kumpels 'nen Bagger auf 'ner Baustelle kurzgeschlossen und dann sind wir damit durch die Gegend gecruised. Bis wir'n paar parkende Autos gerammt haben." Er grinst. „Bullenautos vorm Polizeirevier. Da war die Hölle los, sag ich dir. Zwei Monate Stubenarrest, kein Handy, kein Internet, gar nichts. Zum Glück waren meine Eltern gut versichert." Er schlingt die Arme um die Knie. „Das Letzte, was ich von ihnen gehört hab, war 'ne E-Mail aus dem Urlaub. Belek. Da, wo ich das erste Mal *Der weiße Hai* mit meinem Vater gesehen hab." Er seufzt. „Kein Wunder, dass sie mich auf'n Internat geschickt haben. Ich war ein echtes Arschloch. Aber ich hab sie trotzdem lieb gehabt. Wünschte nur, ich hätte es ihnen noch mal sagen können."

Er sagt das mit einem Lächeln, aber du würdest am liebsten losheulen.

„Sorry. Ich wollt dich nicht traurig machen."

Du schluckst den Kloß in deinem Hals herunter und schüttelst den Kopf. „Kein Problem." Und dann sagst du es: „Meine Eltern sind tot."

„Tut mir leid."

„Wir haben sie in der Scheune."

Er sieht dich einen Moment verständnislos an, dann weiten sich seine Augen. „Du meinst, sie sind–"

Du nickst. „Ich würde sie am liebsten ... erlösen. Aber Fabio. Für ihn sind sie irgendwie wichtig. Immer noch. Ralf meint, sie machen ihm Hoffnung."

„Ich weiß nicht. Ich hätte keinen Bock auf Beißer in meiner Nähe. Ist gefährlich. Eingeschlossen oder nicht."

Daran hast du noch nie wirklich gedacht. Dass Mama und Papa oder das, was sie jetzt sind, dass sie euch noch gefährlich werden könnten.

„Ist es sicher bei euch?", fragt Liam.

„Denk schon." Aber wenn du ehrlich bist: „Weiß nicht."

„Und ihr wollt wirklich nicht mitkommen? In die Schule?"

Du denkst an das, was Ralf dir unten gesagt hat. Man kann niemandem mehr trauen. Aber du *willst* Liam trauen. Du willst mit ihm gehen. Obwohl du ihn nicht kennst. „Ich kann das allein nicht entscheiden."

„Also ist Ralf doch dein Vater."

Seine Worte, ein Stich. „Das war jetzt blöd von dir."

„Sorry." Er lächelt. Du meine Güte. Arian Dannenberg war perfekt. Glatte Haut, weiße Zähne, rabenschwarzes Haar. Von

Arian hätten die Mädchen sich Poster an die Wand gehängt. Liam ist das genaue Gegenteil. Aber sein schiefes Lächeln in dieser Kraterlandschaft von einem Gesicht, es bringt dein Herz zum Schlagen. Ganz schnell.

Verrückt.

Er räuspert sich plötzlich. „Kann ich dich was fragen?"

„Logo."

„Ist eher 'ne Bitte."

„Kein Problem."

„Nicht, dass du mich falsch verstehst."

„Solang du nicht fragst, kann ich das nicht."

Er holt tief Luft. Spreizt die Finger und ballt sie wieder zu Fäusten. „Ich hab keine Freundin."

Du spürst plötzliche Hitze in dir aufsteigen. „Das war aber jetzt keine Frage."

„Hast du'n Freund?"

Wie aus der Pistole geschossen: „Nein."

„Ich mein, vorher, bevor–"

„Nein."

„Ich hatte vorher auch keine Freundin. Kannst dir sicher vorstellen, wie das auf so'm Internat nur mit Jungs ablief."

Kannst du. Du weißt, wie Jungen reden, wenn sie allein sind oder glauben, dass sie niemand hört.

„Ich hab noch nie mit 'nem Mädchen geschlafen."

Ach. Du. Scheiße. Du spürst, wie dir der Schweiß aus den Poren tritt, obwohl es sich hier draußen angenehm abgekühlt hat.

Er bemerkt deinen Gesichtsausdruck. „Oh, Kacke. Nein." Er fuchtelt hektisch mit den Händen herum. „Das hast du jetzt falsch verstanden. Ich will nicht mit dir schlafen. Ich mein, ich würde, wenn du wolltest, aber natürlich nicht hier und jetzt. Obwohl, wer weiß, ob wir je–" Er vergräbt sein Gesicht in den Händen. „Oh, Mann, das hab ich jetzt aber so richtig vergeigt."

Du starrst ihn an. Du könntest ihm sagen, dass du auch noch nie mit einem Jungen geschlafen hast. Du könntest ihm sagen, dass du bisher nur ein paarmal zu Phantasien mit Arian Dannenberg an dir selbst rumgespielt hast – um Gottes Willen, Henni, warum solltest du ihm *das* sagen?!

Jetzt schweigt ihr beide.

Dein Herz rast noch immer wie bescheuert.

Aber zur Abwechslung rast es mal nicht vor Angst.

Das ist schön.

Liam nimmt die Hände vom Gesicht. Er sieht dich wieder an. „Ich hab in meinem Leben noch nicht viele Mädels geküsst. Und so, wie's aussieht, stehen die Chancen scheiße, dass ich's je wieder tun werde. Mehr wollte ich gar nicht. Dich fragen, ob ich dich mal küssen darf."

Er will dich küssen.

Der Junge namens Liam.

Hier auf dem Dach.

Unter diesen funkelnden Sternen.

Mal abgesehen davon, dass die Zivilisation, so wie du sie kanntest, am Arsch ist, kann man sich einen romantischeren Ort und Moment für einen Kuss eigentlich nicht wünschen.

Ein Kuss.

Dein letzter ist lange her.

In Berlin.

Auf einer Party.

Du kennst nicht mal den Namen des Jungen. Er war älter und nicht auf deiner Schule. Du hast mit ihm gequatscht und du hast dich voll zum Affen gemacht, weil du ihm unbedingt gefallen wolltest und es hat funktioniert, denn irgendwann hat er dich einfach geküsst, vielleicht auch bloß, damit du die Klappe hältst und nicht länger dummes Zeug quatschst. Er hat keine halben Sachen gemacht und dir gleich die Zunge reingeschoben. Du hast den Kuss erwidert. Dann hat dein Handy vibriert: eine SMS von Papa, der schrieb, das er dich gleich abholen kommt. Der Junge sagte, er müsse mal pinkeln und du hast gehofft, dass er zurückkommt, bevor Papa klingelt.

Aber Papa war schneller.

Du hast dich immer gefragt, warum der Junge so lange gebraucht hat. Vielleicht hatte er so viel getrunken, dass der Strahl einfach nicht enden wollte, oder vielleicht hat er plötzlich Magenprobleme bekommen, der Kartoffelsalat mit Mayonnaise war dir ja auch ziemlich suspekt erschienen.

Vielleicht fand er aber auch einfach nur, dass du scheiße küsst. Ein Profi warst du ja nun wirklich nicht.

„Wenn du nicht willst, ist das voll okay."

Liams Stimme reißt dich aus deinen Gedanken. „Was? Nein! Ich mein ja."

Er scheint überrascht. „Also ja, wie in *ja, ich will?*"

„Ja, ich will." Du kicherst. „Oh, Gott, heißt das jetzt, wir sind verheiratet?"

Das scheint ihn dann doch etwas zu erschrecken. „Ne. Oder?"

„Natürlich nicht."

Du meine Güte, kann man bescheuerteres Zeug reden?

Ihr seht euch an.

Bum! Bum! Bum! Schlägt dein Herz. *Bum! Bum! Bum!*

Okay, einer muss den ersten Schritt tun, oder? Warum nicht Liam? Er hat ja schließlich mit dem ganzen Thema angefangen. Nicht, dass er's sich jetzt anders überlegt hat.

Aber dann bewegt er sich. Oder bildest du dir das ein?

Nein.

Seine Lippen berühren die deinen.

Es passiert.

Er küsst dich.

Seine Lippen sind spröde und aufgeplatzt. Macht nichts. Deine auch.

Er schmeckt nach ... keine Ahnung, wonach er schmeckt, wahrscheinlich nach vernachlässigter Mundhygiene.

Hör auf, Henni!

Genieß es!

Und das tust du jetzt.

Für die zwei, drei Sekunden, die es dauert. Die dir aber wie eine Ewigkeit vorkommen. Die schönste, glorreiche, süßeste, geilste, coolste Ewigkeit überhaupt.

Du fragst dich, ob du ihm deine Zunge in den Mund schlängeln sollst, so wie es damals der Junge auf der Party getan hat, aber dann ist es bereits zu spät.

Er lässt wieder von dir ab.

Lächelt sein schiefes Lächeln. „War gut, oder?"

Du kriegst zunächst kein Wort heraus.

„Nicht?"

„Doch, doch. War super. Wirklich." Würdest du ihm sogar schriftlich geben. In dreifacher Ausführung.

Ihr seht euch an. Die Sekunden verrinnen.

Wahrscheinlich denkt er dasselbe wie du: Und jetzt?

Du schmiegst dich an ihn, bevor du weißt, was du tust.

Du spürst, wie er sich für einen Moment überrascht verkrampft. Dann legen sich seine Arme um deinen Rücken. Das fühlt sich gut an. So gut. Er lässt sich langsam wieder nach hinten gleiten und zieht dich mit sich. So bleibt ihr liegen. Du mit dem Kopf auf seiner Brust, seine Arme um dich geschlungen.

Du hörst sein Herz schlagen und glaubst zu spüren, wie das Blut im endlosen Kreislauf durch seine Adern pulsiert.

Du fühlst dich lebendig.

So lebendig wie noch nie zuvor.

26

"Aufstehen!"

Nur noch ein halbes Stündchen, Mama.

Du musst zur Schule.

Muss ich nicht.

Nie wieder.

„Kommt schon, Leute." Mama rüttelt grob an Hennis Arm.

Sie blinzelt, erkennt Mamas Umrisse. Wieso hat sie ihre Haare abgeschnitten?

Dann, von einem Moment zum nächsten, ist Henni wach. Sieht Ralf an, der vor ihr auf dem Dach kniet. Sie merkt, dass sie noch immer an Liam geschmiegt ist, und richtet sich ruckartig auf.

Ralfs Blick ist hart. Seine Lippen schmal. Er ist sauer. Das kann oder will er nicht verbergen.

Da ist es wieder. Dieses Gefühl, ertappt geworden zu sein. Beinahe hätte sie „Es war nur ein Kuss", gestammelt, aber sie fängt sich im letzten Moment. Was soll das, Henni? Er ist nicht dein Vater. Du musst dich vor niemandem rechtfertigen. Außerdem hast du nichts getan.

Neben Henni bewegt sich Liam. Gähnt laut, reckt die Arme

und blinzelt aus vom Schlaf geschwollenen Augen zu Ralf hoch. „Morgen."

Die Sonne ist noch nicht über die Bergspitzen gestiegen, aber der Himmel ist hell. Hier und da schimmert noch schwach ein Stern am blassblauen Firmament. Zur Rechten sieht Henni den Sessellift, dessen Sitze in einem Windstoß schaukeln.

„Es sind weniger geworden", sagt Ralf. „Aber den Wagen können wir uns abschminken."

Er zeigt nach vorne. Henni folgt seinem Blick. Sie muss nicht mal aufstehen. Sie kann den SUV von hier sehen. Ein gutes Dutzend Gestalten umringt das Fahrzeug. Die meisten stehen beinahe bewegungslos, ein oder zwei wanken ziellos hin und her.

„Ich kann sie für euch ablenken", sagt Liam.

Hennis Kopf ruckt herum. „Nein!"

„Auf dem Fahrrad kriegen die mich nicht."

„Wäre einen Versuch wert", sagt Ralf erleichtert. Fast könnte man glauben, er lächelt.

Henni sieht ihm in die Augen. „Aber–"

„Unsere Wege trennen sich sowieso." Ralfs Blick legt sich auf Liam. „Oder?"

Der Junge nickt. „Wenn ihr nicht mitkommen wollt, dann ja."

Henni spürt Panik in sich aufsteigen. Sie will sich nicht von Liam trennen. „Du kannst doch auch mit uns kommen." Ihre Stimme überschlägt sich.

Liam schüttelt den Kopf. „Die anderen warten auf mich. Kann sie nicht im Ungewissen lassen."

Sie starrt ihn an. Hat ihm die vergangene Nacht denn gar nichts bedeutet?

Ach herrje, Henni, komm mal wieder runter. Es war nur ein Kuss. Geboren aus Angst und Verzweiflung und Einsamkeit.

Hinter ihnen klettert Fabio durch die Luke aufs Dach. „Was machen wir?"

„Wir könnten zu Liams Burg, was meinst du?", fragt Henni und vermeidet es, Ralf anzusehen.

Fabio schüttelt gähnend den Kopf. „Ne, ich will nach Hause."

„Aber–"

„Besser, wir verlieren keine Zeit", unterbricht Ralf sie. „Wo ist dein Mountainbike, Liam?"

„Hinten."

Ralf bewegt sich geduckt zum Dachrand und späht runter zu den Müllcontainern.

Henni dreht sich zu Liam, aber der weicht ihrem Blick aus und folgt Ralf zum Dachrand.

„Vier Stück", hört Henni Ralfs Stimme. „Weniger als vorn. Dann gehen wir hinten raus."

„Okay", sagt Liam.

Fassungslos sieht Henni, wie Ralf und Liam zur Luke gehen.

Das war's?

Das soll es gewesen sein?

Sie hat einen Kloß im Hals und spürt Tränen in ihren Augen brennen.

Fabio bemerkt es. „Keine Angst, Henni. Wir haben's gestern geschafft und heute schaffen wir es auch."

Auf der einen Seite würde sie ihn gerne anschreien, *Darum geht's doch gar nicht, du Idiot*, auf der anderen Seite ist sie beeindruckt, wie tapfer der kleine Kerl ist. „Komm", hört sie ihn sagen.

Kurz darauf stehen sie unten im halbdunklen Flur. Nach der Nacht im Freien kommt Henni die Luft hier drin vor wie in einem Treibhaus.

Sie haben ihre Rucksäcke geschultert. Liam hält seine Hellebarde, Fabio hat einen Pfeil auf die Sehne seines Bogens gelegt, Ralfs Finger umklammern den Dachdeckerhammer und Hennis die langstielige Axt.

Weder Ralf noch Liam sehen Henni an. Als hätten sie sich plötzlich gegen sie verbündet.

Hennis Gedanken rasen. Es muss doch eine Lösung geben.

Warum ist Liam so stur? Warum kommt er nicht einfach mit ihnen?

Weil er zurück will, Henni, zu seinen Freunden, er hat's doch gesagt.

Warum gehen wir dann nicht mit ihm?

Weil Ralf und Fabio nicht wollen, kapierst du das nicht?

Doch, aber was ich nicht kapiere ist, *warum* sie nicht wollen. Okay, Ralf hat seine Argumente genannt, aber ich bin nicht überzeugt.

Und Fabio–

Hat Ralf Fabio letzte Nacht heimlich bearbeitet, als sie mit Liam auf dem Dach war? Ihm eingeimpft, im Falle von Hennis Frage für das Haus und gegen die Burg zu stimmen?

Wenn du unbedingt willst, dann geh doch allein mit Liam.

Was? Ich kann Fabio doch nicht alleine lassen.

Er ist nicht allein. Er hat Ralf.

Er ist mein Bruder. Ich bin seine große Schwester. Ich bin für ihn verantwortlich. Niemand sonst. Ich werde ihn niemals allein lassen.

Moment mal. Ja. Ich bin seine große Schwester. Er muss tun, was ich ihm sage.

Muss er nicht. Der hustet dir was. Er hat einen Narren an Ralf gefressen. Und er wird das Haus niemals verlassen, solange Mama und Papa in der Scheune sind.

Es sind nicht Mama und Papa.

Für ihn schon.

Henni würde vor Verzweiflung am liebsten schreien. So laut, dass ihre Stimmbänder reißen.

„Seid ihr soweit?", fragt Ralf.

Nein. Nein. Nein.

„Ja", sagt Liam.

„Ja", sagt Fabio.

„Wir erledigen die vier auf dem Hof. Dann holt Liam sein Fahrrad."

Liam nickt. „Gebt mir ein bisschen Vorsprung. Damit ich sie vom Wagen weglocken kann."

Ralf streckt seine Hand aus. „Danke, Liam."

Liam greift zu und schüttelt wortlos Ralfs Hand. Er sieht zu Fabio. „Viel Glück, Fabio."

„Dir auch."

Und dann endlich sieht der Junge namens Liam wieder zu Henni. Er lächelt sein Aknelächeln. „Und falls du doch mal *Der weiße Hai* sehen willst, kommst du einfach rüber ins Nachbartal. Ich hab die Blu-Ray auf meinem Zimmer." Und bevor sie etwas erwidern kann, hat er sie umarmt.

Ganz kurz, ganz sanft.

Gleichzeitig spürt sie seine Hand auf ihrem Hintern.

Jetzt packt er ihr an den Hintern?

Nein. Seine Finger schieben etwas in ihre Gesäßtasche.

Dann hat er sie schon wieder losgelassen und sich abgewandt. „Also los", sagt er zu Ralf.

Der sieht Henni aus zusammengekniffenen Augen an. Als hätte er gemerkt, was Liam getan hat.

Na und? Selbst wenn. Was geht ihn das an?

„Vier Stück sind für jeden einen", sagt Ralf. „Ich nehme die Alte in Unterwäsche. Fabio, du den Opa mit der Weste. Henni die Frau mit dem Küchenmesser in der Brust–"

„Ich den Typen im Anzug", sagt Liam.

Ralf nickt. Die Finger seiner linken Hand schließen sich um den Türgriff.

Henni fragt sich, was Liam in ihre Hosentasche gesteckt hat. Es kann nicht groß sein, sie spürt es kaum. Sie widersteht dem Impuls, eine Hand vom Axtgriff zu nehmen und in ihre Gesäßtasche zu schieben.

Nicht jetzt. Konzentrier dich, Henni.

Dann stößt Ralf die Tür auf.

Tageslicht strömt schlagartig in den Flur und das Erste, was sie hören, ist das Summen der Fliegen.

27

R alf stolpert beinahe über den Körper des Polizisten, den sie am Vortag erledigt haben. Fängt sich im letzten Moment.

Und taumelt trotzdem in die ausgestreckten Arme der fetten Frau in Unterwäsche.

Henni sieht mit Schrecken, wie ihre Stummelfinger sich in Ralfs Hemd krallen (okay, Papas Hemd, aber jetzt ist nicht der richtige Zeitpunkt für Haarspalterei). Sie überlegt noch, ob und wie sie ihm helfen soll, da entdeckt sie aus den Augenwinkeln die Frau mit dem Küchenmesser in der Brust. Eine dieser Spielplatz-muttis, über die Mama sich so gern aufgeregt hat, mit grausiger Kurzhaarfrisur, Allzweckoberteil, Dreiviertelhose und Sandalen. „Noch keine Dreißig, aber schon ihre Weiblichkeit aufgegeben", das waren Mamas Worte.

Diese Spielplatzmutti mit dem Messer zwischen den Brüsten soll sie übernehmen, hat Ralf gesagt.

Henni reißt die Axt nach oben und während sie sie im nächsten Augenblick schon wieder nach unten rasen lässt, hofft sie inständig, dass die Klinge diesmal nicht wieder irgendwo im Körper stecken bleibt, so wie gestern.

Die Axtklinge trifft den Schädel der Frau genau in der Mitte.

Spaltet ihn sauber (so sauber, wie ein Axthieb sein kann) bis hinab zum Hals. Die Schädelhälften klaffen auseinander wie eine aufgerissene Tüte und die Axt kommt problemlos wieder frei.

Und Henni fühlt sich gut.

Es ist nicht so, dass sie keine Angst hätte, im Gegenteil, aber die Angst wurde in die hinteren Reihen gedrängt, vorne geschieht etwas anderes: Ihr Nebennierenmark pumpt Adrenalin durch ihre Adern; Blutdruck und Herzfrequenz steigen. Jedenfalls kann sie sich erinnern, das so oder ähnlich im Bio-Unterricht gelernt zu haben.

Es ist wie ein Rausch.

Sie sieht den dürren Körper eines alten Mannes in beigefarbener Weste am Boden liegen, in seiner Stirn steckt einer von Fabios Pfeilen. Das hat nicht lange gedauert.

Sie sieht Liam, der einen Mann in Anzug mit der Hellebarde gegen einen Müllcontainer schiebt.

Sie sieht Ralf, der auf dem schwabbeligen nackten Bauch der dicken Frau sitzt und mit einer Hand ihr Kinn nach hinten drückt, während ihre Wurstfinger an seinem Hemd zerren.

Bis der Dachdeckerhammer ihre Stirn zertrümmert.

„Kacke!" Liams Hellebarde hat sich in den Innereien des Anzugträgers verfangen und will nicht wieder heraus.

Und direkt neben ihm taumelt etwas zwischen den Müllcontainern hervor. Eine schwarze Gestalt, von der man nicht mehr sagen kann, ob sie mal männlich oder weiblich war, alt oder jung gewesen ist. Was immer dieses Ding war, es muss von Kopf bis Fuß in Flammen gestanden haben und dann von irgendetwas gelöscht worden sein, bevor das Feuer den Körper vollends verzehren konnte. Tatsächlich kann man noch Fetzen von Kleidung sehen, die an dem verkohlten Fleisch kleben.

Henni hört einen Schrei, und bis ihr klar wird, dass sie diesen Schrei ausstößt, ist sie schon bei Liam, ihre Axt beschreibt einen Halbkreis in der Luft und dann fliegt ein schwarzer Schädel durch die Luft. Kullert über den Asphalt wie der Fußball, für den Fabio ihrer aller Leben riskiert hat. Der Rest des schwarzen

Körpers macht noch ein paar Schritte, bevor seine Beine nachgeben.

Wow, denkt sie. Was für ein Schlag. Wow.

Ein Pfeil zischt an Liam vorbei und bohrt sich ins Auge des Anzugträgers. Der Körper wird schlaff und kippt nach vorn, wird aber vom Schaft der Hellebarde, die noch in seinem Unterleib steckt, aufrecht gehalten.

Yeah, Fabio, denkt sie. Yeah!

Ihr Bruder ist mit schnellen Schritten da und reißt den Pfeil wieder mit einer ruckartigen Bewegung aus der Augenhöhle des Toten.

Erst dann spürt Henni, dass sie etwas im Hals hat.

Und die Euphorie ist mit einem Schlag wieder verschwunden.

Sie realisiert voller Ekel, dass es eine der vielen Fliegen ist, die in ihrer Kehle steckt, die ständigen Begleiter der verrotteten Körper, wahrscheinlich eine von diesen grünen Dingern, die man so oft auf Hundescheißhaufen gesehen hat. Sie spürt, dass das Vieh lebt, spürt die winzigen Beine und Flügel, die von innen ihren Hals kitzeln.

Henni würgt und hustet und spuckt, ein langer, schaumiger Speichelfaden tropft von ihren Lippen und endlich folgt ein kleiner schwarzer Körper und landet auf dem Boden.

Liam ist bereits bei seinem Mountainbike. Er schwingt sich in den Sattel. „Gebt mir ein bisschen Vorsprung."

Henni will etwas sagen, sie müssen sich doch vernünftig verabschieden, aber Liam tritt bereits in die Pedalen, schießt vom Hinterhof und biegt nach rechts ab.

Henni, Ralf und Fabio joggen hinterher. Die Riemen ihrer prall gefüllten, schweren Rucksäcke schneiden schmerzhaft ins Fleisch.

Liam ist bereits auf der Straße, über die Henni, Ralf und Fabio zum Supermarkt gekommen sind. Sein Mountainbike schießt schnurstracks auf die Gestalten zu, die den SUV umringen.

Es sind so viele. So viel mehr, als es vom Dach aus gesehen den Anschein hatte. Oder es sind mehr geworden. Wo kommen sie plötzlich alle her? Wo waren sie vorher? Die Ersten haben Liam jetzt bemerkt und drehen die Köpfe. Körper wenden sich ruckartig vom SUV ab. Taumeln, stolpern, wanken und schlurfen auf Liam zu.

Liam bremst hart, sein Hinterrad macht eine Vierteldrehung auf dem Asphalt. Er wedelt mit einem Arm. „Kommt zu Papa, ihr Spacken! Kommt schon!"

Ralf ist hinter einem Stromkasten in die Hocke gegangen. Winkt Henni und Fabio zu sich heran. Henni bemerkt, dass einige der Figuren, die die Nacht vor den Scheiben des Supermarkts verbracht haben, jetzt ebenfalls auf Liam aufmerksam geworden sind und sich über den Parkplatz von hinten auf ihn zu bewegen. Der kleine Junge im Bayern-München-Trikot ist auch dabei.

„Er sitzt in der Falle!"

Ralf und Fabio erwidern nichts.

„Wir müssen was tun!"

Sie will sich aufrichten, aber Ralfs Finger krallen sich schmerzhaft in ihren Arm. „Wir bleiben hier!"

„Lass mich los!"

Tut er nicht.

„Er schafft das", sagt Ralf.

„Du feiges Schwein. Du willst dass, er sich für uns opfert." Speichel sprüht aus ihrem Mund und in Ralfs Gesicht, als sie ihm diese Worte entgegenspuckt.

„Henni ..." Fabio klingt so hilflos wie er aussieht.

Ralf verzieht keine Miene, er spricht leise, so als hätte er Hennis beleidigende Worte gar nicht wahrgenommen. „Wenn ich es sage, rennt ihr los. Über den Rasen zum Wagen. Verstanden?" Seine Augen bohren sich in die von Henni. „Verstanden?"

Sie erwidert nichts und weicht Ralfs Blick aus. Sieht stattdessen zu Liam, der die Masse aus Körpern, es müssen fünfzig oder mehr sein, bis auf wenige Meter auf sich hat zukommen lassen. Jetzt wendet er sein Bike und tritt wieder in die Pedalen. Und bemerkt erst jetzt die Gefahr, die sich von hinten nähert. Es sind weniger. Aber genug, um die schmale Straße zu füllen. Auf den Rasen ausweichen kann Liam nicht, dort ist ein Zaun, zur Rechten die umzäunten Grundstücke der Häuser. Wenn er entkommen will, muss er das Mountainbike zurücklassen. Besser zu Fuß zurück nach Sankt Löring als gar nicht. Hoffnung durchflutet Henni: Vielleicht entscheidet er sich ja doch, mit ihnen hoch zum Haus zu kommen, wenn ihm klar wird, dass er das Mountainbike aufgeben muss.

„Jetzt!", sagt Ralf.

Sie verlassen die Deckung des Stromkastens und sprinten über den Gehsteig zum Zaun. Ralf drückt den Draht nach unten, so dass Henni und Fabio hinübersteigen können.

Dann eilen sie geduckt über die kniehoch mit Unkraut und allerlei Gestrüpp überwucherte Rasenfläche.

Ein Gedanke schießt Henni durch den Kopf: Was, wenn einer von denen im hohen Gras verborgen ist? So wie der ohne Beine in der Tankstelle, von der Ralf erzählt hat, damals in der ersten Nacht, als er in ihr Haus kam.

Das scheint jetzt so unglaublich lange her.

Sie versucht aus den Augenwinkeln einen Blick auf Liam zu erhaschen und stolpert prompt, als sie in ein von Gräsern überwucherten Loch tritt. Sie kann sich fangen und im letzten Moment einen Sturz vermeiden.

Guck nach vorne, ermahnt sie sich, Liam kriegt das hin.

Der SUV kommt näher.

Und näher.

Nur noch eine einzige Gestalt steht am Fahrzeug. Ein Mann im Trachten-Outfit der örtlichen Blaskapelle. Die hatten auf dem Oktoberfest gespielt. Er sieht sein vermeintliches Essen kommen und taumelt auf den Zaun zu. Stößt gegen den Draht und presst sich einfach dagegen, klettern ist wie fast alle motorischen Fähigkeiten nicht mehr Teil der Signale, die sein Hirn aussendet. Es stößt nur noch ein Signal aus: die unbändige Gier, andere zu fressen.

Das macht es einfach.

Ralf rammt ihm noch im Laufen die Spitze des Dachdeckerhammers in den Kopf. Zerrt daran und reißt die gesamte Schädeldecke ab. Die Beine des ehemaligen Blasmusikers sacken weg und sein bärtiges Kinn bleibt am obersten Drahtseil des Zaunes hängen.

Ralf klettert schnaufend über den Zaun und hilft Fabio, der direkt hinter ihm ist, hinüber.

Dann streckt er seine Hände nach Henni aus.

Sie ergreift dankbar Ralfs Hand, setzt einen Fuß aufs unterste Drahtseil, dann den anderen auf das darüber und steigt den Zaun hinauf wie eine Treppe. Der schwere Rucksack drückt sie nach vorn und sie verliert das Gleichgewicht. Aber Ralf fängt sie auf. Er lächelt und sie fühlt sich mies, weil sie ihn als feiges Schwein beschimpft hat.

Fabio reißt die Hintertür des SUV auf und lässt schwitzend und keuchend den Rucksack von seinen Schultern gleiten, schiebt ihn in den Fußraum. Ralf schleudert seinen hinterher.

Hennis Schultern fühlen sich taub an, als sie ihren Rucksack abschüttelt. Irgendeine Konserve hat ihr die ganze Zeit über in den Rücken gedrückt und an dieser Stelle pocht der Schmerz. Sie öffnet die Beifahrertür und stopft den Rucksack in den Fußraum, während Ralf auf der anderen Seite bereits hinter das Lenkrad klettert.

Liam!

Für ein paar Sekunden, Sekunden, die sich wie Minuten, beinahe Stunden anfühlen, hat sie ihn vergessen. In der offenen Tür dreht sie den Kopf.

Da ist er.

Er fährt Kreise auf der Straße. Kreise, die immer kleiner werden, weil von beiden Seiten eine Masse aus Körpern mit ausgestreckten Armen und gekrümmten Fingern auf ihn zu drängt.

Wieso steigt er nicht von diesem verfickten Fahrrad? Der Garten hinter ihm ist frei von Gestalten, er bräuchte nur über die Mauer zu klettern und–

Er hat Henni gesehen.

Es ist aus der Entfernung schwer zu sagen, aber es sieht so aus, als würde er lächeln.

Und dann hebt er einen Arm.

Er winkt ihr zu.

Diese gottverdammte, blöde, verrückte, durchgeknallte, irre Pickelfresse winkt ihr zu, anstatt–

Sie brüllt seinen Namen: „LIAM!"

„Steig ein, Henni!" Ralf hat sich über den Sitz gebeugt und zerrt an ihrem Arm.

Sie klammert sich mit beiden Händen an der oberen Türkante fest.

Sieht, wie Liam seine Kreise beendet.

Und geradewegs auf die eine Wand aus zuckenden Gestalten zufährt.

Da ist eine Lücke. Nicht groß, viel zu klein. Da kommt er nicht durch. Und dahinter sind doch noch so viel mehr, wie will er das–

Henni hat das Gefühl, als sähe sie alles in Zeitlupe.

Liam, den Kopf eingezogen und über das Lenkrad gebeugt, der schwere Bundeswehrrucksack auf seinem Rücken bis in seinen Nacken gerutscht. Er rollt auf seinem Mountainbike in die Lücke zwischen den schwankenden Körpern.

Arme, so viele Arme, die sich gierig nach ihm ausstrecken.

Hände, die ihn knapp verfehlen.

Andere Hände, die ihn zu fassen kriegen und wieder abrutschen.

Dann schließt sich die Lücke. Die vorderen Gestalten machen schwerfällig kehrt, einige stolpern, andere stürzen, ein Knäuel aus Leibern, das immer dichter wird.

Und plötzlich ist Liam nicht mehr zu sehen.

Gerade war er noch da und im nächsten Moment ist er verschwunden. Wie die Münze eines Zauberers bei einem seiner billigen Tricks.

Der Mob hat Liam verschluckt.

Hennis Knie werden weich, ihre Hände rutschen von der Türkante und dann findet sie sich hemmungslos schluchzend am Boden wieder. Ein bizarres Heulen steigt in ihrem Innern auf und verlässt ihre Kehle und es klingt nicht viel anders als das Stöhnen der Gestalten.

Finger krallen sich von hinten in ihre Schulter und reißen sie hoch. In den SUV. Ihr Schädel knallt gegen den Türrahmen, aber sie spürt keinen Schmerz. Auch nicht die Hände, die ihre Beine grob ins Innere zerren. Sie spürt auch nicht, wie Ralf sich über sie beugt und sie hört nicht, wie die Tür ins Schloss knallt.

Liam.

Seine Name ein Echo in ihrem Kopf, so wie der Donner, der von den Bergwänden widerhallt.

Liam. Liam. Liam.

Der Motor erwacht mit einem Röhren zum Leben, die Karosserie vibriert.

Liam.

Liam. Liam. Liam.

Tränen laufen heiß Hennis Gesicht hinab, als das Fahrzeug mit einem Ruck anfährt.

Liam.

Liam. Liam. Liam.

28

A ls Henni sich im Sitz aufrichtet, sieht sie eine Frau, deren halbes Gesicht fehlt.

Wham!

Die Frau knallt wie ein Crash-Test-Dummy auf die Motorhaube und dann gegen die Windschutzscheibe. Das Glas knirscht, das Spinnennetz aus Rissen auf der Beifahrerseite breitet sich ein Stück weiter aus.

Die Frau rutscht seitlich wieder von der Motorhaube und dann ist sie weg.

Ralf bremst, haut die Automatik in den Rückwärtsgang. Setzt zurück. Der SUV holpert und schwankt, als wäre er über etwas drübergefahren. Wahrscheinlich die Frau.

Aus der offenen Tür des Souvenir-Shops, der gleichzeitig Postfiliale ist, schwankt eine weitere Frau in einem schmutzigen Dirndl.

Ralf fährt wieder an, lenkt nach links, um die Wende zu vervollständigen.

Die Dirndlfrau stolpert gegen die Beifahrerseite. Für einen Moment sieht Henni ihr an die Glasscheibe gedrücktes, verzerrtes Gesicht, dann verschwindet sie aus ihrem Blickfeld.

Henni dreht sich im Sitz, blickt an der Nackenlehne und an

Fabio auf dem Rücksitz vorbei aus dem Heckfenster. Hinten auf der Straße zum Discounter drückt sich die wabernde Form aus Leibern in ihre Richtung. Henni hofft vergeblich, einen Blick auf Liam zu erhaschen. Sie würde sich sogar mit einem Haufen über seinen Körper gebeugten Gestalten zufrieden geben, nur um Gewissheit zu haben. Aber auch diese Hoffnung bleibt ihr verwehrt.

Mach's gut, Liam. Ich werde dich nie vergessen.

„Geht's wieder?"

Sie dreht den Kopf zu Ralf, der sie besorgt anblickt. Sie nickt.

Er legt kurz eine Hand auf ihr Knie und drückt es. Dann blickt er wieder nach vorn. „Scheiße. Wo kommen die auf einmal alle her?"

Da sind weitere Gestalten auf der Straße. Ralf weicht einigen aus, touchiert andere – *Wham!* – schickt einen Teenager mit verrenkten Gliedern auf den Bürgersteig.

Und dann ist da der kleine Junge im Bayern-München-Trikot. Er steht mitten auf der Straße, die Arme nach ihnen ausgestreckt.

Ralf macht keine Anstalten, ihm auszuweichen. Seine Hände umklammern fest das Lenkrad.

„Überfahr ihn nicht", sagt Henni. „Wir haben seinen Ball geklaut." Sie weiß selbst, wie vollkommen bescheuert das klingt und muss deshalb nicht den Kopf drehen, um zu wissen, dass Ralf sie ansieht, als hätte sie den Verstand verloren. Vielleicht hat sie das ja.

„Henni–"

„Bitte", sagt Fabio leise von hinten.

Ralfs Blick flattert für eine Sekunde zum Rückspiegel.

Dann weicht er dem Jungen im Bayern-München-Trikot aus.

Im letzten Moment.

Henni dreht sich wieder um. Ihr Blick trifft sich mit dem von Fabio. Er sieht erleichtert aus. Dann starren beide aus dem Heckfenster, wo Bayern München wieder hinter ihnen herschlurft.

So wie die Dutzenden anderen, die von überall, aus Seitenstraßen und Gassen und Häusern strömen wie Ameisen.

Ein lauter Knall.

Die Reifen, denkt Henni und wartet darauf, dass der SUV zu schlingern beginnt. So wie damals, als Papa die Kontrolle über den Wagen verlor. Sie macht sich bereit, die Fliehkraft zu spüren, presst eine Hand gegen die Tür, die andere an die Decke.

Kein Schleudern.

Kein Aufprall.

Stattdessen bockt der SUV wie ein Pferd und sie werden in ihren Sitzen vor- und zurückgeworfen.

Nur kurz, dann ist es vorbei.

Und still.

Weil der Motor tot ist.

Der SUV wird langsamer.

Ralf schlägt frustriert seine Hände aufs Lenkrad. „Nein!" Immer wieder. „Nein! Nein! Nein! Du Dreckskarre! Nein!"

Das Fahrzeug rollt aus.

Stoppt.

„Mach ihn wieder an!", Fabios helle Stimme überschlägt sich. „Mach ihn wieder an!"

Ralf verharrt für einen Moment über das Lenkrad gebeugt, er atmet heftig ein und aus. Dann sieht er zu Henni. Ein hoffnungsloser Blick. Trotzdem dreht er den Zündschlüssel im Schloss.

Nichts.

Ralf stößt wortlos die Tür auf.

Henni ebenfalls. Sie zieht ihren Rucksack heraus und schwingt ihn sich über die rechte Schulter, schiebt den linken Arm durch den anderen Tragegurt.

Hinter ihr verlässt Fabio das Fahrzeug. Er macht ein Gesicht, als könne er immer noch nicht fassen, dass der Motor soeben den Geist aufgegeben hat. Er zerrt mühselig seinen Rucksack ins Freie. Henni hilft ihm, das schwere Ding auf seinen schmalen Rücken zu wuchten.

Dabei sieht sie sie von hinten die Straße herabkommen: Einheimische und Touristen. Männer und Frauen. Alt und jung.

Natürlich können sie ihnen davonlaufen. Auch mit den

schweren Rucksäcken. Doch werden sie aufgeben? Oder werden sie ihnen einfach immer weiter die Straße hinauf folgen? Ob sie sie sehen oder nicht. Und dann, irgendwann, zum Haus finden?

Sie hört Ralf fluchen und bemerkt, dass sie auch von vorne kommen. Viel zu viele, um sich zwischen ihnen hindurchzudrängen. Da ist wieder das Bild von Liam in ihrem Kopf, wie er auf seinem Mountainbike in den Pulk hineinfährt und all die Hände versuchen, ihn zu fassen zu kriegen.

Ralf rennt bereits in den unbefestigten Privatweg zu ihrer Rechten. Verschwindet zwischen den mannshoch gewachsenen Hecken zweier angrenzender Grundstücke.

Fabio lässt einen Pfeil von seiner Sehne.

Henni sieht, wie er sich wirkungslos im Brustkorb einer Gestalt versenkt. Sie zerrt an Fabios Arm. „Lass das."

Sie joggen hinter Ralf in den Privatweg. Die schweren Rucksäcke schlagen mit jedem Schritt dumpf gegen ihre Rücken. Sie sind wieder schweißüberströmt, als sie aus dem Weg auf den freien Platz vor der Sesselliftanlage kommen.

Freier Platz stimmt nicht ganz, denn auch hier wimmelt es von ihnen. Ihr Stöhnen hängt wie ein Klangteppich in der Luft. Der einzig freie Weg ist über den kleinen Parkplatz der Talstation. Die Tür des Gebäudes steht offen, daneben die Tafel mit den Betriebszeiten.

Nein, denkt Henni, nicht schon wieder irgendwo drinnen hocken und nicht raus können, weil die Beißer (so hat Liam sie genannt - *Liam*) das Gebäude belagern.

Aber was ist die Alternative?

Ralf scheint zu glauben, dass sie keine andere haben, denn er steuert bereits das Liftgebäude an. Dahinter steigt der Boden abrupt an, eine steile Rasenfläche, hier und da von Felsbrocken durchsetzt.

Henni hört einen von Fabios Pfeilen durch die Luft surren. Sieht aus den Augenwinkeln eine Gestalt zusammensacken.

Sie läuft wieder los. Ihre Fußsohlen brennen. Fabios keuchender Atem direkt hinter ihr.

Ralf stößt die Tür der Talstation auf, den Dachdeckerhammer schlagbereit in der erhobenen Hand. Er schielt ins Innere, wo Tageslicht durch die offene Tür und ein großes Fenster fällt. „Rein", sagt er und winkt sie mit der freien Hand heran.

Henni drückt sich an ihm vorbei in die Station. Als Fabio auch durch ist, schiebt Ralf die Tür von innen wieder zu. Sie lässt sich nur schwer bewegen, die Unterseite schleift mit einem scharrenden Geräusch über den Boden.

Schnaufen. Husten. Keuchen. Luft holen, egal, wie abgestanden sie ist.

Hennis Augen gewöhnen sich an das Halbdunkel. Geradeaus ist der leere Kassenkabuff. Rechts davon führt eine Treppe hoch zum Lift. Zur Linken sind Sitzbänke. An den Wänden Poster, die die Schönheit der Alpen und ihre Erholungsmöglichkeiten anpreisen. Prospekte mit Wanderwegen und Skipisten liegen am Boden verstreut, dazwischen eine Baseballkappe, ein Wanderschuh und die skelettierten, abgefressenen Überreste eines menschlichen Körpers.

Ralf zerrt eine der Sitzbänke zur Tür und richtet sie auf. Verkeilt sie im Türrahmen. Sein Kopf ruckt von links nach rechts.

„Was ist?", fragt Henni, immer noch außer Atem.

„Die müssen so was wie ein Notstromaggregat haben."

Wenn er's sagt.

Ralf öffnet eine Tür. Ein Büro.

Er eilt zu einer anderen Tür. *Kein Zutritt* steht in schwarzer Schrift auf einem gelben Schild. Er drückt die Klinke. Abgeschlossen. Er läuft zurück in das Büro. Henni hört ihn Schubladen aufreißen und darin herumwühlen.

Ein dumpfes Geräusch vom Eingang. Ein Mann in schmutziger Radlermontur drückt seinen sehnigen Körper gegen das Glas. Hinter ihm weitere Gestalten.

Henni sieht zum Büro. Was macht Ralf?

Er kommt wieder heraus, ein Schlüsselbund rasselt in seiner Hand. Hektisch versucht er hintereinander jeden Schlüssel an der Tür mit dem *Kein Zutritt* Schild. Einmal rutscht ihm der Schlüssel aus den Händen und fällt klappernd zu Boden. Ralf flucht leise und hebt ihn wieder auf.

Die Eingangstür bebt unter dem Ansturm der Gestalten. Die Sitzbank wackelt.

„Ralf. Das hält nicht", sagt Fabio und läuft hektisch vor der Tür auf und ab.

Ralf erwidert nichts, versucht den nächsten Schlüssel.

Und den nächsten.

BAM! Die Sitzbank kippt um und verfehlt Fabio nur um Haaresbreite. Der dürre Mann in Radlermontur schiebt die verzogene Tür ein Stück auf, ein schmaler Arm schiebt sich schlangengleich durch die Lücke.

„Haltet sie auf!", ruft Ralf, ohne sich umzudrehen. Wieder steckt er einen Schlüssel ins Schloss. Wieder Fehlanzeige.

Der Mann in Radlermontur presst seinen Oberkörper durch den breiter gewordenen Türspalt. Schwarzgelbe Zähne schnappen wie die eines tollwütigen Köters. Hinter ihm schieben und drücken und drängen die anderen.

Einer von Fabios Pfeilen bohrt sich wirkungslos in die schmale Brust des Mannes.

Er verliert die Nerven, denkt Henni, warum schießt er nicht auf den Kopf, aus dieser Entfernung kann er doch gar nicht verfehlen.

Fabio will einen zweiten Pfeil auf die Sehne legen, aber er entgleitet seinen zitternden Fingern und landet klappernd am Boden.

Henni schwingt die Axt.

Die Klinge verschwindet in der Stirn des Radlers.

Der dürre Körper klappt in sich zusammen.

Ein zweiter Mann, in Jogginghose und mit einem nackten Oberkörper voller dunkler Löcher (Schusswunden?) drängt sich durch den Türspalt.

Henni zerrt Fabios Pfeil aus der Brust des Radlers und rammt ihn ins Auge der Jogginghose. Will ihn wieder herausziehen, aber der zusammenbrechende Körper reißt ihr den Pfeil aus den Fingern.

Endlich hat Ralf den richtigen Schlüssel gefunden. Die Tür schwingt auf.

Als Henni den Kopf dreht, sieht sie Ralf gerade noch in der Dunkelheit des Raumes dahinter verschwinden. Was macht er? Er hat was von einem Notstromaggregat geredet. Selbst wenn er eins findet, kann er es zum Laufen bringen? Und warum eigentlich? Um den Lift zu starten?

„Henni!"

Sie wirbelt herum und sieht eine Frau, die sich auf allen vieren durch den breiter gewordenen Türspalt drängt und ungeschickt versucht, über die gefallenen Körper der Jogginghose und des Radlers zu kriechen. Ihre Finger, die voll mit von Edelsteinen besetzten Ringen sind, strecken sich bereits nach Hennis Knöchel aus.

Henni macht einen Schritt zurück und holt mit der Axt aus.

Die Frau mit den Ringen sackt über den beiden Männern zusammen, ihr Schädel von Hennis Axthieb zertrümmert.

Immer mehr Körper drücken gegen die Tür und Stück für Stück bewegt sie sich weiter nach innen. Der Spalt wird größer, ist eigentlich schon gar kein Spalt mehr.

„Zur Seite, Henni!", ruft Fabio.

Sie macht einen Schritt nach links und spürt etwas dicht an ihrer Wange vorbeizischen. Ein mehrfach im Gesicht gepierctes Mädchen bricht zusammen, der Pfeil steckt fast bis zum gefiederten Ende in ihrer Stirn.

Henni schwingt wieder die Axt, zerschmettert ein Gesicht, Mann, Frau, Kind, scheißegal, es spielt keine Rolle.

„Henni!"

Sie duckt sich, hört wieder den Pfeil, dann fällt vor ihr ein weiterer Kadaver über die anderen.

Die Körper beginnen, sich übereinander zu türmen.

Aber die Tür wird ein wieder ein Stück nach innen gedrückt.

Henni schlägt erneut zu, verfehlt einen Kopf, hackt stattdessen einen Arm in Schulterhöhe ab.

Fabios Pfeil folgt, durchschlägt wirkungslos den Wangenknochen der einarmigen Kreatur.

Henni hebt die Arme, die Axt scheint immer schwerer zu werden, so schwer, so unglaublich schwer.

Die Klinge saust nach unten, diesmal trifft sie den Kopf – *Crunch!*

Henni stolpert nach hinten und beinahe entgleitet ihr die Axt. Flecken tanzen vor ihren Augen, ihr Herz schlägt wie ein Drummer im Drogenrausch.

Wann hört das auf, wann hört das endlich auf?

Verschwommen sieht sie einen Körper nach hinten kippen, als ein weiterer von Fabios Pfeilen sein Ziel findet.

„Henni!"

Hör auf, meinen beschissenen Namen zu rufen, denkt sie, ich weiß selbst, wie ich heiße. Lass mich doch mal kurz verschnaufen. Nur einen klitzekleinen, beschissenen Moment, ist das denn zu viel verlangt?

Sie würde am liebsten den Scheiß-Rucksack vom Rücken schütteln, aber ihr ist klar, dass sie ihn dann nie wieder hochkriegen würde.

Ein Körper ist über die anderen gekrabbelt und rutscht kopfüber zu Boden. Landet einen knappen Meter vor Hennis Füßen. Arme zappeln, Finger mit langen Nägeln kratzen über den Boden.

Sie tritt zu.

Einmal, zweimal, dreimal.

Beim vierten Mal spürt sie, wie die Schädeldecke unter den Sohlen ihrer Converse nachgibt und sie stößt ein triumphierendes (irres) Lachen aus. Tritt weiter zu, bis nichts mehr da ist, was sie zertreten könnte.

Dann übertönt ein neues Geräusch das beständige Stöhnen der ins Gebäude drängenden Gestalten.

BROOM! Eine Maschine erwacht zum Leben, ein Motor, der

hustet und spuckt wie ein Kettenraucher nach dem Aufstehen. Der Gestank von Diesel erfüllt plötzlich die Luft.

Ralf erscheint in der Tür, durch die er zuvor verschwunden war. Er starrt für einen Moment fasziniert auf die Leiber, die sich am Eingang der Talstation stapeln wie tote Krieger unter einem Schwert schwingenden Barbaren in einem Fantasy-Gemälde. „Nach oben!"

Der Gedanke, Treppen zu steigen, egal wie wenige Stufen, erscheint Henni unmöglich.

Aber Fabio eilt bereits an ihr vorbei und die Tür gibt ein weiteres Stück nach, ein unförmiger Körper drängt sich in die neue Lücke, während andere sich wie in Zeitlupe strampelnd über die Gefallenen hinweg arbeiten. Langsam, aber stetig.

Henni schleppt sich zur Treppe, ihr Kreislauf rebelliert und ihr wird schwindelig. Ralfs Hand kriegt sie zu fassen und schiebt sie die ersten Stufen hinauf. Sie stützt sich mit einer Hand an der Wand ab und kämpft sich Schritt für Schritt, Stufe für Stufe nach oben.

Hinter der letzten Stufe steht eine Tür offen. Frische Luft weht herein.

Henni schwankt auf die nach vorne offene Abfahrtsplattform der Talstation.

Sieht die orangefarbenen Zweiersessel des Lifts vor sich von dem dicken Stahlseil baumeln.

Sie bewegen sich nicht.

Wozu dann der Scheiß mit dem Notstromaggregat?

Ralf stürmt an ihr vorbei, sein Rucksack rammt ihren, sie taumelt, stürzt beinahe und fängt sich im letzten Moment.

Sie sieht Ralf durch die Tür einer Glaskabine im hinteren Teil der Plattform verschwinden. Die Scheiben sind schmutzig und sie macht seine hektischen Bewegungen dahinter nur verschwommen aus. Es hat den Anschein, als würde er willkürlich irgendwelche Knöpfe und Tasten drücken, Schalter umlegen, was auch immer.

Ein Stöhnen auf der Treppe.

Henni blickt zu Fabio, aber der ignoriert die Treppe und beobachtet gebannt, was Ralf in der Steuerkabine (so nennt man das wohl) treibt.

Sie wendet sich schwerfällig der Treppe zu.

Etwas Langhaariges, Schmutziges, Verwestes schiebt sich aus dem Halbdunkel der Treppe in die Höhe.

Henni tritt zu.

Ihr Fuß trifft auf Widerstand, die Gestalt kippt nach hinten und verschwindet aus ihrer Sicht. Es klingt, als würden jetzt mehrere Körper die Stufen hinabpoltern.

Henni schwankt, der schwere Rucksack zieht sie nach hinten und dann landet sie hart auf dem Hintern. Schmerz schießt ihr Steißbein hinauf.

Im selben Moment erfüllt ein mechanisches Röhren die Plattform und schallt von den Betonwänden wieder.

Fabio stößt ein lautes Lachen aus.

Henni will sich aufrichten, aber ihr fehlt die Kraft. Sie dreht den Kopf nach links und da sind Schatten, die den steilen Hang hinaufgleiten. Die Sessel. Sie bewegen sich. Der Lift läuft.

„Einsteigen!", ruft Ralf, als er wieder ins Freie kommt.

Henni rollt sich zur Seite, so dass sie auf den Knien landet. Stützt sich mit den Armen am Boden ab. Jetzt ein Bein anwinkeln, das rechte. Komm schon. Hoch mit dir. Eins zwei und – sie drückt ihren Körper und den prallen Rucksack mit dem rechten Bein nach oben.

Taumelt.

Fängt sich.

Und sieht Fabio bereits in einem Sessel den Hang hinaufschweben. Er hat sich im Sitz gedreht und winkt ihr zu.

„Jetzt du, Henni. Los." Ralf steht vorn und winkt sie heran.

Sie taumelt vorwärts und zerrt dabei den Rucksack von ihren Schultern. Ralf fängt ihn ab, bevor er ihr aus den Händen rutschen und zu Boden fallen kann.

Henni sieht einen Zweiersitz durch die Wendung rotieren.

Ralf zieht sie noch ein Stück zu sich.

Sie blickt über die Schulter.

Der Sitz kommt.

Ein Gedanke schießt ihr durch den Kopf und sie spricht ihn aus: „Was, wenn das Ding unterwegs stehen bleibt?"

„Willst du, dass der Junge sich umsonst für uns geopfert hat?"

Ralf hat recht. Genau das hat Liam getan. Er hat sich geopfert.

Sie blickt nach links. Etwas kämpft sich dort schwankend durch die Tür auf die Plattform.

Der Sitz ist da.

Rammt ihre Kniekehlen. Gleichzeitig gibt Ralf ihr mit einer Hand einen Stoß vor die Brust. Ihr Hintern landet in der harten Plastikschale.

Ralf drückt den Rucksack neben ihr auf die freie Seite des Doppelsitzes und klappt den Sicherungsbügel nach unten. „Gute Fahrt."

Der Sitz schwankt einen Moment von links nach rechts und dann sieht Henni, wie ihre Füße sich vom Boden entfernen. Ein kurzes, mulmiges Gefühl in der Magengegend, als sie mit einem Ruck in die Höhe steigt.

Wind bringt ihre Haare zum Flattern, kühlt ihr schweißüberströmtes Gesicht. Das durchgeschwitzte T-Shirt klebt nass an ihrem Körper und die kühle Brise lässt sie frösteln.

Sie dreht sich im Sitz und sieht zurück.

Ralf schwingt den Dachdeckerhammer. Fällt eine Gestalt.

Dann positioniert er sich, seinen Rucksack in einer Hand, vor dem nächsten durch die Wendung schlenkernden Sitz.

Mehr Gestalten drängen sich aus der Treppe auf die Plattform.

Eine von ihnen ist Bayern München. Der kleine Bayern München.

Er taumelt vorneweg auf Ralf zu.

Aber der lässt sich bereits in seinen Sitz fallen, zieht den Bügel nach unten und dann hebt er ab, so wie vor ihm Fabio und Henni.

Bayern Münchens ausgestreckte kleine Hände verfehlen Ralfs

Sessel um eine Armlänge und der Junge schlägt der Länge nach aufs Gesicht.

Henni weiß, dass er keine Schmerzen haben wird.

Ihr Blick trifft sich mit dem von Ralf. Der lächelt, als könne er selbst nicht glauben, was sie soeben vollbracht haben.

Sie spürt, wie sich ihr Gesicht schmerzhaft spannt.

Weil sie sein Lächeln erwidert.

Ralf sackt erschöpft in sich zusammen. Er legt den Kopf in den Nacken und schließt die Augen, eine Hand hält noch den Dachdeckerhammer umklammert, die andere liegt ausgestreckt über dem Rucksack.

Sie steigen jetzt über die ersten Baumspitzen.

Henni sieht nach vorn.

Dort grinst Fabio sie über die Lehne seines Sessels an.

Und so schweben sie den Berg hinauf.

29

So sehr sie sich Mühe gegeben hatte, Mama und Papa zu versichern, für wie „absolut verkackt, beschissen und unfair" sie den Umzug in die Alpen hielt und wie „absolut todesöde und grottig sie diese unsägliche Ansammlung von gigantischen Steinhaufen" fand, so sehr begann Henni, sich mit jedem Tag mehr in die Berge zu verlieben. Stück für Stück. So wie in einen Jungen, den man zunächst so richtig zum Kotzen findet, arrogant und affig, an dem man dann aber nach und nach zur eigenen Überraschung immer mehr gute Seiten entdeckt.

Das Gurgeln und Plätschern der Bäche.

Die blühenden Wiesen im Frühling.

Das Klingeln der Glocken, wenn die Kühe im Sommer auf die Almen getrieben wurden.

Die schroffen Felsen, die gigantischen, imposanten Gipfel.

Das Glühen dieser Gipfel im Licht der versinkenden Sonne.

Die Ruhe, die absolute Stille, die sich spätestens mit der Nacht über das Haus legte (auch wenn sie diese Stille gern mit Mucke aus ihrem iPod unterbrach).

Die Sterne, die nachts so klar und hell am Himmel funkelten, als würde man mit seinem Hintern direkt in der Milchstraße sitzen.

Das Stadtkind realisierte, dass es im Grunde seines Herzens ein Naturkind war.

Das hat sie Mama und Papa gegenüber natürlich nicht zugegeben.

Und jetzt, im Sessellift, genießt sie den Blick über die Baumwipfel, die steilen Hänge, die grün leuchtenden Wiesen, die schmalen Bäche, die sich ihren Weg von ganz oben bis hinab ins Tal bahnen und für einen kleinen Moment, einen klitzekleinen Moment spürt sie so etwas wie Euphorie in sich aufsteigen, ein Glücksgefühl.

Dann bringt sie ein plötzlicher Ruck in die Realität zurück. Ihr Sessel holpert durch die Rollen des letzten Stahlträgers und das Stahlseil dahinter senkt sich nach unten. Sanft gleitet sie die letzten Meter auf die Plattform der Bergstation zu.

Fabios Sessel erreicht den mit einem weißen Strich am Boden markierten Ausstieg. Er hat den Sicherungsbügel bereits nach oben geschoben. Henni sieht ihn aus dem Sitz springen, in der linken Hand den Rucksack, in der rechten den Bogen. Der schwere Rucksack sackt zu Boden und bremst Fabio aus. Er verliert das Gleichgewicht und stürzt auf die Knie. Er richtet sich mit schmerzverzerrtem Gesicht wieder auf und stolpert zur Seite, zerrt den Rucksack mit sich.

Henni drückt den Bügel nach oben.

Jetzt bloß nicht aus dem Sitz rutschen, sind noch locker fünf Meter bis zum abschüssigen Boden.

Augen geradeaus, nicht nach unten sehen.

Dann schwebt sie über die Kante der Plattform.

Da ist die weiße Linie.

Rucksack packen, raus aus dem Sitz.

Wie zuvor Fabio wird auch sie von ihrem prallen Rucksack aus dem Gleichgewicht gebracht. Aber sie lässt ihn einfach los, taumelt und fängt sich wieder. Dann zieht sie den Rucksack aus dem Weg, während Ralf im nächsten Sitz auf die Plattform zugleitet.

Sein Ausstieg ist perfekt. „Augen auf", sagt er, als er neben ihnen steht und den Dachdeckerhammer schlagbereit hält.

Einen Moment lang kapiert sie nicht, was er meint, aber dann:

Natürlich, wer sagt denn, dass hier oben in der Bergstation keiner von denen auf frisches Fleisch lauert?

Bitte nicht, denkt Henni. Bitte nicht. Die kurze Fahrt im Sessellift war zwar einigermaßen erholsam, aber der Gedanke, wieder die schwere Axt mit ihren kraftlosen Armen heben zu müssen ... Sie glaubt nicht, dass sie das noch einmal schaffen würde. Sie fühlt sich, als hätte jemand ihren Körper mit Beton ausgegossen.

Ralf verschwindet mit schnellen Schritten in der hiesigen Steuerkabine. Sekunden später erstirbt das Brummen der Motoren. Die Sessel stoppen abrupt und schaukeln hin und her wie Gehängte nach einer Hinrichtung.

Sie verlassen die Station durch eine Seitentür.

Keine ungelenk schlurfenden Gestalten, die sie stöhnend empfangen. Nur saftig grünes Gras, das sich als flacher Hang in die Höhe streckt, in gleichmäßigen Abständen gesprenkelt mit den kürzeren Eisenträgern eines Schlepplifts. Insekten summen über den bunten Blumen, die zwischen dem Gras sprießen. Im Winter haben hier die Skischulen mit den Anfängern trainiert. Zur Bergstation gehört ein Schankhaus. Die massiven Holztüren und Fensterläden sind verschlossen.

Sie schleppen ihre Rucksäcke zu einem Aussichtspunkt, an dem eine lange, aus halbierten Baumstämmen gebaute Bank steht.

Unten im Tal können sie den Ort sehen. Und all die winzigen Punkte zwischen den Gebäuden, die ziellos hin- und herirren. Henni hofft einen Punkt zu entdecken, der sich schneller bewegt als die anderen, aber selbst wenn Liam es geschafft hätte, wäre er inzwischen wohl längst auf und davon.

Wenn er es geschafft hätte ...

Hat er es geschafft?

Sie hat nur gesehen, dass er verschwunden ist, sie hat nicht gesehen, wie sie ihn erwischt haben, wie ihre Hände und Zähne sich in sein Fleisch gegraben haben, wie sie–

„Tut mir leid. Du mochtest ihn, oder?"

Sie dreht den Kopf. Ralf steht neben ihr und starrt ins Tal. Für ihn scheint die Sache klar. Und vielleicht ist sie das auch. Nein, nicht nur vielleicht. Die Sache *ist* klar.

Hör auf, dir etwas vorzumachen, Henni.

Liam ist tot.

„Ja. Ich mochte ihn", sagt Henni. Sie fühlt sich leer. So beschissen leer. Und kaputt. Hundskaputt. Ihr fehlt sogar die Kraft, um zu heulen, um noch ein paar Tränen für Liam, den armen, tapferen Liam mit seinem absurden Haifisch-Tattoo zu vergießen.

Sie bemerkt, dass Ralfs Augen zum Schankhaus hinter der Bergstation gewandert sind. Wie er aus zusammengekniffenen Augen die verschlossenen Türen und Fensterläden mustert. Sie kann förmlich hören, wie es in seinem Gehirn arbeitet, wie er sich fragt, was sie da drinnen noch Brauchbares finden könnten, wie er die Gefahren kalkuliert, die dort möglicherweise auf sie lauern. „Ich schaff das nicht mehr", sagt sie.

Er nickt. „Ich auch nicht. Sparen wir uns die Bude für einen anderen Tag auf."

Erleichterung durchflutet sie.

Ralf lächelt plötzlich und sieht an Henni vorbei. „Er hätte sowieso nicht mitgemacht."

Henni dreht sich um. Fabio hat sich im Gras neben der Bank ausgestreckt und ist mit dem Kopf auf seinem Rucksack vor Erschöpfung eingeschlafen.

„Lassen wir ihn ein bisschen ausruhen, bevor wir weitergehen", sagt Ralf.

Henni ist dankbar. Es gibt oberhalb des Skihangs einen Wanderweg, der an der Südseite ihres Grundstücks vorbeiführt. Der kürzeste Weg von hier bis zum Haus. Aber er ist extrem steil und uneben und in ihrer augenblicklichen Verfassung glaubt sie nicht, dass sie ihn bewältigen würde, ohne unterwegs zusammenzubrechen.

Ralfs Augen scannen die Umgebung. „Sieht aus, als wären wir hier einigermaßen sicher. Ich denke, eine Stunde oder zwei können wir uns hier gönnen. Wenn du willst, leg dich auch etwas hin."

Sie schüttelt den Kopf. So erledigt sie auch ist, sie würde kein Auge zu kriegen. Sie lässt sich auf die Holzbank fallen. Hier und da haben Leute ihre Namen und Daten in den Stamm geschnitzt.

Die Sonne steht hoch am blauen Himmel. Ein wunderschöner Tag. Keine einzige Wolke. Es ist heiß, aber ein kühlender Wind weht aus den oberen Regionen herab, ein Wind, der sie nicht spüren lassen wird, wie die Sonne ihre Haut verbrennt.

Neben ihr lässt sich Ralf mit einem Stöhnen auf die Bank sinken und streckt die Beine aus. Er legt den Kopf in den Nacken und schließt die Augen. Henni bemerkt etwas an seinem Hals, das vorher nicht da war. Die Kette. Die mit dem billigen Modeschmuck, den er gestern vom Nacken der Frau gerissen hat, die ihren Einkaufswagen immer und immer wieder gegen die Regale des Discounters scheppern ließ.

„Dieselbe Kette hab ich mal meiner Frau geschenkt", sagt Ralf mit geschlossenen Augen und Henni zuckt zusammen.

Ralf hebt den Kopf und sieht sie an.

„Sie ist schön", sagt Henni, weil ihr nichts anderes einfällt.

Er dreht den Anhänger, irgendeine alberne Idee eines bescheuerten Designers, zwischen den Fingern. „Ne. Ist billiger Schrott. Massenware. Aber Frauke hat sich trotzdem drüber gefreut."

„Deine Frau?"

Er nickt. „Sie saß im Rollstuhl, weißt du. Sportunfall. Ich war beruflich viel unterwegs. Hab Versicherungen verkauft. Aber sie kam gut allein zurecht. Wir hatten eine schöne Parterrewohnung. Mit Garten. Den hat sie gehegt und gepflegt. Es hieß ja immer, in Deutschland sei alles unter Kontrolle. Also hab ich weiter Versicherungen verkauft. Sogar mehr als je zuvor."

Henni starrt ihn an. Es fällt ihr schwer, sich ihn in einem Anzug vorzustellen, mit akkuratem Haarschnitt und wie er vor Leuten steht und ihnen wortgewandt seine Versicherungen aufschwatzt.

Ralf schüttelt den Kopf, ein freudloses Lächeln kräuselt seine Mundwinkel. „Die Welt geht unter und die Leute kaufen Versicherungen. Mit den Zahlen, die ich in den letzten Wochen vor dem totalen Zusammenbruch gemacht hab, wäre ich garantiert Mitarbeiter des Jahres geworden. Dann hätte ich die Reise nach Dubai gewonnen. Das hätte Frauke gefallen. Der Rollstuhl hat sie nicht vom Reisen abgehalten. Im Gegenteil, es konnte ihr gar nicht weit genug sein. Auch wenn's für sie wirklich nicht einfach war. Ich hätte das nicht so gemeistert wie sie. Die wenigsten hätten das." Er lächelt einen Moment schweigend in sich hinein.

Henni bemerkt eine Bewegung aus den Augenwinkeln. Eine Maus huscht durchs Gras und Henni hebt unwillkürlich den Blick, um nach einem Greifvogel am Himmel Ausschau zu halten.

Lauf, kleine Maus, denkt sie. Lauf.

„Ich war im Hotel in München, als Frauke anrief."

Henni vergisst die Maus und sieht wieder zu Ralf. Er hat sich nach vorn gebeugt und beißt sich beim Sprechen auf die trockenen Lippen.

„Sie war hysterisch und sagte, da ständen ... tote Leute vor unserer Terrassentür. Ich hab versucht, sie zu beruhigen. Ihr gesagt, sie soll die Polizei rufen. Aber da war ja längst nur noch dauerbesetzt. Ich hab das Glas der Terrassentür splittern gehört. Ich hab das Stöhnen gehört. Und Fraukes Schreie." Er dreht den Kopf und sieht Henni in die Augen. „Ich hab gehört, wie sie gefressen wurde."

30

Eine Frau (wie heißt sie noch, Nena?) singt von neunundneunzig Luftballons auf ihrem Weg zum Horizont.

Der Ton ist blechern. Kein Wunder, mit dem Kassettenrecorder, den sie mit frischen Batterien aus dem Supermarkt gefüttert haben, hat Papa als Teenager Musik aus dem Radio aufgenommen. Wie die Kassette, die jetzt gerade läuft. *NDW Mix 83* steht in Papas krakeliger Teenager-Handschrift drauf.

Egal, wie alt die Musik, egal, wie mies der Sound, nach so langer Zeit überhaupt wieder Musik zu hören ist fast so, als wäre alles wieder wie früher.

Aber eben nur fast.

Sie haben den Inhalt der drei Rucksäcke, die Ausbeute ihres Trips ins Dorf im Wohnzimmer verteilt.

Fabio liegt rücklings am Boden und stopft sich gierig den Inhalt einer Tafel Kinderschokolade in den Mund. Bereits die zweite der drei, die er im Supermarkt gefunden hat.

Draußen hört Henni den Regen gegen die Fensterläden trommeln.

Der Himmel begann, sich mit tief hängenden Wolken zuzuziehen, während sie nach ihrer Ruhepause den Wanderpfad hinter der Bergstation hinaufstapften. Bald fingen sie an, unter dem Gewicht ihrer Rucksäcke zu keuchen. Mit dem Aufziehen der Wolken fielen die Temperaturen schlagartig, ein kalter Wind biss ihnen ins Gesicht und drang durch ihre Kleidung. Bergwetter eben. Als sie am späten Nachmittag das Grundstück erreichten, waren sie verschwitzt und froren gleichzeitig. Die Drahtseile mit den steingefüllten Konserven schienen unberührt. Genau wie das Haus. Nirgendwo wankende Gestalten. Sie passierten im plötzlich einsetzenden Regen die Scheune, ohne etwas von Mama und Papa zu hören, und nachdem sie Türen und Fenster gecheckt hatten, betraten sie das Haus. Henni fühlte sich wie früher, wenn sie aus dem Urlaub zurückkamen und die Vertrautheit der eigenen vier Wände sie wohlig in Empfang nahm. Auch wenn der eine Tag und die eine Nacht im Dorf so ziemlich das genaue Gegenteil von einem Urlaub gewesen waren.

Henni starrt auf die Ausbeute vom Supermarkt. Eine Menge Zeug, mehr, als sie sich zu erhoffen gewagt hatte, aber es wird nie und nimmer reichen, um sie durch den nächsten Winter zu bringen.

„Komm schon. Lass dich gehen, Henni", sagt Ralf, als hätte er ihre Gedanken gelesen. „Wir dürfen uns ruhig belohnen."

Er dreht lächelnd eine Dose Bier zwischen den Fingern. Eine von einem Dutzend, die auf dem Tisch stehen. Er reißt den Verschluss auf. Es zischt und weißer Schaum quillt aus der Öffnung. Ralf presst die Dose an die Lippen und trinkt in großen Schlucken, während Bier über seine Finger läuft und von seinem Kinn aufs Hemd tropft. Er trinkt und trinkt und trinkt und dann setzt er die Dose ab. Er stößt ein seliges, lang gezogenes Stöhnen aus. „Eiskalt wär's besser. Aber ich will mich nicht beklagen." Dann rülpst er laut.

Fabio lacht.

Ralf grinst Henni an. „Tschuldige."

Sie lächelt. Er hat recht, eine Belohnung haben sie sich wirklich verdient. Sie reißt die Tüte mit den Gummibärchen auf.

Schaufelt sich eine Handvoll in den Mund. Wow. Glücksgefühle durch den Geschmack von Gummibärchen.

Ralf trinkt die letzten Schlucke von seinem Bier und bemerkt, dass Fabio ihn beobachtet. Er zerknüllt die leere Dose zwischen den Fingern. „Willst du eins?"

Fabio leckt sich mit der Zunge über die Lippen. Blickt zu Henni.

„Tu nicht so, als ob du meine Erlaubnis brauchst", sagt sie. „Du machst doch eh, was du willst."

„Und das Jugendschutzgesetz ist außer Kraft getreten." Ralf wirft Fabio eine Bierdose zu.

Der Junge fängt sie ungelenk auf.

Ralf sieht fragend zu Henni.

Sie war immer ein braves Mädchen. Hat auf den wenigen Partys, auf die sie in ihrem kurzen Leben gegangen ist, immer nur Fanta, Cola, Sprite getrunken. Obwohl es auf einigen auch schon Alkohol gab. Sie erinnert sich an Nina, ein Mädchen aus ihrer alten Klasse in Berlin, die auf ihrem dreizehnten Geburtstag mitten aufs von ihrer Mama so liebevoll und mühselig zubereitete Buffet gekotzt hatte. Der Gedanke lässt Henni grinsen. „Warum nicht", sagt sie und schnappt die Dose, die Ralf durch die Luft fliegen lässt.

Sie öffnet sie fast gleichzeitig mit Fabio.

Zischen, Schaum, schnell an die Lippen.

Lauwarm. Bitter.

Aber irgendwie sauköstlich.

Fabio verschluckt sich und hustet. Er verzieht das Gesicht. Macht auf cool. „Schmeckt geil." Dann versucht er wie Ralf zu rülpsen, aber es ist ein ziemlich kläglicher Laut, der über seine Lippen kommt.

Henni und Ralf tauschen einen amüsierten Blick.

Ralf beugt sich im Sessel vor und öffnet eine zweite Dose.

Und Henni schiebt ihre Hand wieder in die Tüte mit den Gummibärchen.

Dann streckt sie ihre bleiernen Glieder auf der Couch aus.

Auf Papas NDW-Mix wird Nena von einem Typen abgelöst, der mit quäkender Stimme davon singt, dass sein Maserati zweihundertzehn fährt und die Polizei nichts gesehen hat. Er gibt Gas, er hat Spaß, trällert er.

Musik und Gummibärchen.

Das Leben könnte beschissener sein.

Sie trinkt wieder von ihrem Bier. Ist das Einbildung oder spürt sie nach zwei Schlucken schon die Wirkung des Alkohols?

Sie schließt die Augen.

Müde.

So müde.

Als sie erwacht, sind die Kerzen heruntergebrannt.

Es ist stockfinster.

Und still. Keine Musik mehr.

Nur der Regen, der draußen immer noch vom Himmel rauscht.

Am Boden liegt eine Gestalt. Fabio. Er grunzt und schmatzt im Schlaf, dann fängt er leise an, zu schnarchen.

Sie kneift die Augen zusammen und erkennt, dass alle Bierdosen offen und leer auf dem Tisch stehen. Sie schwingt die Beine von der Couch und steht auf. Statt Fabio zu wecken, holt sie Mamas Lieblingsdecke, die, mit der sie sich bei gemeinsamen Fernsehabenden immer eingekuschelt haben, aus dem Bauernschrank und breitet sie über ihrem Bruder aus.

Sie checkt die Haustür, lauscht, ganz Macht der Gewohnheit, auf irgendwelche verdächtigen Geräusche von draußen. Aber selbst, wenn da welche wären, würde sie sie durch das stetige Trommeln der Regentropfen wahrscheinlich eh nicht hören.

Dann geht sie nach oben. Der Boden knarrt unter ihren Füßen. Sie braucht keine Kerze. Sie hat sich so an die Dunkelheit gewöhnt, dass sie ihren Weg findet, ohne sich irgendwo zu stoßen. In ihrem Zimmer zieht sie sich das T-Shirt über den Kopf und streift die Jeans von ihren Beinen.

Rüber ins Bad, um sich mit ein bisschen Wasser aus dem

Kanister die Zähne zu putzen. Morgen muss sie sich unbedingt mal wieder die Haare kämmen, sonst sind sie bald total verfilzt.

Sie pinkelt in den Eimer, der in der Kloschüssel steht und will zurück in ihr Zimmer, als sie es hört.

Ist das ...?

Ja.

Schluchzen.

Jemand weint.

Sie wendet sich automatisch der Treppe zu, weil sie glaubt, es ist Fabio, aber dann wird ihr klar, dass das Schluchzen von hier oben kommt.

Aus Mamas und Papas Schlafzimmer.

Die Tür steht einen Spalt breit offen.

Sie zögert.

Dann drückt sie die Tür mit der Hand nach innen auf.

Ralfs Umrisse knien vor dem Bett, sein Kopf ist im Kissen vergraben. Sie sieht, wie sein Körper bebt. Fühlt sich wie ein Spanner und will sich schon wieder abwenden, da hebt er den Kopf. Sie kann sein Gesicht in der Dunkelheit nicht erkennen, aber sie hört ihn schniefen. Und widersteht dem Impuls, die dümmste aller Fragen zu stellen: *Alles okay?*

„Henni ..." Seine Stimme bricht und er fängt wieder an, zu weinen.

Ihn so zu sehen, erschüttert Henni bis ins Mark. Bisher war er doch immer der Starke, der Entschlossene.

Der Erwachsene.

Ihre Füße tragen sie zum Bett. Sie geht neben ihm in die Knie. Er trägt nur noch eine Unterhose. Sie legt eine Hand auf seine Schulter. Seine nackte Haut ist kalt. Er blickt sie wieder an. So dicht vor ihm sieht sie sein tränenüberströmtes Gesicht. Riecht das Bier, das er getrunken hat.

„Ich–" Seine Stimme versagt wieder, es kommt nur stotternder Atem.

Und dann nimmt Henni ihn in die Arme.

Drückt ihn sanft an sich.

Spürt seinen harten, sehnigen Körper.

Seine Bartstoppeln, die ihre nackte Haut kitzeln.

„Es tut mir leid", sagt sie leise und streichelt mit einer Hand über sein Haar.

Die Bilder erscheinen wieder in ihrem Kopf. Die Bilder, die dort aufflackern wie ein Film in einem alten Projektor, seit er ihr heute Mittag von seiner Frau erzählt hat: Glas, das unter dem Ansturm dutzender Gestalten bricht. Eine gelähmte Frau, die panisch ihren Rollstuhl wendet und durch einen engen Flur rollt, während sich hinter ihr die Wohnung mit kalten Leibern füllt. Eine Hand mit Ehering, die versucht, die Klinke der Haustür zu öffnen. Andere Hände, die sich von hinten in die Schultern der Frau graben, in ihre Haare krallen, daran reißen. Der Rollstuhl, der nach hinten kippt. Die weit aufgerissenen Augen der auf dem Rücken liegenden Frau, als sie über sich ebenso weit aufgerissene Münder sieht.

Sie spürt seine Lippen.

Erst auf ihrem Hals, dann auf ihrer Wange.

Und dann auf ihrem Mund.

Was—?

Sie will zurückweichen, aber er hat seine Arme um sie geschlungen und lässt sie nicht los.

„Ralf—"

Seine Zunge.

Zwischen ihren Lippen.

In ihrem Mund.

Sie reißt ihren Kopf zur Seite. Drückt ihre Unterarme und geballten Fäuste gegen seinen Brustkorb. „Ralf!"

Sein Atem geht keuchend. „Henni—"

Er gibt sie frei und sie springt auf. Taumelt zurück, verliert das Gleichgewicht und fällt auf den Hintern. Sieht, wie sich die Umrisse seines Körpers aufrichten. Panisch kämpft sie sich wieder auf die Füße.

„Henni, entschuldige—"

Sie wirft sich herum.

Raus aus dem Schlafzimmer.

Durch den Flur.

In ihr Zimmer.

Sie knallt die Tür ins Schloss. Dreht den Schlüssel im Schloss, den sie noch nie zuvor gedreht hat. Mama und Papa und sogar Fabio haben immer respektiert, wenn sie nicht gestört werden wollte. Okay, Fabio nicht immer, aber meistens.

Jetzt hört sie leise Schritte im Flur und dann klopft er an ihre Tür.

„Henni. Ich ... wollte das nicht. Ich ...“

Sie hört ihn schwer atmen, spürt seine Präsenz durch die geschlossene Tür.

Sie steht still, wagt es nicht, Luft zu holen, obwohl das Blödsinn ist, denn er weiß ja, dass sie hier ist.

Sie kann noch immer seine Lippen auf den ihren spüren.

Seine Zunge, die sich in ihren Mund schlängelt.

Ein Schauer läuft über ihren Körper.

„Schlaf gut“, hört sie ihn flüstern.

Seine Schritte entfernen sich, dann das Geräusch der Schlafzimmertür, die er hinter sich schließt.

Stille.

Henni lässt sich auf ihr Bett fallen. Das Blut rauscht laut in ihren Ohren. Ihr Herz trommelt wie ein Irrer gegen die Wände seiner Gummizelle. Ihre Hände zittern.

Einatmen.

Komm wieder runter, Henni, sagt sie sich.

Ausatmen.

Es war nur ein Kuss.

Einatmen.

Ralf ist traurig.

Ausatmen.

Er ist einsam.

Einatmen.

Er hat viel mitgemacht.

Ausatmen.

Er hat viel Bier getrunken. Und für einen Moment hat er Henni für seine Frau gehalten. Das kann sie ihm doch nicht verübeln.

Einatmen.

Er hat gesagt, es tut ihm leid.

Ausatmen.

Kein Grund, hysterisch zu werden.

31

Fabio kotzt bereits zum dritten Mal.

Diesmal zum Glück draußen auf der Bank neben der Haustür und in einen Eimer, den Henni ihm gegeben hat. Die erste Ladung Kotze ging direkt auf den Wohnzimmerboden, die zweite in den Flur, als Fabio noch versuchte, es zur Spüle in der Küche zu schaffen.

Henni hat die Schweinerei aufgewischt und ihn mit dem Eimer vor die Tür geschickt. Jetzt steht sie neben ihm und der Geruch aus dem Eimer lässt sie beinahe mit kotzen.

Fabio wedelt mit einer Hand. „Lass mich allein."

„Wie viel hast du denn getrunken?"

Statt zu antworten, würgt er zum vierten Mal, aber es kommt nicht mehr viel, nur Flüssigkeit, die er stöhnend in den Eimer spuckt. „Oh, Kacke ..."

Ein Schatten fällt auf den Boden und Henni sieht zur offenen Haustür.

Ralf lehnt im Türrahmen. Er gähnt und reckt die Arme. „Guten Morgen."

Henni weicht seinem Blick aus. „Morgen."

Fabio hebt den Kopf. Er ist bleich. Seine Augen sind rot und geschwollen, die Haare stehen in alle Richtungen ab.

„Der erste Kater ist immer der Schlimmste", sagt Ralf mit einem Lächeln. „Danach wird's besser." Er setzt sich neben Fabio auf die Bank und reibt ihm väterlich über den Rücken. „Am besten du versuchst, was zu essen."

Fabio stöhnt. „Bloß nicht."

Henni spürt Wut in sich aufsteigen. „Wieso hast du ihn so viel trinken lassen?"

Ralf sieht zu ihr auf. „Ich bin nicht sein Vater."

„Er ist ein Kind."

„Bin ich nicht", sagt Fabio mit schwacher Stimme.

„Doch, bist du, du Idiot!"

„Jetzt entspann dich, Henni", sagt Ralf.

„Ich entspann mich überhaupt nicht!" Ihre Augen funkeln Ralf an. Sie widersteht dem Impuls, ihm eine zu knallen und stürmt ins Haus.

Eine halbe Stunde später ist sie mit dem prallen Wäschesack über der Schulter und der Axt in der Hand allein auf dem Weg zum See. Die Sonne scheint, aber nach dem gestrigen Regen sind die Temperaturen gesunken und sie trägt einen Kapuzenpulli. Sie hat das Haus durch die Terrassentür im Wohnzimmer verlassen und einen großen Bogen geschlagen, so dass Ralf und Fabio sie nicht sehen konnten. Sie ist noch nie allein zum See gegangen, die Abmachung ist, dass niemand von ihnen ganz allein loszieht, schon gar nicht, ohne die anderen zu informieren. Aber sie muss jetzt einfach allein sein.

Natürlich ist sie nicht wirklich sauer auf Ralf, weil er Fabio zu viel Bier hat trinken lassen.

Sie ist heute früh aus einem Traum erwacht, in dem Ralf sie geküsst hat. Dann wurde ihr klar, dass es kein Traum gewesen war und die Erinnerung an letzte Nacht kam zurück.

Sie erreicht das Fichtenwäldchen, das die Alm vom See trennt, und bleibt stehen. Die Bäume werfen dunkle Schatten. Sie verharrt einen Moment. Versucht Bewegungen zwischen den Stämmen auszumachen, aber da ist nichts. Nicht mal ein Tier.

Weiter.

Zwischen die Bäume.

Das Sonnenlicht wird vom dichten Wachstum der Fichten gefiltert, nur hier und da bohren sich Strahlen wie die Laser von Raumschiffen beinahe senkrecht von oben bis auf den Boden hinab.

Schnelle Schritte, wachsame Blicke. Der Waldboden weich unter den Sohlen ihrer Schuhe. Ameisen kreuzen ihren Weg. Vögel zwitschern.

Dann endlich lichten sich die Bäume wieder und da ist die Wiese. Dahinter der See. So glatt und unberührt wie immer.

Erleichtert, den Wald hinter sich zu lassen, tritt Henni ans Ufer. Wirft den Wäschebeutel ins Gras. Sie setzt sich und zupft einen Grashalm aus der Erde. Steckt ihn sich zwischen die Lippen. Wie Huck Finn, denkt sie mit einem Lächeln.

Sie sieht ihr Spiegelbild in der Wasseroberfläche.

Ihre Haare, die dringend gekämmt werden müssen.

Ihre blauen Augen. Die dunklen Ränder hatte sie früher nicht, oder?

Ihre Nase, ein bisschen groß, aber okay.

Ihr Mund–

Mit einem Mal kann sie Ralfs Lippen wieder spüren, kann sie schmecken.

Um sich abzulenken, beginnt sie, die schmutzigen Klamotten aus dem Wäschebeutel zu zerren. Da ist die Jeans, die sie gestern und vorgestern getragen hat, auf ihrem Trip runter ins Tal. Sie rutscht auf die Knie und beugt sich vor, taucht den Stoff ins Wasser.

Und dann schießt es ihr durch den Kopf.

Liam.

Seine Hand.

Auf ihrem Hintern.

In ihrer Gesäßtasche.

Als er sie zum Abschied umarmt hat.

Wie konnte sie das nur vergessen?

Hektisch reißt sie die Jeans wieder aus dem Wasser und schiebt ihre Finger in die beiden hinteren Taschen.

Da, in der linken.

Ein gefaltetes Stück Papier.

Sie zieht es heraus, es ist nass und sie klappt es mit wild klopfendem Herz und zittrigen Fingern auseinander, ganz vorsichtig, um es nicht zu zerreißen.

Die Schrift des Kugelschreibers ist bereits etwas zerlaufen, aber sie kann noch lesen, was er geschrieben hat: *Einladung zum Kinoabend. Der weiße Hai. Ich würde mich freuen. (Popcorn leider alle) Liam*

Darunter eine krude gekritzelte Wegbeschreibung nach Sankt Löring. Neben einem dick markierten X das schlichte Worte *Schule.*

Liams Schrift verschwimmt, nicht vom Wasser, sondern von den Tränen, die in Hennis Augen steigen.

So hockt sie am Ufer, auf den Knien, die Hände mit Liams Zettel in ihrem Schoß, während die Tränen ihre Haut hinabrinnen.

Sie weiß nicht, wie lange sie so da gesessen hat, aber als sie das Geräusch hört, ist Liams Zettel bereits wieder getrocknet und ihre Knie schmerzen, also muss es eine ganze Weile gewesen sein.

Sie dreht den Kopf. Ihre Finger schließen sich um den Griff der Axt. Ihre Augen beobachten den Waldrand. Scannen ihn von links nach rechts und wieder zurück.

Eine Windstoß rauscht durch die Fichten, Äste schwingen, ein paar Nadeln rieseln.

Sie faltet Liams Zettel wieder zusammen, ganz behutsam, und schiebt ihn ebenso behutsam in die Vordertasche ihrer Hose. Dabei nimmt sie den Blick nicht von den Bäumen. Aber was immer sie gehört hat, sie hört es kein zweites Mal.

Es war der Wind, sonst nichts. Nur der Wind.

Sie greift nach ihrer nassen Jeans und drückt sie wieder ins Wasser. Rubbelt den Stoff aneinander.

Hält inne.

Kneift die Augen zusammen.

Der rote Fleck war vorher nicht da.

Nicht auf ihrer Hose, sondern auf dem Wasser. Nicht rot, eher orange, leuchtend orange. Wie eine Signalfarbe.

Ist das eine Jacke?

Ein Trekking-Rucksack?

Sie richtet sich auf, um besser sehen zu können.

Ja, es ist ein Rucksack.

Sie sucht das Ufer mit den Augen ab, aber sie kann niemanden entdecken. Auch nicht auf der anderen Seite des Sees. Wo kommt der Rucksack her? Wie lange ist er schon hier im Wasser?

Sie zieht ihre Converse aus. Streift die Socken von den Füßen. Das Wasser ist kalt, nicht so kalt, wie vor ein paar Wochen, aber kalt. Wirklich warm wird es hier oben nie. Sie watet in den See. Das Wasser saugt sich in ihre Jeans, als sie sich Schritt für Schritt auf den Rucksack zubewegt. Sie kann die Marke erkennen. Die mit dem Büffel als Logo. Nur wenige Schritte und das Wasser steht ihr bis zu den Hüften. Scheiße, komplett nass wollte sie eigentlich nicht werden.

Sie streckt den Arm nach dem Rucksack aus.

Noch einen Schritt.

Sie realisiert ...

Da ist noch mehr im Wasser ...

Unter dem Rucksack.

Todesangst, so viel kälter als das Wasser schießt durch jede Faser ihres Körpers, ihr Bauch zieht sich zusammen, es fühlt sich an, als hätte jemand einen Eisklotz drin platziert . Zurück–

Zu spät.

Ich bin–

Der Rucksack bewegt sich.

Etwas streift Hennis Bein.

Kein Fisch.

–so dumm.

Eine Hand.

So dumm.

Sie schreit gellend laut, als die Gestalt sich aufrichtet, der Rucksack auf ihrem Rücken. Wasser läuft über das aufgedunsene weiße Gesicht, tropft von einem kurzen Bart.

Eine Hand krallt sich in Hennis Kapuzenpulli.

Zähne in einem weit aufgerissenen Mund.

Stöhnen.

So dumm. So dumm. So saudumm.

Sie will sich losreißen, aber ihr Hoodie ist fest in seinem Griff. Eine zweite Hand krallt sich in ihr Haar. Reißt daran. Der Schmerz schießt durch ihre Schädeldecke. Er zieht sie zu sich heran. Sie versucht den Kopf erfolglos nach hinten zu drücken, es fühlt sich an, als würde ihre Kopfhaut jeden Moment abreißen, sie skalpieren und einen blutigen, nackten Schädel zurücklassen.

Sein ekelhafter Geruch steigt ihr in die Nase. Sie versucht verzweifelt, nach ihm zu treten, aber der Widerstand des Wassers ist zu groß.

Sie presst ihre Handflächen gegen seine Brust, gegen die gesteppte Gebirgsjacke, drückt ihre Arme durch.

Doch dann fängt er an, ihren Kopf hin- und herzuschleudern. Ihr Haar fliegt von links nach rechts. Ihre Hände rutschen ab und plötzlich wird ihr Gesicht in seine Jacke gedrückt.

Nein!

Schmutzige Finger schieben sich in ihren Mund und zerren ihren Kiefer nach unten.

Sie würgt.

Da ist sein Mund, direkt vor ihr, er beugt sich zu ihr hinab und jetzt wird er ihr ins Gesicht beißen, Fleisch und Haut vom Schädel reißen und – BLAM!

Sein Kopf fliegt nach hinten.

Seine Hände geben ihre Haare frei, seine Finger rutschen aus ihrem Mund.

Sie stößt sich mit beiden Händen von ihm ab und kippt nach

hinten in den See. Verschwindet für einen Moment unter der Oberfläche und schluckt Wasser. Kommt hustend wieder hoch.

Der Mann mit dem orangefarbenen Rucksack steht noch. Sein rechtes Ohr hängt zerfetzt von seinem Schädel. Er stöhnt und streckt seine Hände nach Henni aus.

Ein lauter Schrei.

Wasser spritzt.

Ein Gewehrkolben saust nach unten.

Ein Wangenknochen splittert.

Ein Augapfel fliegt mit einem *Plopp!* durch die Luft.

Der Gewehrkolben fliegt erneut.

Eine Schädeldecke gibt nach.

Schwarzgraue Masse spritzt.

Noch ein Schlag mit dem Gewehrkolben.

Noch einer.

Und noch einer.

Der Mann sinkt lautlos ins Wasser.

Und dann ist es wieder nur noch sein leuchtender Rucksack, der zu sehen ist, wenn man nicht genau hinguckt.

Henni stolpert keuchend zurück ans Ufer und fällt ins Gras.

Ralf steht noch im Wasser, den Lauf des Jagdgewehrs mit beiden Händen umfasst. Sein Brustkorb hebt und senkt sich heftig, sein Atem stößt schnaufend aus den Nasenlöchern.

Ihre Blicke treffen sich.

Er lässt das Gewehr sinken. Watet ans Ufer und setzt sich neben sie. Ein paar Minuten vergehen. Ein paar Minuten, die Henni auf die schroffen Felswände starrt, die sich auf der anderen Seite des Sees in den Himmel recken. Erst jetzt bemerkt sie die weiß gepuderte Spitze des höchsten Gipfels. Was gestern hier unten als Regen den Boden tränkte, ist dort oben bereits Schnee.

„Das war so was von saudämlich, Henni."

„Ich weiß." Sie sieht ihn an. „Ist Fabio–"

„Im Haus. Türen verschlossen." Er atmet tief ein und aus. „Mach das nie wieder. Verstanden?"

Ihr erster Impuls ist eine rotzige Erwiderung, aber dann nickt sie. „Danke."

Er versucht, die schwarzgraue Masse, die am Gewehrkolben klebt, im Gras abzuwischen. „Jetzt haben wir nur noch zwei Schuss."

Hennis Augen suchen wieder nach dem orangefarbenen Rucksack. „Wir müssen ihn rausholen. Der versaut uns das ganze Wasser."

Ralf nickt und watet wortlos zurück in den See. Er zerrt den Leichnam ans Ufer. Öffnet den Rucksack: Essgeschirr, ein Gaskocher, ein Kindle, ein Handy, Ersatzklamotten. Nichts von Interesse.

Wahrscheinlich ein Wanderer, der von unten zu einem Tagestrip aufgebrochen ist. Henni fragt sich, wie er hier oben gestorben ist. Oder war er schon tot, als er den Berg hinaufstieg? Ist er erst vor Kurzem hier hochgekommen? Vielleicht sogar erst gestern? Haben sie sie mit ihrem Ausflug ins Tal jetzt nach oben gelockt?

Ralf zieht den Körper an den Armen durchs Gras und dann unter die auswuchernden Arme einer Fichte. Dort wird sich die Natur seiner annehmen.

Ralf kommt zurück. Setzt sich wieder neben sie. Sie spürt, dass er nach Worten sucht und schließlich kommen sie: „Letzte Nacht ... Ich ... ich wollte dich nicht verunsichern."

Sie weiß nicht, was sie darauf erwidern soll. Heißt das, es tut ihm leid? Heißt das, er weiß, dass es falsch war?

Er zuckt mit den Achseln. „Das Bier hat gewirkt. Und ich war sehr emotional."

Henni wünschte, er würde seine Worte anders formulieren. Nicht, dass sie wüsste wie, aber irgendwie anders. Doch wahrscheinlich ist es so okay. Ist doch logisch, dass ihm die Sache peinlich ist. Schwierig, so etwas in die richtigen Worte zu packen.

Sie mustert ihn. Wenn er nicht rechtzeitig gekommen wäre, dann würde der Mann mit dem Rucksack jetzt ihr Fleisch von den Knochen nagen und ihre warmen Eingeweide hinunterschlingen.

Ralf lächelt. „Wir sind eine Familie, Henni. Solange wir zusammenhalten, solange kann uns nichts passieren. Sind wir doch, oder? Eine Familie, mein ich."

Sie nickt. „Ja. Sind wir."

Er streicht ihr mit einer Hand übers Haar und es ist okay. Erleichterung breitet sich in ihr aus.

Er richtet sich auf. Bückt sich nach dem Wäschebeutel. „Dann lass uns mal machen, was Familien so machen. Dafür sorgen, dass saubere Wäsche im Schrank ist." Er zieht ein Hemd aus dem Beutel und geht in die Knie, um es ins Wasser zu tunken.

„Was ist schon ein Kuss unter Familienmitgliedern", hört Henni ihn sagen und seine Worte hallen wie ein Echo durch ihren Kopf.

Was ist schon ein Kuss unter Familienmitgliedern.

Das klingt falsch. So falsch.

Ralf hält ihr den Rücken zugewandt, während er das Hemd im Wasser hin- und hergleiten lässt. „Immerhin hast du ja auch Liam geküsst. Und der gehörte nicht zur Familie."

Wenn sie nicht schon sitzen würde, hätten ihre Beine jetzt nachgegeben.

Sie starrt auf seinen Rücken.

Woher weiß er, dass sie Liam geküsst hat?

Ein eisiger Schauer läuft ihren Rücken hinab. Sie spürt die Gänsehaut auf ihren Armen.

Woher wohl?

Weil er es gesehen hat.

Weil er sie beobachtet hat.

32

Drei Wochen später (vielleicht auch vier oder sogar fünf, es fällt so schwer, noch in regulärer Zeit zu denken) beobachten sie ein halbes Dutzend Gestalten, die über eine Alm wanken.

Es ist ein Schock, so viele auf einmal hier oben zu sehen.

Henni fühlt sich in ihrer Vermutung bestätigt. Sie haben sie mit ihrem Ausflug ins Dorf auf den Berg gelockt. Ralf schüttelt den Kopf, nein, meint er, ihr Erscheinen ist reiner Zufall, diese Kreaturen können nicht mehr denken, niemand weiß wirklich, was sie antreibt. Wahrscheinlich hat er recht. Trotzdem fühlt Henni sich an einen Film erinnert, in dem die Helden in einem Auto mit kugelsicheren Fenstern sitzen und die bösen Jungs von draußen mit Maschinenpistolen feuern. Die Fenster halten, aber unter dem Dauerfeuer zeigen sich erste Risse, zunächst klein und dünn, aber mit der Zeit immer größer und es ist nur eine Frage der Zeit, bis das Glas unter dem Hagel der Geschosse nachgeben wird.

Die Gestalten scheinen kein Ziel zu haben, sie schlurfen und stolpern durchs Gras, bis sie einen steilen Abhang erreichen. Eine von ihnen rutscht ab und schliddert, sich überschlagend, den Hang hinab. Sie landet mit verrenkten Gliedern in einem Bach, was Fabio mit einem schadenfrohen Kichern kommentiert. Henni, die neben ihm am Boden liegt, stößt ihm warnend den Ellenbogen in die Seite, obwohl sie weit genug entfernt sind, dass die Kreaturen sie nicht mal hören würden, wenn sie sich in normaler Lautstärke unterhalten. Die gestürzte Gestalt ist mit offensichtlich gebrochenem Bein einen Moment regungslos liegen geblieben, aber jetzt sieht Henni, wie sie sich mit beiden Händen durch das flache Wasser zieht.

Der Rest der Gruppe ist oben unentschlossen stehen geblieben. Nach einer Weile setzen sie sich wieder in Bewegung, fünf Paar Füße stolpern am Rand des Abhangs entlang.

Henni, Fabio und Ralf beobachten sie aus der Deckung eines Waldstücks, bis sie um eine Biegung verschwunden sind.

„Hätten wir die nicht besser erledigen sollen?" Fabio sagt das, als wäre es das Einfachste der Welt.

Ralf schüttelt den Kopf. „Warum das Risiko eingehen? Früher oder später stürzen sie einfach irgendwo in die Tiefe. Und wenn es kalt wird, frieren sie ein."

„Dauert aber noch ein bisschen, bis es kalt wird", sagt Fabio.

Er hat recht. Die Sonne ist warm, sehr angenehm, nicht zu heiß und jetzt, am Nachmittag, schimmert der ganze Berg in einem warmen, goldenen Licht. Herbst und erst recht Winter scheinen noch weit entfernt, auch wenn hier und da bereits die ersten Blätter fallen.

Ralf legt eine Hand auf Fabios Schulter. „Sie sind dumm und sie sind lahmarschig, aber wenn man einem Kampf aus dem Weg gehen kann, tut man das besser." Er hebt den Kopf. Der Himmel ist tiefblau, durchsetzt von ein paar langsam dahin gleitenden, bauschigen Wolken wie Sternenkreuzer in einem Science Fiction Film. „Nächste Woche ist schon September."

Henni ist überrascht. Woher weiß er das so genau?

Ralf lächelt, als hätte er ihre Gedanken gelesen. „Wir haben den fünfundzwanzigsten August. Ich hab den Kalender immer im Kopf behalten."

„Dann hast du bald Geburtstag", sagt Fabio und lächelt Henni an.

„Tatsächlich?" Ralf sieht zu ihr.

„Am neunundzwanzigsten", sagt Fabio, bevor Henni etwas erwidern kann.

„Dann haben wir ja was zu feiern." Ralf schenkt ihr ein Lächeln.

Henni spürt, wie sie ein bisschen rot wird. Aber der Gedanke an ihren Geburtstag, die Idee, ihn zu feiern, macht ihr Freude. Ein Stückchen Normalität.

Für einen kurzen Moment drängt sich Liam in ihren Kopf. Sie stellt sich vor, wie er zu ihrem Geburtstag plötzlich vor der Haustür steht, mit seinem schiefen Lächeln und vielleicht ein paar Wildblumen in der Hand, die er auf dem Weg hierher für sie gepflückt hat.

Ralf richtet sich auf und klopft sich Erde und Fichtennadeln von den Hosenbeinen. „Gehen wir nach Haus."

Eigentlich waren sie losgezogen, um sich ein Stück Wild zu schießen, aber die Pirsch war nicht von Erfolg gekrönt. Statt Rehen sind sie den Toten über den Weg gelaufen. Jetzt scheint sogar Ralf die Lust vergangen zu sein, auch wenn er so tut, als seien die paar Gestalten, die sie gerade gesehen haben, kein Grund zur Sorge.

Und so machen die Drei sich auf den Rückweg.

„Hast du einen Geburtstagswunsch?", fragt Ralf Henni unterwegs.

„Ja. Ich möchte aus diesem Albtraum erwachen."

Sie lachen beide, obwohl es nicht witzig ist.

Sie mustert Ralf aus den Augenwinkeln. Sein Bart ist inzwischen wieder lang und sie glaubt, dass er noch grauer ist als zu dem Zeitpunkt, an dem sie ihn kennengelernt haben.

Er spürt ihren Blick und dreht den Kopf. Lächelt.

Sie erwidert das Lächeln. Nach der Sache am See hat er nie wieder von dem Kuss geredet und immer respektvollen Abstand zu Henni gehalten. Die ersten Tage war sie noch sehr angespannt in seiner Gegenwart, aber das hat inzwischen wieder nachgelassen.

Überhaupt waren die vergangenen Tage und Wochen eigentlich ziemlich gut.

Fabios Hundebiss ist ordentlich verheilt, ohne sich zu entzünden und Henni kann sich nicht erinnern, wann er das letzte Mal ins Bett gepinkelt hat. Er hat nie wieder versucht, Mama und Papa zu füttern, obwohl er sie hin und wieder noch besucht, um mit ihnen „zu reden".

Henni ist mittlerweile genauso gut im Sattel des Pferdes wie Ralf, nur Fabio hat nach wie vor kein Interesse am Reiten. Er spielt lieber jeden Nachmittag Fußball mit Ralf, während Henni auf der Bank sitzt, ihnen zusieht oder liest.

Immer wenn sie den Ball mit den Unterschriften vom FC-Barcelona-Team sieht, den die beiden sich zukicken, muss sie an den kleinen Jungen im Bayern-München-Trikot denken. Dann hofft sie, dass es ihm gut geht. Nur um sich anschließend selbst mental zu ohrfeigen: Ihm geht's nicht gut, du blöde Kuh. Er ist tot.

Die Nahrungssituation ist momentan einigermaßen entspannt, aber die Sorge, wie sie den kommenden Winter überstehen sollen, geht Henni nicht aus dem Kopf. Dann ist sie wieder bei der Notiz, die Liam ihr hinterlassen hat. Sein Internat in Sankt Löring. Ein paar Mal war sie versucht, Ralf darauf anzusprechen, hat es dann aber doch nicht gewagt, aus Angst vor seiner Reaktion.

An diesem Abend gibt es Nudeln mit Ketchup, ein paar trockene Kekse (die mit Schoko dazwischen) und eine Dose Fanta für alle. Fast schon Gourmet.

Später, als Ralf und Fabio schlafen, geht Henni runter in Papas Büro.

Ihr Blick gleitet im Kerzenschein über das Bücherregal und sie findet, wonach sie sucht.

Zieht das Buch heraus: *Vergessene Alpenwege*.

Papa hat ihr mal von den hohen Bergpfaden und Kletterrouten erzählt, die bis in die Nachbartäler führen. Damals hat sie wie so oft nicht richtig zugehört und das bereut sie jetzt.

Wie gefährlich der Weg durch die Täler ist, hat der Trip runter ins Dorf bewiesen, aber was, wenn sie es über die Berge versuchen? Man könnte dem Internat einen Besuch abstatten. Sehen, wie sie da leben und zurechtkommen. Heißt ja nicht, dass sie das Haus aufgeben müssen. Aber sie könnten sich mit eigenen Augen überzeugen, ob die Schule sicherer ist als das Haus und ob die dort einen besseren Weg gefunden haben, wie sie mit dem Nahrungsproblem umgehen.

Dich selbst brauchst du nicht zu überzeugen, Henni, denkt sie.

Und kurz bevor sie die fast heruntergebrannte Kerze ausbläst und das Buch beiseite legt, hat sie tatsächlich einen Pfad gefunden, der rüber bis nach Sankt Löring führt. Sogar einer, der, wenn man dem Autor des Buches glauben darf, ohne Kletterkenntnisse zu bewältigen ist.

Zum Frühstück gibt es dünnen Kaffee. Sehr dünnen Kaffee, weil sie das wenige Pulver streng rationiert haben. Aber Kaffee ist Kaffee und der Gedanke, dass er bald wieder aus sein könnte, ist deprimierend.

Ralf redet von der Idee, einen Graben um das Grundstück zu ziehen. Tief genug und breit genug, dass ungebetene Besucher ihn nicht überwinden können. Das wird eine miese Plackerei, aber es ist ja nicht so, als hätten sie zu wenig Zeit. Also gehen sie die Sache an. Am Mittag sind sie wie erwartet fix und fertig und der Graben gerade mal drei Meter lang und knapp zwei Meter tief. Alle drei haben schmerzende Blasen an den Fingern.

Nach dem Mittagessen (eine Dose Ravioli für alle, obwohl sie nach der anstrengenden Schufterei jeder drei hätten verputzen können) streckt Ralf sich auf der Couch aus und schläft ein. Fabio geht hoch in sein Zimmer, und als Henni ihren Kopf durch seine Tür steckt, liegt er schnarchend im Bett.

Ihr Entschluss kommt abrupt.

Sie füllt eine Plastikflasche mit abgekochtem Wasser und

packt sie in ihren kleinen Rucksack, dazu eine Goretex-Jacke. Und das Buch *Vergessene Alpenwege*. Sie schlüpft in dicke Socken und schnürt ihre Wanderschuhe fest zu. Sie vergisst natürlich nicht die langstielige Axt. Dann verlässt sie das Haus über den Balkon, um die schlafenden Jungs nicht mit einer unverbarrikadierten Haustür zurückzulassen.

Sie nimmt den Murmeltierpfad bis zur Graudingerhütte. Den ist sie so oft gewandert, dass sie ihn hinter sich bringt, ohne groß aus der Puste zu kommen. Sie stoppt trotzdem in sporadischen Abständen, weniger um zu verschnaufen als um zu lauschen und nach unerwünschten Bewegungen zwischen den Bäumen Ausschau zu halten.

Um die Graudingerhütte macht sie einen Bogen, das Fenster, das sie im vergangen Winter eingeschlagen haben, steht offen, ein dunkles, kleines Loch.

Es geht weiter über den einfallsreich benannten Steinweg. Steil und steinig, was sonst. Aber auch übersichtlicher. Weniger Bäume und die Angst vor einer plötzlichen, ungewollten Begegnung geringer.

Knapp drei Stunden, nachdem sie das Haus verlassen hat, bringt Henni die Waldgrenze hinter sich. Jetzt stehen nur noch vereinzelt ein paar Fichten, Lärchen und Zirpen. Jeder Atemzug brennt und ihre Brust zieht sich schmerzhaft zusammen. Der Himmel ist blau, aber es ist wesentlich kälter als zwischen den Bäumen. Der Wind pfeift. Sie zieht die Goretex-Jacke über und marschiert noch ein Stück weiter, bis der Pfad auf einem Plateau ausläuft. Dort steht ein verwitterter, hölzerner Picknicktisch, ähnlich dem an der Bergstation des Sessellifts.

Der Ausblick ist atemberaubend. Die Sonne hat ihren Zenit längst überschritten und die Berge auf der westlichen Seite des Tals liegen bereits im Schatten. Sie wird sich auf dem Rückweg beeilen müssen, um am Haus zu sein, bevor es komplett dunkel wird. Sie geht zum Picknicktisch und lehnt ihre Axt an die Tischplatte. Nimmt den Rucksack ab. Trinkt aus der Wasserflasche. Dann holt sie das Buch heraus und schlägt die Seite auf, die sie mit Liams Zettel markiert hat. Der Höhenpfad soll laut Buch irgendwo hier oben beginnen, aber auf den ersten Blick kann sie nichts erkennen. Sie sucht die steilen Hänge nach irgendetwas ab, das aussieht wie der Beginn eines begehbaren Wegs.

Da.

Eine Bewegung.

Der Schreck ist wie ein Schlag in die Magengrube.

Ihre Hand tastet nach dem Griff der Axt.

Sollte wirklich einer so hoch gekommen sein?

Das Geräusch von hinabrutschendem Geröll.

Sie kneift die Augen zusammen.

Und da ist er.

Ein Steinbock.

Noch ist sein Fell dunkelbraun, aber im Winter wird es gräulicher sein. Das imposante, gebogene Gehörn ist unglaublich lang, bestimmt einen Meter, und an seinem Kinn weht sein kurzer Ziegenbart in einer Brise.

Der Bock starrt zu Henni rüber, alle vier Beine auf einem kleinen Stück Fels, dann macht er einen Satz und noch einen und Henni bewundert, wie sich das Tier schnell und geschmeidig die Wand aus Geröll emporarbeitet. Bevor sie es realisiert, ist der Steinbock wieder zwischen dem Gestein verschwunden.

Henni lässt die Axt los und ihr wird bewusst, dass sie beim Anblick des Steinbocks unwillkürlich zu lächeln begonnen hat. Ihr wird noch etwas anderes bewusst. Der Steinbock hat ihr den Pfad gezeigt.

Denn dort, direkt unter dem Felsen, auf dem sie das Tier zuerst entdeckt hat, macht sie ihn jetzt aus. Etwa anderthalb Meter breit schlängelt sich der Weg die Flanke des Bergs entlang.

Henni lächelt.

Wenn der Buchautor sich nicht irrt und warum sollte er, immerhin ist die Auflage erst zwei Jahre alt, dann führt dieser Pfad das gesamte Tal entlang, über einen der kleineren Gipfel und dann weiter bis rüber nach Sankt Löring.

Hennis Herz schlägt schneller.

Und plötzlich weiß sie genau. Sie will rüber ins Nachbartal. Will zum Internat. Nicht, um zu sehen, wie die Schüler und Lehrer dort ihr Überleben bewerkstelligen.

Nein. Sie will rüber, um Liam zu sehen.

Denn da ist ein Teil, ein klitzekleiner Teil in ihr, der ihn nie aufgegeben hat. Natürlich, die Chancen, dass er lebt, sind gering, beinahe nicht existent, aber Tatsache ist und bleibt:

Sie hat ihn nicht sterben sehen.

Sie hat nicht seine Leiche gesehen.

Sie hat nicht gesehen, wie er von gekrümmten Klauen zerrissen und von gierigen Mündern gefressen wurde.

Hat Ralf es nicht selbst gesagt? Ohne Hoffnung wäre alles sinnlos.

Aber die hat sie jetzt.

Hoffnung.

Sie lächelt immer noch, als sie das Geräusch von rutschendem Geröll hört.

Ist der Steinbock zurück?

Sie sieht rüber zum Höhenpfad und fast im selben Moment erklingen Schritte.

Der Schreck scheint ihr Herz zusammenzupressen wie eine Eisenpranke.

Ihre Finger wollen sich reflexartig um den Griff der Axt schließen.

Aber da ist nichts.

Die Axt ist weg.

„Wenn ich einer von denen gewesen wäre, hättest du jetzt ein Problem."

Sie dreht sich um.

Ralf.

Er ist außer Atem und Schweiß perlt von seiner Stirn.

Hält ihre Axt in beiden Händen.

Sie kann es nicht glauben, schreit ihn an: „Bist du bescheuert, mich so zu erschrecken?!"

„Bist du bescheuert, einfach allein loszuziehen, ohne jemandem Bescheid zu sagen?"

„Seid wann bin ich dir Rechenschaft schuldig?"

„Wir haben eine Abmachung. Keiner geht allein. Schon gar nicht, ohne die anderen zu informieren. Das ist jetzt das zweite Mal. Hast du vergessen, was am See passiert ist?!"

Hat sie nicht. Sie hört ihn wieder, diesen einen Satz, den er am See zu ihr gesagt hat: *Was ist schon ein Kuss unter Familienmitgliedern?*

„Woher wusstet du, wo ich hingegangen bin?"

Die Antwort gibt sie sich selbst, bevor er etwas erwidern kann: „Du hast mich verfolgt. Die ganze Zeit."

Er lächelt. „Du bist ziemlich fit, das ich muss ich zugeben. Hatte Schwierigkeiten, dran zu bleiben." Er legt ihre Axt auf den Picknicktisch.

„Was soll das, Ralf?"

„Ich muss auf dich aufpassen. Du hast ja gesehen, dass sich jetzt mehr von denen hier oben rumtreiben."

„Ich kann auf mich selber aufpassen."

„Ach ja? So wie am See?"

„Leck mich. Und wer passt auf Fabio auf, he?" Mit einem Schlag wird ihr klar: „Du hast ihn schlafen lassen. Er weiß nicht, wo wir sind!"

„Er kommt schon klar."

„Du Arschloch!"

„Ich find's nicht fair von dir, mich zu beschimpfen."

„Fair?! Du hast ja 'ne Macke!"

Sie sieht, wie er die Hände zu Fäusten ballt, sieht, wie seine Oberlippe zuckt, seine Augen sich zusammenziehen. Und für einen Moment befürchtet sie, er könnte sie schlagen.

Er bemerkt, was in ihr vorgeht. „Das ist jetzt nicht dein Ernst, oder? Du hast Angst vor mir?!" Keine Fäuste mehr, nur noch ein verletzter Blick. „Wow. Das ist schlimmer als jede Beschimpfung, Henni, ehrlich."

Wie macht er das? Einen Moment ist sie wütend auf ihn, im

nächsten fühlt sie sich mies, weil sie ihn beschimpft und ihm Gewaltbereitschaft unterstellt hat.

Sein Blick fällt auf das Buch. „Was ist das?"

Okay. Streit bringt sie nicht weiter. Sie muss es ihm sagen: „Ralf. Der Weg durch die Täler ist gefährlich, dass wissen wir. Aber es gibt einen Höhenpfad, einen, der–"

Er hat das Buch hochgenommen und schlägt es auf. Seine Miene verhärtet sich.

Er hält Liams Zettel zwischen den Fingern.

Er schnauft.

„Über den Höhenpfad könnten wir's bis ins Sankt Löring Tal schaffen." Sie hasst sich für den flehenden, unterwürfigen Ton ihrer Stimme.

Er klappt das Buch wieder zu. Ganz langsam wie ein Pfarrer, nachdem er vor seiner Gemeinde aus der Bibel gelesen hat. Ralf sieht ihr in die Augen. Seine Stimme ist leise: „Du willst alles riskieren, nur weil irgend so ein dahergelaufener Bengel dir ein Luftschloss gemalt hat?"

„Wir sind im Haus auf Dauer nicht mehr sicher, das hast du doch selbst gesehen."

„Wir sind nirgendwo sicherer als im Haus. Ja, vielleicht werden's mehr hier oben, aber das ist nichts im Vergleich zu unten. Und wenn der Schnee kommt, haben wir Ruhe vor ihnen."

„Fabio und ich haben's kaum durch den ersten Winter geschafft! Wie sollen wir noch einen überstehen?" Er will etwas erwidern, aber sie lässt ihn nicht zu Wort kommen. „Was wir im Dorf gefunden haben, reicht doch nicht mal bis Weihnachten. Du machst dir was vor, Ralf. Was spricht dagegen, der Schule einen Besuch abzustatten? Vielleicht hast du recht, vielleicht sind wir nirgendwo sicherer als im Haus, aber wir müssen doch wenigstens prüfen, ob es irgendwo besser sein könnte."

Er lächelt. Ein kaltes, verächtliches Lächeln. „Du bist so einfach zu durchschauen, Henni."

Und dann holt er aus. Wirft das Buch und Liams Zettel im hohen Bogen durch die Luft. Henni sieht die Seiten flattern, sieht

Liams Zettel herausschweben, sieht beides den steilen Hang unterhalb des Plateaus hinabfliegen. Das Buch verschwindet zuerst aus ihrer Sicht, landet irgendwo zwischen den Felsen. Der Zettel wird noch einen Moment länger von der Luft getragen, dann ist auch er nicht mehr zu sehen. Es fühlt sich an, als sähe sie Liam ein zweites Mal in der stöhnenden Masse aus ausgerissenen Mündern und ausgestreckten Armen verschwinden.

Ralf steht plötzlich vor ihr. Ganz dicht. „Du dämliche Göre. Deine Teenager-Hormone drehen durch. Selbst, wenn es diese Schule wirklich gibt: Dein Traumprinz ist tot. Gefressen!" Er reißt den Mund auf, als wolle er sie beißen und schreit: „RARRRRR!"

Henni stolpert nach hinten und da ist plötzlich der Rand des Plateaus. Ihr Wanderschuh rutscht ab, sie verliert das Gleichgewicht und –

Ralf packt ihren Arm. Sein Griff ist hart und schmerzhaft.

Sie starrt ihn an, ihre Kehle ist wie zugeschnürt.

Ralf atmet tief durch. Sein vor Wut verzerrtes Gesicht verwandelt sich von einem Moment zum nächsten in das eines besorgten Mannes mit sanftem Lächeln. So sanft wie die Stimme, mit der er leise sagt: „Ich will dich doch nur beschützen."

Henni kämpft gegen die aufsteigenden Tränen.

Er lässt ihren Arm los.

Einen Moment stehen sie schweigend da.

Das einzige Geräusch ist der Wind, der über die Flanke des Berges streicht.

Dann packt sie Rucksack und Axt und läuft los.

Zurück den Berg hinab.

Ohne sich noch einmal nach ihm umzudrehen.

33

Die Morgensonne blinzelt durch die Spalten der Jalousie und Staubpartikel tanzen in ihren Strahlen. Draußen zwitschern die Vögel um die Wette. Aus dem Haus hörst du gedämpfte Schritte und Stimmen. Der Geruch von Kaffee dringt aus der Küche bis nach oben.

Du lächelst.

Das Erwachen am Morgen deines Geburtstags war für dich immer der schönste Teil des Tages. Vor dem Aufstehen hast du noch eine Weile im Bett gelegen und gelauscht. Auf das Rumoren in der Küche, wo Papa Kaffee kochte, Saft presste und Marmeladenbrote für alle schmierte. Auf die Geräusche aus dem Wohnzimmer, wo Mama den hölzernen Geburtstagsring zusammensteckte, ihn mit bunten Kerzen und Geburtstagszahlen dekorierte und anschließend die liebevoll verpackten Geschenke drum herum platzierte. Dazwischen immer wieder Fabios aufgeregtes Plappern, gefolgt von Mamas mahnendem „Sssch!".

Irgendwann, wenn es dann Zeit wurde, sich fertigzumachen, bist du aus dem Bett gestiegen und ein Gähnen vortäuschend ins Wohnzimmer geschlurft. Dort wurdest du von Mama und Papa und Fabio mit einem lauten „Happy Birthday!" empfangen, gefolgt von Umarmungen und Küssen. Ihr habt euch gemeinsam an den Tisch gesetzt, wo die Kerzen im Geburtstagsring bereits brannten und deine Familie hat noch mal für dich gesungen, laut und schief und herzlich. Dann die Geschenke öffnen und ein Stück von der Erdbeertorte futtern, die Mama an jedem Geburtstag für dich backte.

Erdbeertorte. Was würdest du jetzt für ein Stück Erdbeertorte geben.

Du hörst leise Schritte auf der Treppe.

Dann stoßen sie die Tür auf.

Ralf und Fabio schmettern „Happy Birthday!" und dein erster Gedanke ist, dass es die Gestalten anlocken könnte.

Die beiden stehen in der Tür und grinsen dich an.

„Danke." Du schwingst die Beine aus dem Bett und stehst auf.

Fabio schlingt die Arme um deine Hüften und drückt sich an dich. „Alles Gute, Henni."

Du küsst sein Haar. Gott, wie sehr du diesen kleinen Scheißer liebst.

Er lässt dich wieder los.

Dein Blick trifft sich mit dem von Ralf und dann hat er dich auch schon umarmt. Im selben Moment wird dir bewusst, dass du nur Slip und BH trägst. Dein Körper verkrampft sich. Bildest du dir das ein oder hält er dich einen Moment länger als nötig an sich gepresst?

Seine Lippen an deinem Ohr. „Herzlichen Glückwunsch." Dann lässt er dich endlich wieder los. „Komm runter, wir haben Frühstück für dich gemacht."

Fabio nickt begeistert.

„Ich zieh mich bloß an."

Sie lassen dich wieder allein.

Du hörst, wie Fabio aufgedreht die Treppe runterpoltert. Blickst auf deine Arme, wo sich bei Ralfs Umarmung eine Gänsehaut gebildet hat.

Nach eurem Streit, oben auf dem Berg vor vier Tagen, hat Ralf wieder so getan, als sei nichts vorgefallen. Genau wie nach dem Kuss. Er benimmt sich normal, er redet normal, aber du spürst, dass das nur Fassade ist. Du spürst, dass etwas in ihm arbeitet und du weißt nicht, was es ist, aber es verursacht dir Unwohlsein.

Vielleicht weißt du es ja doch und willst es bloß nicht in Gedanken fassen.

Du fühlst dich so hilflos.

Vor allem, wenn du siehst, wie gut sich Fabio und Ralf verstehen.

Und dann ist die Sache mit Liam (er ist nicht tot, er ist nicht tot, er ist nicht tot!) und dem Internat in Sankt Löring. Der Höhenpfad ist im Winter nicht passierbar, das heißt, wenn du es wirklich wagen willst, dann musst du es vor dem ersten Schneefall tun. Die letzten beiden Tage waren wolkenverhangen und kühl, was hier oben auch im August nicht unbedingt ungewöhnlich ist, aber der Herbst nähert sich mit großen Schritten und Schnee im September ist trotz der allgemein milden Winter der letzten Jahre keine Seltenheit.

Die letzten beiden Nächte hast du viel wach gelegen.

Da ist der Gedanke, allein zu gehen. Fabio eine Nachricht zu hinterlassen und einfach loszumarschieren. Natürlich willst du ihn nicht zurücklassen, um Gottes Willen, nein, du hast ja die Absicht, wiederzukommen. Du willst einfach nur zur Schule und Liam (er ist nicht tot, er ist nicht tot, er ist nicht tot!) sehen.

Aber du verwirfst den Gedanken wieder.

Nein, Nachricht hin oder her, das kannst du Fabio nicht antun.

Also bleibt nur eins.

Du musst mit ihm sprechen. Musst versuchen, deinen Bruder zu überzeugen, mitzukommen.

Und Ralf?

Er hat klar gesagt, was er von deiner Idee hält. Aber er ist nicht euer Vater, er hat euch nichts zu sagen, also was soll er tun?

Euch aufhalten?

Ja, zum Beispiel.

„Henni, kommst du?", erklingt seine Stimme von unten. „Der Kaffee wird kalt."

Der hölzerne Geburtstagsring steht auf dem Tisch. Zwei kleine Kerzen brennen. Zahlen stecken auch im Ring. Eine Eins und eine Sechs. Sechzehn. Würde es noch eine Rolle spielen, könntest du jetzt ganz legal Alkohol trinken, zumindest Bier, Wein, Sekt und Mischgetränke. Hurra.

Fabio und Ralf haben zur Feier des Tages eine Dose Pumpernickel (aus dem Supermarkt) geöffnet. Statt Butter gibt's dazu Tomatenmark aus der Tube. Und Kaffee aus Papas Espressokocher, den ihr überm Feuer im Kamin erhitzt. Schlemmerfrühstück.

Ihr esst schweigend.

Fabio weiß nichts von deinem Streit mit Ralf – war es überhaupt ein Streit oder war es etwas anderes? Aber die angespannte Stimmung entgeht ihm nicht, denn plötzlich sagt er übertrieben locker: „Hatte leider keine Zeit mehr, runter ins Dorf zu fahren und dir'n Geschenk zu kaufen."

Du siehst ihn an. „Du hast mir noch nie ein Geschenk gekauft."

„Bitte? Und was war mit den Kopfhörern letztes Jahr?"

„Die hat Mama gekauft und eingepackt. Du hast sie mir nur in die Hand gedrückt."

Er scheint tatsächlich etwas beschämt.

Du lächelst. „Hast du ernsthaft geglaubt, ich wüsste das nicht?"

Er zuckt trotzig mit den Schultern. „Sei froh, dass du überhaupt was gekriegt hast."

„Ich hab ein Geschenk für dich."

Du drehst den Kopf.

Ralf hält dir ein kleines, viereckiges Paket auf seiner Handfläche hin. Das Geschenkpapier kennst du, hat Mama letzten Sommer noch gekauft.

„Alles Gute, Henni."

Du zögerst, aber was sollst du machen? Das Geschenk nicht

annehmen?

„Danke." Das Paket ist leicht und du löst das Geschenkpapier ganz sorgfältig, um es nicht zu zerreißen. Hast du immer so gemacht, im Gegensatz zu Fabio, der das Papier sogar mit den Zähnen zerfetzte, weil es ihm nicht schnell genug gehen konnte.

Eine kleine Schachtel. Auch die hast du schon mal gesehen. War da nicht mal Schmuck von Mama drin? Oben im Schlafzimmer, in der Schublade vom Nachttisch?

Du nimmst den Deckel ab.

Es ist die Kette mit dem Anhänger. Die Ralf der toten Frau im Dorf abgenommen hat. Derselbe Anhänger, den er seiner geliebten Frauke geschenkt hat.

Du starrst auf den billigen Modeschmuck.

Du spürst seinen Blick.

Sagst, ohne ihn anzusehen: „Danke."

Du hörst, wie er seinen Stuhl zurückschiebt. Dann steht er hinter dir und du siehst seine Hand, die den Anhänger aus der Schachtel zieht. „Heb mal deine Haare an."

Du schiebst die Hände in den Nacken und hältst dein Haar hoch.

Er legt die Kette um deinen Hals und schließt sie.

Dann kehrt er zu seinem Platz zurück. „Steht dir gut."

Irgendwann musst du ihn ansehen, es hilft nichts. Also tust du es.

Er lächelt sanft.

„Danke", sagst du noch einmal. Du versuchst dich an einem Lächeln. Mann, muss das fake aussehen.

Ralf lässt sich nichts anmerken. „Freut mich, dass es dir gefällt."

Und dann siehst du zu Fabio und sagst es. Die Worte kommen einfach aus dir heraus, ohne dass du vorher darüber nachgedacht hättest. „Du bist kein kleines Kind mehr, weißt du."

Fabio ist verwirrt. Er hat keine Ahnung, was du meinst.

„Du hättest mir was schenken können. Irgendwas. Von mir aus ein paar Wildblumen, die du irgendwo ausrupfst."

Fabio registriert die Spannung in deiner Stimme und sieht Hilfe suchend zu Ralf, aber der lächelt nur.

Dieses Lächeln macht dich wütend und da ist er wieder, der Impuls, ihm eine reinzuhauen. Stattdessen aber fährst du deinen Bruder an: „Du schuldest mir ein Geschenk. Das hier ist mein beschissener Geburtstag, verdammt noch mal!"

Fabio windet sich in seinem Stuhl, er weicht deinem Blick aus. „Dann rupf ich dir halt'n paar Blumen aus." Seine Stimme zittert.

„Ich will aber keine verfickten Blumen"

„Du hast doch gerade gesagt–"

"Bist du so bescheuert oder tust du nur so?!"

„Henni", sagt Ralf leise.

Du ignorierst ihn. „Ich sag dir, was du mir schenken kannst."

Fabio hat den Blick gesenkt, er bröselt hilflos an einer Scheibe Pumpernickel herum.

„Frag mich, Fabio."

Er hebt den Kopf. Seine Augen sind feucht. „Was?"

„Frag mich, was du mir schenken kannst."

„Es reicht, Henni!"

Einfach so tun, als ob Ralf nicht da wäre, den Blick auf Fabio gerichtet halten.

„Was ... kann ich dir schenken?" Fabios Stimme wird mit jedem Wort leiser, er hat Mühe, nicht loszuheulen.

„Du kannst mit mir wandern gehen."

Als ob der arme Kerl nicht verwirrt genug wäre, jetzt starrt er dich an, als hättest du den Verstand verloren.

„Ich will über die Berge nach Sankt Löring wandern. Und ich will, dass du mitkommst."

„Sankt Löring–?"

„Zum Internat."

„Dem von Liam?"

„Genau."

„Ist das ... nicht gefährlich?"

„Nicht über den Weg, den Henni gefunden hat", sagt Ralf plötzlich.

Was?

Hat er das gerade wirklich gesagt?

Du siehst ihn an. Er zuckt lächelnd mit den Schultern, als wolle er sagen: Du hast gewonnen.

„Ihr wollt das Haus verlassen?" Ein Anflug von Panik in Fabios Stimme. „Und was wird aus Mama und Papa?"

Wieder kommt Ralf dir zuvor: „Wir kommen zurück. Wir wollen nur mal sehen, wie Liam und seine Mitschüler klarkommen."

Was soll das? Spielt er mit dir?

„Liam?", sagt Fabio. „Liam ist–"

„Das wissen wir nicht", unterbrichst du ihn, bevor Ralf es tun kann.

„Es ist Henni sehr wichtig", sagt Ralf.

Wieso tut er plötzlich so, als wäre er von Anfang an dafür gewesen?

Fabio sieht von Henni zu Ralf und wieder zurück zu Henni. „Wenn Ralf sagt, es ist okay ..." Er zuckt mit den Schultern. „Wann?"

Dass es plötzlich so schnell geht, damit hast du nicht gerechnet. „Ich ... ich weiß ... nicht. Ich mein ... bald, so dass wir vor dem ersten Schnee zurück sind."

„Lass uns nur nichts überstürzen", sagt Ralf. „So ein Ausflug will geplant sein."

Du siehst ihn an.

Er weicht deinem Blick nicht aus.

Meint er es wirklich ernst? Er hätte Fabio mit Leichtigkeit gegen dich ausspielen können. Woher der plötzliche Meinungswechsel?

„Spielen wir 'ne Runde Fußball?", fragt Fabio.

Scheint, als sei das Thema für ihn bereits wieder beendet. Und falls er dir die Sache mit dem Geburtstagsgeschenk übel nimmt, lässt er sich, jedenfalls im Moment, nichts anmerken.

„Klar." Ralf schiebt seinen Stuhl zurück.

Die beiden verlassen die Küche und du hörst sie durch die Haustür nach draußen verschwinden.

Du bist allein.

Soviel also zu deinem Geburtstag.

Du starrst auf den Geburtstagsring. Fabio muss ihn aus dem Schrank geholt und aufgebaut haben. Da fühlst du dich gleich noch mieser, als du es ohnehin schon tust. War eine ganz schön feige Nummer, wie du das Gespräch vorhin auf Sankt Löring gelenkt hast. Du hast deine Wut auf Ralf an deinem Bruder ausgelassen. Noch schlimmer: Ein Teil von dir hat es genossen, Fabio fertigzumachen; zu sehen, wie er plötzlich Tränen in den Augen hatte. Du hättest nicht geglaubt, dass du eine sadistische Ader hast. Aber wahrscheinlich denkt das jeder von sich.

Nachmittags arbeitet ihr weiter am Graben. Ihr habt bisher etwa ein Drittel dessen geschafft, was Ralf vorschwebt. Ihr arbeitet schweigend. Der Schweiß fließt. Die geplatzten Blasen an deinen Händen schmerzen. Neue bilden sich. Aber das merkst du gar nicht, denn du zermarterst dir die ganze Zeit über den Kopf, was Ralf bewogen haben könnte, seine Meinung zu ändern.

Als ihr am späten Nachmittag schweißüberströmt und mit schmerzenden Gliedern aufhört zu graben, bricht endlich die Sonne durch die Wolkendecke. Fabio verkündet, dass er „mal kacken" muss und geht rein. Hoffentlich entsorgt er sein Geschäft dann auch sofort und lässt den Gestank nicht erst das ganze Haus verseuchen.

Ralf stellt den Spaten an der Hauswand ab und zieht sein T-Shirt aus. Setzt sich auf die Bank neben der Haustür und lässt die Sonne seinen schweißüberströmten Oberkörper trocknen.

Du bist in den letzten Wochen ungern mit ihm allein, aber manchmal lässt es sich eben nicht vermeiden. So wie jetzt. Und du willst es wissen. Du stellst die Spitzhacke neben der Schaufel ab. Er trinkt Wasser und reicht dir die Flasche. Als du sie nimmst, berühren seine Finger die deinen und du zuckst unwillkürlich zusammen.

Du nimmst einen tiefen Schluck und drehst die Kappe der Flasche wieder zu. Siehst ihn an. „Warum?"

„Warum was?"

„Das weißt du genau."

Er seufzt. „Weil es dein Geburtstag ist. Und weil ich nicht möchte, dass wir uns streiten. Wir müssen zusammenhalten. Wir haben doch nur uns."

Seine Worte klingen ehrlich. Aber–

„Ich halte es nach wie vor nicht für die beste Idee, aber wie gesagt, wenn es dir so wichtig ist ... Ich möchte nicht derjenige sein, der dem im Weg steht. Ich hab mir den Abschnitt im Buch mal durchgelesen. Da steht bei gutem Wetter braucht man mindestens einen Tag. Dann wären wir aber erst am Ende des Höhenpfades in Sankt Löring. Von da müssen wir dann noch unseren Weg zum Internat finden. Das können wir aber nicht im Dunklen. Das heißt, wir müssen eine Nacht im Freien auf dem Berg verbringen."

Er hat den Abschnitt im Buch gelesen? Wie hat er das getan? Bevor er das Buch den Berg hinabgeworfen hat, war es die ganze Zeit in deinem Zimmer. Heißt das, er war heimlich dort?

Jetzt reiß dich aber mal zusammen, Henni. Er kommt dir entgegen. Er ist bereit zu tun, was du willst. Er hat sich bereits Gedanken gemacht. Was willst du noch?

„Papa hatte jede Menge Karten. Ganz altmodisch. Auf Papier. Sollte kein Problem sein, den Weg zum Internat zu finden."

„Na dann." Ralf richtet sich auf und reckt sich. Die Muskeln und Sehnen an seinem mageren Oberkörper spannen sich. Er stößt ein Grunzen aus, dann lässt er die Arme wieder sinken. „Stoßen wir an. Auf unser bevorstehendes Abenteuer. Und auf deinen Geburtstag."

Er meint damit Papas Wein, von dem er bei Einbruch der Dunkelheit drei Flaschen aus dem Keller holt.

Das Kerzenlicht flackert und reflektiert sich im Rotwein, mit dem ihr anstoßt.

„Auf Henni", sagt Ralf.

„Auf Henni", wiederholt Fabio, der sich neben dir auf der Couch fläzt.

Du lächelst. „Auf euch."

Ihr stoßt an und trinkt. Der Geschmack ist gewöhnungsbedürftig.

Nach dem dritten Glas hast du dich dran gewöhnt.

Ein wohliges Gefühl breitet sich in deinem Körper aus.

Ralf erzählt ein paar Anekdoten aus seiner Zeit als Versicherungsvertreter und du hörst dich lachen, lauter, als es der Humorgehalt der Geschichten eigentlich wert ist.

Irgendwann fällt dir ein, was beim letzten Mal passiert ist, als Ralf Alkohol getrunken hat.

Der Kuss.

Aber an diesem Abend hält Ralf sich mit dem Wein zurück. Oder hast du selbst so viel getrunken, dass du es nicht wahrnimmst? Deine Sorgen verschwinden, als Ralf sich als erster verabschiedet. „Gute Nacht." Er reibt sich gähnend die Augen und verlässt das Wohnzimmer. Kurz darauf hörst du seine Schritte auf der Treppe.

Fabio gießt sich den Rest der zweiten Flasche Wein ein.

„Wehe, du kotzt morgen wieder."

Fabio grinst, seine Augen sind glasig. „Pass auf, dass *du* nicht kotzt."

Könnte gut sein, so laut, wie das Blut in deinen Ohren rauscht. „Ich geh schlafen." Der Boden schwankt unter deinen Füßen, als du aufstehst.

Fabio kichert.

Du zeigst ihm den Mittelfinger.

Auf der Treppe stützt du dich mit einer Hand an der Wand ab. Du verzichtest auf Zähneputzen und Haare kämmen. Direkt ins Zimmer. T-Shirt über den Kopf. Geht irgendwie schwerer als sonst. Auch die Jeans will nicht so recht von den Beinen. Du fällst auf den Rücken und zappelst so lange herum, bis die Hose endlich am Boden liegt. Du bleibst einen Moment liegen und kicherst leise vor dich hin.

Schließlich schaffst du es in dein Bett.

Und alles dreht sich.

Übelkeit steigt in dir auf.

Shit.

Bloß nicht kotzen. Bloß nicht kotzen. Bloß nicht–

Der Schlaf fällt wie ein Vorhang.

Irgendwann öffnen sich deine Augen wieder.

Es ist stockfinster.

Das Blut rauscht noch immer laut in deinen Ohren. Ein pelziger Geschmack in deinem Mund.

Wo bist du?

In deinem Bett. Natürlich, wo sonst.

Wieso fühlst du dich, wie du dich fühlst?

Der Wein. Der beschissene Wein.

Aber wenigstens ist das Drehen verschwunden. Die Übelkeit auch.

Die Erinnerung an den Tag kehrt zurück. Daran, dass Ralf und Fabio zugestimmt haben, nach Sankt Löring zu gehen.

Du lächelst. Gemessen an all dem, was passiert ist, war dein sechzehnter Geburtstag eigentlich ganz in Ordnung.

Ein Geräusch dringt durch das Rauschen in deinen Ohren.

Was war das?

Schritte?

Obwohl es stockfinster ist, glaubst du plötzlich, Umrisse ausmachen zu können.

Was–?

Dann bewegt sich die Matratze, obwohl du dich nicht bewegst.

Du öffnest den Mund, um zu schreien, aber kriegst keinen Laut über die Lippen.

Ein Körper, der sich von hinten gegen deinen presst.

Barthaare, die deinen Nacken kitzeln.

Heißer Atem, der an deinem Ohr brennt.

„Ich liebe dich", flüstert Ralf.

34

D as erste Mal.

Henni ist da nicht anders als die meisten Mädchen. Weichzeichner-Bilder von zärtlicher Liebe an einem romantischen Ort, unterlegt mit schmandigem Pop-Gedudel. Ein unglaubliches, ganze Sternsysteme erschaffendes sexuelles Erlebnis.

Wer's glaubt.

Henni ist schon lange klar gewesen, dass das erste Mal wahrscheinlich von keinem der ganzen positiven Adjektive begleitet sein würde, die der Mensch sich dafür ausgedacht hat, seit er aufrecht gehen und einen halbwegs geraden Gedanken denken kann.

Schmerz. Enttäuschung. Scham.

Sie war auf alles gefasst.

Aber nicht auf das hier.

Sie spürt Ralfs Zähne an ihrem Ohrläppchen.

Seine Hand auf ihrem Bauch.

Und etwas Steifes, Hartes, das gegen ihren Hintern drückt.

Ihr wird gleichzeitig heiß und kalt. Der saure Geschmack von Kotze steigt in ihr auf. Ihre Augen brennen. Jeder Muskel, jede

Sehne, jede Faser ihres Körpers zieht sich zusammen, verkrampft sich.

„Es ist okay, Henni", flüstert er und seine Erregung schwingt in jedem Wort mit.

Ist es nicht.

Seine Hand rutscht hoch zu ihren Brüsten.

Nein.

Sie beißt sich so fest auf die Lippen, dass sie spürt, wie das Blut zu fließen beginnt.

Nein. Nein.

Er fängt an zu grunzen und sich von hinten an ihr zu reiben.

Nein. Nein. Nein.

Sie will sterben. Auf der Stelle. Will, dass ihr Herz aufhört zu schlagen. Aber das Gegenteil passiert. Es schlägt immer schneller, immer lauter; es klingt, als würde ein besoffener buddhistischer Mönch auf einen Gong einprügeln.

Ein stechender Schmerz, als Ralfs Finger durch den BH in ihre Brustwarzen kneift.

Sie hört ein Wimmern und realisiert, es ist ihr eigenes.

Es törnt ihn nicht im Geringsten ab. Nein. Ganz und gar nicht. Sein Grunzen verwandelt sich in ein Stöhnen und dann ist seine Hand wieder auf ihrem Bauch.

Gleitet tiefer.

Heiße Tränen schießen aus ihren Augen und rinnen ihr Gesicht hinab.

Seine Finger gleiten unter ihren Slip.

Sie presst die Beine so fest zusammen, wie sie nur kann.

„Es wird schön. Ganz schön." Er versucht, seine Finger zwischen ihre Schenkel zu schieben. Seine Nägel kratzen über ihre Haut.

Sie weiß, dass sie keine Chance gegen ihn hat. Er ist stärker. Er wird sich holen, was er will.

Schreien. Laut schreien. Damit Fabio aufwacht.

Nein.

Was, wenn Fabio wirklich kommt?

Und Ralf ihm wehtut?

Jetzt versucht er, ihr den Slip vom Hintern zu ziehen.

Und dann drückt sich etwas zwischen ihre Pobacken.

Sein Penis, sein Pimmel, sein beschissener, dreckiger Schwanz.

Hennis linker Ellenbogen fliegt nach hinten.

Schnell, ungelenk und immer wieder. So oft sie kann.

So hart sie kann.

Schmerz schießt durch ihren Arm, als ihr Ellenbogen auf Widerstand trifft, nicht nur einmal, nein, mehrmals, ja, mehrmals, was für ein großartiges Gefühl. Für einen Moment werden Angst und Ekel von Triumph verdrängt.

„Henni, hör auf, es ist–" Der Satz endet in einem heulenden Schmerzensschrei.

Sie hat etwas knacken gehört. Seine Nase. Seine beschissene Nase.

Und seine Hände lassen von ihr ab.

Jetzt oder nie.

Sie wirft sich nach vorn und rollt über die Bettkante. Prallt zu Boden und springt gleich wieder auf. Rutscht mit einem Fuß weg und – *Bam!* – ihr Knie schreit scheiße. Aber sie ignoriert den Schmerz und schafft es endlich auf die Beine. Es ist stockfinster, sie sieht fast nichts, aber es ist ihr Zimmer, sie kennt es in- und auswendig, auch im Dunkeln, erst recht, seit es keinen Strom mehr gibt.

Sie weiß genau, wo sie die langstielige Axt an den Schreibtisch gelehnt hat.

Ihre Finger schließen sich um das Holz und sie wirbelt herum.

Sie sieht ihn nicht, aber sie hört ihn. Sein Stöhnen. Nicht mehr geil, sondern schmerzverzerrt.

Sie kann spüren, dass er jetzt auch auf den Beinen ist, höchstens eine Armlänge von ihr entfernt. Ihre Finger klammern sich fester um den Griff der Axt. „Raus!"

„Ich blute."

Gut so, du Drecksau. Verblute!

Er wird sie in der Finsternis genauso wenig erkennen können wie sie ihn, also lässt sie ihn wissen, was ihm bevorsteht: „Ich hab die Axt in der Hand. Ich schlag dir deinen Scheißschädel ein, wenn du dich nicht verpisst!"

„Henni–"

„RAUS!"

Ein paar Sekunden, die ihr wie Minuten, Stunden, Tage, Wochen, Monate, Jahre, Lichtjahre, eine Ewigkeit vorkommen, hört sie nur sein schweres Atmen.

Dann endlich Schritte.

Die das Zimmer verlassen.

Die Dielen im Flur knarren unter seinen Füßen.

Und als sie die Schlafzimmertür knarren hört und weiß, dass er mindestens sechs Meter von ihr entfernt sein muss, lässt sie die Axt zu Boden fallen und stürzt zur Tür.

Knallt sie ins Schloss.

Dreht den Schlüssel herum.

Ihre Beine geben nach und sie lässt sich mit dem Rücken die Tür hinabrutschen, bis ihr Hintern am Boden landet. Sie schmeckt das Blut ihrer aufgebissenen Lippen, spürt es ihr Kinn hinablaufen und auf ihre nackte Brust tropfen.

Sie fühlt den Boden unter sich vibrieren. Nein, nicht der Boden. Es ist ihr Körper. Und nein, er vibriert nicht. Er zittert.

Alles an ihr zittert.

Dann kommt der Brechreiz.

Gefolgt von der Kotze.

35

„Hast du seine Nase gesehen?"

Henni schüttelt den Kopf.

„Voll gebrochen. Er ist im Dunkeln gegen die Tür gelaufen. So krass. Total krumm. Und voll geschwollen. Morgen ist bestimmt sein ganzes Gesicht gelb und blau."

Im Dunkeln gegen die Tür gelaufen.

Henni ist heute früh so aufgewacht wie vor ein paar Monaten an jenem Morgen, nachdem sie Ralf im Schlafzimmer eingeschlossen hatte aus Angst, er könnte gebissen worden und infiziert sein. Halb sitzend, halb liegend, mit dem Rücken zur Tür, ein tauber Arm unter dem Oberkörper eingeklemmt. Ihr tat alles weh.

Sie weiß nicht, wie viel sie geschlafen hat, aber es kann nicht lange gewesen sein; sie war noch wach, als durch den Spalt zwischen Vorhang und Fenster bereits das gräuliche Licht der Dämmerung schielte.

Für eine, vielleicht zwei Sekunden nach dem Erwachen dachte sie, sie hätte einen Albtraum gehabt.

Dann der Schock, die Erkenntnis: Es war kein Traum.

Ralf war in ihrem Zimmer.

In ihrem Bett.

Nackt.

Und er wollte ...

Beinahe wäre es ihr wieder hochgekommen, wahrscheinlich auch, weil ihr der Geruch der auf ihrer Brust getrockneten Kotze in die Nase stieg. Sie richtete sich schwerfällig auf. Ihr wurde schwindelig und sie musste sich mit einer Hand an der Tür abstützen. Sie lauschte und hörte von unten Stimmen. Fabio.

Und Ralf.

Sie griff nach T-Shirt und Hose, die zerknittert am Boden lagen, dann nach der Axt. Lauschte noch einmal auf die Stimmen aus dem Erdgeschoss, dann schloss sie die Tür auf und huschte über den Flur ins Bad.

Verriegelte die Tür.

Aus dem Spiegel starrte sie ein dürres Ding mit Ringen unter den Augen an. Ein Anhänger baumelte um den Hals des dürren Dings. Mit einer ruckartigen Bewegung riss sie den billigen Modeschmuck von ihrem Nacken und feuerte ihn in die Badewanne.

Dann wusch sie sich das Erbrochene mit Wasser aus dem Kanister vom Körper und zog sich an. Der Gedanke, Ralf gegenüberzutreten, lähmte sie dermaßen, dass sie sich einfach auf den Toilettendeckel sacken ließ und dort sitzen blieb.

Irgendwann hörte sie Fabios Stimme von unten: „Ey, Henni lebst du noch? Wie lang willst du noch pennen?"

Die Axt fest umklammert verließ Henni das Bad und ging barfuß runter in die Küche.

Dort saß nur Fabio.

„Die Nase muss so sauweh tun", sagt Fabio jetzt und schüttelt den Kopf. „Trotzdem ist er raus, um weiter am Graben zu arbeiten." Er grinst, halb verlegen, halb stolz. „Hab gesagt, ich schaff's heut nicht. Mein Kater ist zu heavy. Aber immerhin hab ich diesmal nicht gekotzt."

Henni erwidert nichts. Sie hat noch kein einziges Wort gesagt, seit sie sich zu ihm an den Tisch gesetzt hat, außer ein leise gemurmeltes „Morgen."

„Wieso siehst du eigentlich so scheiße aus? Hast du auch'n Kater?"

Sie erwidert nichts. Merkt der Idiot eigentlich nicht, dass mit ihr etwas nicht stimmt? Warum fragt er sie nicht, warum sie sich so komisch benimmt?

Tut er nicht, stattdessen trinkt er von seinem dünnen Kaffee.

Was

soll

sie

tun?

Ihr fällt nichts anderes ein, als wieder hoch auf ihr Zimmer zu gehen und sich einzuschließen.

Dort zieht sie den Vorhang am Fenster beiseite.

Und beobachtet ihn.

Ralf ist bis zu den Hüften im Graben verschwunden. Die Spitzhacke in seinen Händen fliegt hoch und runter. Immer und immer wieder. Er arbeitet wie ein Besessener.

Wie ein Irrer.

Fabio hat recht. Seine Nase muss höllisch wehtun. Erst recht bei dieser Arbeit, bei jeder Erschütterung, die durch seinen Körper fährt, wenn er die Spitzhacke in die Erde rammt.

Irgendwann, keine Ahnung, wie lange sie ihn beobachtet hat, dreht er plötzlich den Kopf und blickt in ihre Richtung.

Sie zuckt zurück und lässt hektisch den Vorhang wieder vors Fenster fallen. Ihr Herz wummert. Ihr wird schwindelig und sie legt sich aufs Bett.

Sie muss es Fabio sagen. Aber wie wird er reagieren? Wird er ihr glauben?

Natürlich, er muss mir glauben, ich bin seine Schwester.

Und Ralf ist ein Fremder.

Nein, ist er nicht. Nicht mehr. Schon gar nicht für Fabio.

Aber mal angenommen, Fabio würde ihr glauben. Was dann? Ralf sagen, er muss das Haus verlassen und drauf hoffen, dass er es tut? Na klar, guter Witz.

Henni fühlt sich allein. Ganz allein. So verschissen allein hat sie sich nicht mal im letzten Winter gefühlt, als ihr klar wurde, dass niemand hoch in die Berge kommen und sie und Fabio retten würde.

Die Erschöpfung der schlaflosen Nacht fällt über sie her so wie die Toten über die Lebenden. Ihre Augen fallen zu. Und als sie sie wieder öffnet, hört sie „Clair de Lune".

Vom Schlaf benebelt ist ihr erster Gedanke: Mama?

Die Töne von Debussys wunderschöner Melodie schweben durchs Haus und pressen ihr Herz zusammen. Sie richtet sich auf.

Nein, nicht Mama.

Ralf.

Immer wieder Ralf.

Sie blickt aus dem Fenster. Die Sonne steht tief, es ist später Nachmittag.

Das Klavierspiel verstummt.

Sie starrt zur Tür.

Irgendwann musst du hier raus. Du kannst dich nicht ewig vor ihm verstecken.

Sie greift die Axt mit der Linken. Ihre Rechte zittert, als sie den Schlüssel im Schloss dreht.

Sie drückt die Klinke hinab und–

„Bist du krank?"

Henni macht vor Schreck einen Schritt nach hinten und reißt die Axt hoch.

Fabio zuckt zusammen. „Du meine Güte. Mach dich mal locker."

Henni lässt die Axt wieder sinken. „Was lungerst du vor meiner Tür rum, bist du bescheuert?"

„Ich wollte nur checken, ob's dir gut geht. Aber ich kann auch wieder gehen–"

„Sorry, Fabio."

„Alles okay?"

Sie zögert, dann: „Mir ist ein bisschen schlecht. Der Wein von gestern."

Zweifel in seinem Blick. „Immer noch?"

Sie zuckt mit den Schultern.

Sag's ihm.

Jetzt.

„Komm mal rein. Und mach die Tür hinter dir zu."

„*Was* ist los?"

„Komm rein!"

Fabio macht einen Schritt durch die offene Tür, da erklingen Schritte auf der Treppe.

Und wenige Momente später steht Ralf hinter Fabio. Seine Nase ist seltsam schief. Und geschwollen. Die Haut drum herum hat sich bereits zu verfärben begonnen.

Aber er lächelt. Als wäre alles in bester Ordnung. „Was ist los, Henni? Versteckst du dich hier oben vor uns?"

Ein kalter Schauer läuft ihren Rücken hinab. Ihre Nackenhaare stellen sich auf.

„Guck dir mein Gesicht an", sagt er. „Kannst du dir das vorstellen? Bin voll vor die Tür gelaufen. So was von dämlich."

Sie erwidert nichts. Selbst, wenn sie wüsste, was sie sagen sollte, würde sie kein Wort hervorbringen.

„Ich glaub, Henni wird krank", sagt Fabio und die echte Sorge, die in seiner Stimme mitschwingt, rührt Henni so sehr, dass sie am liebsten losheulen würde.

„Dann ruhst du dich besser aus", sagt Ralf. „Sollen wir dir was zu Essen hochbringen?"

„Nein, ich–"

„Ich mach das", sagt Fabio mit Eifer und verschwindet im Flur.

Nein, möchte sie schreien, lass mich nicht mit ihm allein.

Doch das ist sie jetzt.

Allein.

Mit Ralf.

Er lächelt immer noch. Blickt auf die Axt, die sie mit beiden Händen hält. Er sieht kurz in den Flur, wo man Fabio unten in der Küche rumoren hört, dann wieder zu Henni. „Du brauchst die Axt nicht."

Sie kriegt kein Wort raus.

Und dann, es geschieht so schnell, so unglaublich schnell, macht Ralf einen Schritt nach vorn und reißt ihr mit einem Ruck die Axt aus den Händen.

Henni stolpert nach hinten und hebt reflexartig die Arme vors Gesicht.

Er bewegt sich nicht. Steht einfach nur da, die Axt in der Hand. Dann lehnt er sie an den Schreibtisch.

Macht einen Schritt auf Henni zu.

Sie will weiter zurückweichen, doch da stößt sie bereits mit dem Rücken gegen die Fensterbank.

Er ist dicht vor ihr. Fast so dicht wie vergangene Nacht. Sie spürt seinen Atem auf ihrem Gesicht. Riecht den Wein vom Vorabend.

„Ich verstehe, dass du Zeit brauchst", flüstert er. „Das ist okay. Liebe kann man nicht erzwingen. Die muss wachsen und gedeihen wie eine Blume." Er schiebt einen Zeigefinger unter ihr Kinn und drückt ihr Gesicht nach oben. Zwingt sie, ihm in die Augen zu sehen. „Ich werde dich nicht mehr drängen. Das verspreche ich dir. Warum sollte ich? Wir haben ja schließlich Zeit. Alle Zeit der Welt."

Alle Zeit der Welt.

Sie starrt ihn an. Ein Mensch aus Fleisch und Blut, kein verwesendes, von Schmeißfliegen umkreistes Monster. Und doch hat sie mehr Angst vor ihm als vor all den wankenden, verrottenden Gestalten zusammen, die dort draußen ewig hungrig herumirren.

Alle Zeit der Welt.

Schlagartig wird ihr klar, was sie tun muss.

Es gibt keinen anderen Ausweg.

Alle Zeit der Welt.

Sie muss ihn töten.

36

„Was ist das für eine kranke Scheiße?"

„Das ist keine Scheiße, es ist die Wahrheit."

„Du bist bescheuert."

„Glaubst du echt, ich denk mir das aus?"

„Was weiß ich."

„Fabio. Er will mit mir schlafen."

„Hör auf, das ständig zu sagen, das ist ekelhaft."

„Natürlich ist das ekelhaft. Das versuch ich dir ja die ganze Zeit begreiflich zu machen. Er will mich vergewaltigen. Denn darauf wird's hinauslaufen. Du weißt doch, was Vergewaltigung ist, oder, Fabio?"

„Ja, weiß ich."

„Dann—"

„Ich weiß aber auch, was paranoid ist."

Sie muss sich Mühe geben, nicht zu schreien. „Du glaubst also, das bin ich, ja? Paranoid?"

„Ralf ist—"

„Ralf ist *nicht* Papa. Er ist *nicht* Mama. Er gehört *nicht* zur Familie. Er ist irgendein Typ, der plötzlich auf der Matte stand, den wir überhaupt nicht kennen. Von dem wir *nichts* wissen, außer dem bisschen, was er uns erzählt hat."

Fabio schüttelt heftig den Kopf. „Er würde dir nie was tun. Niemals. Das ist so was von krank von dir, das zu glauben–"

„Er lag in meinem Bett. Nackt. Er hat meine Titten begrabscht und er wollte mich ficken. Ficken, Fabio, verstehst du das? Bumsen, nageln, seinen Schwanz in meine Muschi stecken–"

Fabio hat die Hände vor die Ohren gerissen und beginnt laut „La-la-la!" zu singen wie eine Litanei.

Henni zerrt an seinen Handgelenken, aber Fabio widersetzt sich mit aller Kraft. Sie lässt von ihm ab und sackt frustriert auf die Küchenbank. Durch das Fenster kann sie Ralf draußen unter grauem Himmel am Graben arbeiten sehen.

Fabio nimmt die Hände von den Ohren. Er richtet sich auf.

„Fabio–"

Er hat Tränen in den Augen. „Wie kannst du so was nur sagen?"

„Wie kannst du mir nicht glauben?"

Er erwidert nichts. Bewegt sich mit hängenden Schultern zur Küchentür.

„Frag ihn, ob wir nach Sankt Löring gehen!'"

Fabio bleibt stehen und sieht sie wieder an. „Er hat gesagt, dass wir's tun. Um *dich* glücklich zu machen. Obwohl wir alle wissen, dass Liam nicht mehr lebt."

„Hat Ralf das gesagt?"

„Das braucht Ralf mir nicht zu sagen. Ich *weiß*, dass Liam tot ist. Und du müsstest es auch wissen. Du hast es doch gesehen–"

„Ich hab gar nichts gesehen!"

„Was soll die bescheuerte Idee mit Sankt Löring überhaupt? Du kennst Liam doch gar nicht. Noch viel weniger als Ralf."

„Darum geht's doch gar nicht–"

„Du bist in den verknallt. Du hast mit ihm geknutscht."

Ralf hat es ihm gesagt.

Sie spürt, wie sie rot anläuft.

„Und deswegen erzählst du jetzt solche miesen Sachen über ihn."

„Was? Nein–!"

„Ey, Henni, das ist so arm, echt. Nach allem, was er für uns getan hat."

Was hat er denn für uns getan?, will Henni schreien, aber es ist sinnlos. Sie lässt den Kopf sinken.

Sie hätte es wissen müssen.

Sie hätte wissen müssen, dass Fabio so reagiert, wie er jetzt reagiert. Sicher, sie hat es befürchtet, aber diejenige zu sein, die angestarrt wird, als hätte sie den Verstand verloren, ist erschütternd.

Sie hört seine Schritte im Flur, dann das Knarren der Haustür. Wenige Momente später sieht sie ihren kleinen Bruder durchs Fenster, wie er zu Ralf in den Graben steigt und damit beginnt, die Erde herauszuschaufeln, die Ralf mit der Spitzhacke gelockert hat. Sie sieht, wie Ralf etwas zu ihm sagt und wie Fabio lacht. Dann klopft Ralf ihm auf die Schulter und sie arbeiten weiter.

Heute Nacht, denkt Henni.

Heute Nacht.

37

Du kannst die Umrisse seines Körpers in Mamas und Papas Bett ausmachen.

Du kannst seinen Atem hören.

Du kannst ihn riechen. Jeder Mensch hat seinen eigenen Geruch. Früher hat das Schlafzimmer nach Mama und Papa gerochen. Jetzt nicht mehr. Es riecht nach ihm. Er hat es zu seinem gemacht.

Deine Finger öffnen und schließen sich um den Griff der Axt.

Ausholen.

Zuschlagen.

Einmal, zweimal, dreimal, so oft du kannst.

Er wird keine Chance haben. Wahrscheinlich nicht mal Zeit zu schreien. Und es wird nicht lange dauern. Ein paar Sekunden, eine Minute vielleicht. Dann ist es vorbei.

Dann ist alles wieder gut. Und irgendwann wird Fabio verstehen, dass es der einzige Ausweg war--

Er wird nichts verstehen. Er wird dich für eine durchgeknallte Irre halten. Er wird vor dir so viel Angst haben wie du jetzt vor Ralf.

Es geht aber nicht um Fabio. Es geht um dich. Du musst dich schützen. Und deinen Bruder, auch wenn der das vielleicht nie verstehen wird.

Tu's verdammt noch mal.

Du hebst die Axt.

Kalter Schweiß kitzelt deinen Nacken.

Schlag zu.

Du versuchst zu schlucken, aber deine Kehle ist trocken.

Schlag zu.

Die Axt ist schwer, so schwer.

Schlag zu.

An jenem Tag im Dorf, es erscheint dir wie eine Ewigkeit her, hast du Dutzende Schädel zertrümmert.

Ja, aber das war etwas anderes. Das waren keine Menschen, keine lebenden Menschen, das waren–

Nein. Es ist *nichts* anderes.

Schädel ist Schädel, egal ob tot oder lebendig.

Gefährlich ist gefährlich, egal ob tot oder lebendig.

Ralf grunzt im Schlaf, ein Arm bewegt sich.

Das Blut gefriert dir in den Adern. Du hältst den Atem an.

Dann liegt er wieder still.

Je länger du hier tatenlos rumstehst, desto größer die Chance, dass er aufwacht. Und was dann?

SCHLAG ZU. SCHLAG ZU. SCHLAG ZU.

Du hörst ein Knarren. Das alte Mauerwerk, das atmet, die Balken im Fachwerk. Du spürst deinen Puls wummern. Deine Schultern schmerzen. Die Axt in deinen erhobenen Armen wird schwerer und schwerer.

Du–

Deine Arme senken sich nach unten. Langsam, ganz langsam.

kannst–

Du drehst dich um.

es–

Und verlässt das Zimmer.

nicht.

38

Zwei Wochen.
Henni zählt die Tage.
Einer ist wie der andere.

Sie schläft jede Nacht bei verschlossener Tür. Morgens wartet sie, bis sie Fabio hört, bevor sie ihr Zimmer verlässt. Sie versucht alles, um nicht mit Ralf allein zu sein. Es funktioniert. Vielleicht auch, weil er genau das tut, was er gesagt hat. Er drängt sie nicht. Er lässt ihr Zeit.

Alle Zeit der Welt.

Sie fühlt sich wie ein Schwimmer weit draußen im Meer, zurückgelassen oder vergessen von einem Boot. Und um sie herum kreist ein Hai. Er zieht bedächtig seine Kreise, immer und immer wieder. Er lässt sich Zeit, weil er weiß, dass der Schwimmer ihm nicht entkommen kann. Und irgendwann, wenn der Schwimmer mürbe und schwach wird, wenn er sich vor Erschöpfung kaum noch über Wasser halten kann, dann wird der stahlgraue Körper des Hais durchs Wasser auf ihn zuschießen, das Maul mit den scharfen Zähnen weit aufgerissen und–

Tagsüber arbeitet sie mit Ralf und Fabio am Graben. Was soll sie sonst tun? Ralf lächelt, macht Witze und zeigt sich von seiner besten Seite. Manchmal, wenn er wieder irgendetwas Humorvolles sagt, um die Stimmung aufzulockern, sieht Fabio vorwurfsvoll zu Henni, so als wolle er sagen: *Siehst du? Er ist in Ordnung. Er ist Ralf, unser Ralf. Unser Freund. Der einzige Erwachsene in unserem Leben. Er ist Familie.*

Sie versucht nicht mehr, Fabio vom Gegenteil zu überzeugen. Sie hat ihm gesagt, was es zu sagen gibt. Und ganz egal, wie mühsam Ralf versucht, die Fassade einer glücklichen Patchwork-Familie aufrechtzuerhalten, irgendwann muss Fabio spüren, dass an ihren Worten etwas dran ist.

Aber bis dahin muss sie durchhalten.

Die Vorräte schrumpfen. Mit dem, was sie haben, kommen sie niemals über den Winter. Henni weiß es, Ralf weiß es, Fabio weiß es. Aber sie vermeiden das Thema. Und tatsächlich ist es Henni egal. Sie kann nicht darüber nachdenken, ob sie genug zu Essen haben, wenn sie weiß, dass eine ganz andere Gefahr auf sie lauert. Sie glaubt, dass es Ralf auch egal ist, weil er an nichts anderes denken kann als daran, wann er endlich mit ihr ...

Eines Morgen wird sie wach und da ist er, dieser Gedanke wie eine giftige kleine Schlange, die an ihren Gehirnzellen knabbert: *Gib ihm, was er will.* Wenn es ihm so viel bedeutet, wenn dadurch diese unerträgliche Spannung nachlässt, ihr euch dann endlich wieder den wesentlichen Dingen widmen könnt, dem einen einzig wesentlichen Ding: *dem Überleben. Tu's einfach. Spreiz die Beine, schließ die Augen, lass ihn machen und vielleicht ist anschließend endlich alles wieder—*

Sie springt auf und rammt ihren Kopf hart gegen die Wand. Der Schmerz schießt durch ihren Schädel. Noch mal. Noch mehr Schmerz. Haut reißt, Blut fließt. Sie taumelt benommen nach hinten und ihre Knie geben nach. Sie sackt zu Boden.

Und weiß, dass sie lieber sterben würde, als Ralf sein Ding in sie reinstecken zu lassen.

Als sie an diesem Morgen in die Küche runterkommt, sitzen Ralf und Fabio am Tisch und essen die letzten Reste von dem zähen Fleisch eines Rehs, das sie vor ein paar Tagen mit dem

Gewehr geschossen haben. Mit einer der letzten beiden Patronen. Es war ein junges Tier und es war nicht viel dran.

Fabios Augen weiten sich beim Anblick der kleinen Platzwunde auf ihrer Stirn und dem getrockneten Blut, das sie nicht abgewaschen hat. „Was ist passiert?"

Sie sieht Ralf in die Augen und sagt: „Ich bin im Dunkeln gegen die Tür gelaufen."

Der Anflug eines Lächelns verzieht den struppigen Bart in Ralfs Gesicht.

Sie setzt sich an ihren Platz und beginnt, wortlos zu essen. Das Fleisch ist gewohnt zäh und schmeckt selbst gewürzt noch beschissener als sonst. Bestimmt hat sie davon heute Abend wieder Durchfall.

„Was ist jetzt mit Sankt Löring?"

Sie hebt überrascht den Kopf.

Fabio sieht Ralf fragend an.

Der zuckt mit den Schultern und weicht Fabios Blick aus. „Glaub nicht, dass das so eine gute Idee ist."

„Aber du hast gesagt, wenn es Henni so viel bedeutet, dann würden wir's machen."

„Ich hab meine Meinung geändert." Ralfs Augen suchen die von Henni. „Und Henni weiß das."

Henni erwidert nichts, beißt wieder in ihr Stück Fleisch und spürt Fabios Blick auf sich.

Am nächsten Morgen, bevor die Sonne über die Gipfel klettert, ziehen sie los, um zu jagen. Frühnebel wabert zwischen den Bäumen und ihr Atem dampft vor ihnen in der kalten Luft, als sie sich leise durchs Unterholz auf ihre übliche Stelle zubewegen.

Ralf hebt plötzlich eine Hand und sie stoppen.

Henni und Fabio sehen den Hirsch auf der mit Raureif benetzten Wiese. Ein mächtiges Tier mit großem Geweih. Ein massiger Körper. Fleisch. Viel Fleisch.

Ralf sieht zu Fabio und deutet auf sein Gewehr. Fabio nickt.

Ralf geht in die Knie. Legt das Gewehr an die Schulter und stabilisiert den Lauf auf einem niedrigen Ast.

Henni sieht, wie er sich konzentriert, wie sein Zeigefinger sanft den Abzug streichelt. Sie sieht ihn einatmen, ausatmen, sieht, wie der Finger sich um den Abzug krümmt.

Ein Schatten im Frühnebel.

Der Kopf des Hirschs ruckt hoch.

BLAM!

Der muskulöse Körper des Hirschs sprintet quer über die Wiese und verschwindet zwischen den Bäumen.

Der Schatten im Frühnebel materialisiert sich zu einer Gestalt.

Einer wankenden, stolpernden Gestalt.

„Nein!" Ralf springt auf. Seine Stimme ist ein frustriertes Heulen. „Ich hatte ihn! Ich hatte ihn!"

Die Gestalt hat ihn gehört und wendet sich mit abgehackten Bewegungen in ihre Richtung.

„Dumme Sau!" Ralf reißt das Gewehr an die Schulter und feuert.

Die Gestalt zuckt.

Und taumelt weiter auf sie zu.

Fluchend wirft Ralf das leere Gewehr ins Gras.

Reißt den Dachdeckerhammer aus dem Gürtel und rennt los.

Er trifft den Kopf der Gestalt aus dem Lauf heraus. Der verrottende Körper kippt um wie ein gefällter Baum. Ralf baut sich breitbeinig darüber auf und der Hammer saust rasend schnell immer und immer wieder nach unten.

Henni sieht Schädelstücke durch die Luft fliegen.

„Er dreht voll durch", flüstert Fabio.

„Schieß!"

Er dreht den Kopf in ihre Richtung.

Sie merkt erst, dass sie weint, als die Tränen warm über ihre kalten Wangen fließen. „Bitte, Fabio. Schieß. Du kannst ihn treffen."

Sein Mund steht offen. Er starrt sie fassungslos an.

„Bitte!"

Fabio sieht zu Ralf, der noch immer auf den Leichnam

einschlägt und sein angestrengtes Keuchen und Grunzen klingt bis zu ihnen herüber.

Henni krallt ihre Finger in den Ärmel von Fabios Superhelden-Hoodie. „Schnell, bevor er zurückkommt!" Ihre flehende Stimme überschlägt sich.

„Henni ..."

Er wird es nicht tun. Natürlich nicht. Er glaubt ihr nicht und selbst, wenn er's täte, sie hat es ja selbst nicht über sich gebracht, die Axt in Ralfs Schädel zu schmettern.

Henni wirft sich herum und rennt zurück zum Haus.

Sie verbringt den Rest des Tages auf ihrem Zimmer. Malt sich aus, wie Fabios Pfeil sich in Ralfs Brust bohrt. Ganz tief. Bis zum Federschaft. Wie Ralfs Augen sich ungläubig weiten. Wie er noch ein paar Schritte macht, bevor er in die Knie bricht und dann mit dem Gesicht nach vorn ins Gras fällt.

Es ist fast dunkel, als sie nach unten geht, weil ihr Magen knurrt.

Ralf und Fabio sind im Wohnzimmer. Ralf trinkt Rotwein direkt aus der Flasche. Er hält sie Fabio hin, als Henni durch die Tür tritt, aber der Junge schüttelt den Kopf. Sieht zu seiner Schwester und hebt eine geöffnete Dose Ananas. „Vitamine?"

Sie setzt sich neben ihn auf die Couch und fingert sich ein glitschiges Stück Ananas aus dem Fruchtsaft. Hält es ein paar Sekunden im Mund und genießt den Geschmack, bevor sie es hinunterschluckt.

„Pizza Hawaii", sagt Fabio plötzlich.

Henni hätte nicht geglaubt, dass das noch einmal geschehen würde, aber sie spürt, wie sich ihre Mundwinkel zu einem Lächeln verziehen. „Diese Obstbecher vom Türken."

Fabio nickt. „Und die Tomatenpaste. Mit Weißbrot."

„Oliven mit Knoblauch."

Er verzieht das Gesicht. „Bäh, Knoblauch." Dann: „Gummibärchen."

Sie rollt mit den Augen. „Das sagst du dauernd."

Fabio zuckt grinsend mit den Schultern. „Na und?"

„Knoblauchbrot. Das für den Ofen."

„Joghurt. Pfirsich-Maracuja."

Sie nickt. „Und mit Mangogeschmack. Der ausm Bio-Supermarkt."

Ralf rülpst. „Ein bisschen Spaß."

Sie sehen zu ihm rüber. Sie haben ihn vergessen. Für kurze Zeit, für diese knappe Minute, haben sie ihn tatsächlich vergessen, waren wieder allein. Henni und Fabio. Bruder und Schwester.

Ralf starrt die beiden aus glasigen, rotgeränderten Augen düster an. Rotwein gluckert aus der Flasche seine Kehle hinab. Dann lacht er plötzlich. Ein heiseres, freudloses Lachen. „Und ficken. Mal wieder so ordentlich ficken."

Vor ein paar Wochen noch wäre Henni geschockt gewesen. Jetzt ist sie es nicht. Sie sieht ihm in die Augen.

Und sagt: „Zu blöd, dass Frauke gefressen wurde."

Die Rotweinflasche gleitet aus seinen Händen. Sie landet am Boden, ohne zu zerbrechen. Der Wein breitet sich wie Blut auf dem hellen Parkett aus. Ralf drückt sich aus dem Sessel, wächst über Henni und Fabio in die Höhe. Die Flammen der Kerzen spiegeln sich in seinen Pupillen. Seine Hände sind zu Fäusten geballt. Sein schnaufender Atem scheint den ganzen Raum zu füllen.

Henni spürt, wie Fabio neben ihr zusammenschrumpft.

Aber sie hält Ralfs Blick.

Na komm schon, Arschloch. Sag was.

Tut er nicht. Stattdessen wendet er sich wortlos ab. Er schwankt. Hat gut getankt. Kurz darauf das Stampfen seiner Füße auf der Treppe. Dann fällt die Schlafzimmertür dumpf ins Schloss.

Henni sieht zu Fabio.

„Was sollen wir tun?", fragt er leise.

Sie wirft die Arme um ihn und presst ihn an sich. Hält ihn eine ganze Weile schweigend an sich gedrückt, dann flüstert sie in sein Ohr: „Wir hauen ab."

39

Die ausgelatschten Wanderstiefel, in denen man sich garantiert keine Blasen mehr läuft. Eine Allwetterhose. Ihr geliebter grauer Kapuzenpulli. Die wasserdichte Jacke. In den Trekking-Rucksack kommen Strickmütze, Sonnenbrille, Thermo-Unterwäsche, Papas Taschenmesser, die gefüllte Trinkflasche und natürlich das zerfledderte *Huckleberry-Finn*-Taschenbuch.

Fressalien. Drei Dosen Konservenobst. Eine Packung Kekse. Nicht viel, aber es sollte für den Weg nach Sankt Löring reichen. Keine Ersatzklamotten. Besser leicht und beweglich bleiben.

Und die Axt.

Natürlich die Axt.

Draußen trommelt der Regen gegen das Haus. Er fing an, nachdem Ralf zu Bett gegangen war. Erst nur Nieselregen, der wie der feuchte Atem eines Riesen an die Fenster sprühte, dann, nach und nach, wurden die Tropfen größer, der Niederschlag stärker. Jetzt schüttet es wie aus Kübeln, ein stetiges Rauschen von draußen wie bei einer statischen Störung.

Die Regenmengen werden die Wege schlammig und glitschig machen, denkt Henni. Wenn einer von ihnen ausrutscht und sich verletzt, wenn einer von ihnen auf dem Höhenpfad den Halt verliert und abstürzt ...

Egal. Sie können nicht auf besseres Wetter warten. Wenn sie Pech haben, regnet es die nächsten Tage durch. Und Henni hält es keine Sekunde, keine Minute, keine Stunde geschweige denn einen Tag länger hier im Haus aus. Sie weiß, es ist nur eine Frage der Zeit, bis Ralf die Lust verliert, noch länger auf ihre Einsicht zu warten. Außerdem ist Fabio jetzt endlich auf ihrer Seite, hat endlich kapiert, dass Ralf eine Gefahr darstellt. Aber es gibt keine Garantie, dass seine Meinung nicht doch wieder umschwingt, wenn sie heute Nacht nicht aufbrechen. Ralf ist clever, er weiß genau, welche Knöpfe er bei Fabio drücken muss, um sein Denken zu beeinflussen.

Es gibt kein zurück mehr. Sie haben sich entschieden. Sie müssen weg. Heute Nacht. Und einfach sehen, wie weit sie trotz des Wetters kommen.

Die Frage ist, ob Ralf ihnen folgen wird, wenn er merkt, dass sie fort sind. Im besten Fall wird er es nicht vor morgen früh herausfinden. Er war heute Abend ganz schön angetrunken und sein Schlaf ist hoffentlich tief und fest und lang. Mit sechs oder sieben Stunden Vorsprung sollten sie in Sankt Löring sein, bevor er sie einholen kann. Und je mehr Henni darüber nachdenkt, desto sicherer ist sie, *dass* er ihnen folgen wird.

Also müssen sie am Internat sein, bevor er sie einholt. Denn dort finden sie Schutz. Zumindest hofft sie das. Selbst wenn Liam tatsächlich nicht mehr leben sollte.

Aber er lebt.

Er lebt.

Das spüre ich.

Ja, oder du redest es dir ein.

Sie schüttelt den Kopf. Schluss damit. Auf das konzentrieren, worauf es ankommt.

Ein Geräusch. Sie erstarrt. Lauscht. War das im Flur? Oder draußen? War das eine der mit Steinen gefüllten Konserven, die vom Drahtseil baumeln?

Nein. Es sind ihre Nerven. Wird Zeit, dass sie hier rauskommt.

Sie geht im Kopf noch einmal durch, ob sie wirklich alles eingepackt hat, was sie einpacken wollte, dann schultert sie den Trekking-Rucksack. Bringt die Riemen auf die richtige Länge, so dass nichts drückt. Sie packt die Axt und löscht die Kerze, die auf ihrem Schreibtisch brennt.

Finsternis.

Der Geruch von Schwefel, der ihr in die Nase steigt und wie immer Erinnerungen an Weihnachten mit sich bringt.

Keine Zeit für Erinnerungen.

Sie dreht den Schlüssel im Schloss.

Zieht die Tür auf.

Setzt einen Fuß in den Flur.

Der Holzboden knarrt.

Scheiße. Sie hätte die Wanderstiefel erst draußen vor dem Haus anziehen sollen, die schweren Dinger sind zu laut. Einen Moment überlegt sie, die Schuhe wieder auszuziehen, dann verwirft sie den Gedanken wieder. Keine Zeit mehr verlieren.

Sie bewegt sich so leise wie möglich die kurze Strecke bis zu Fabios Zimmer den Flur hinab. Wieder knarrt das Holz. Obwohl sie ihre Sohlen so sanft wie nur möglich aufsetzt, erscheint ihr jeder Schritt wie ein Donnerschlag.

Endlich an Fabios Tür.

Sie streckt die Hand nach der Klinke aus, da wird die Tür von innen geöffnet und sie stößt mit Fabio zusammen. Konserven stoßen klappernd in seinem oder ihrem Rucksack aneinander.

„Scheiße–"

„Sssch!"

Sie kann nur seine Umrisse sehen (trägt er etwa seine alberne Bommelmütze, die Oma Rita ihm mal gestrickt hat?), packt seinen Arm und drückt ihn. „Hast du alles?", haucht sie, kaum hörbar.

„Ja, ich–"

„Sssch!"

„Wieso fragst du dann–?"

„SSSCH!"

„Wenn du noch lauter *Schhh* machst, hört er dich."

Sie schiebt Fabio sanft, aber bestimmt Richtung Treppe.

Der Fuß auf die erste Stufe. Sie knarrt. Natürlich tut sie das. Die nächste Stufe. Wieder ein Knarren.

„Geh einfach", zischt Fabio hinter ihr ungeduldig.

Wahrscheinlich hat er recht. Je mehr man drauf bedacht ist, keinen Lärm zu machen, desto eher geschieht das Gegenteil.

Komm schon, Henni, weitergehen. Leise, aber zügig.

Trotzdem kommt es ihr vor, als würden sie wie eine Herde Elefanten die Treppe hinuntertrampeln.

Dann sind sie an der Haustür. Zum Glück haben sie seit Ralfs Ankunft darauf verzichtet, die Kommode davorzuschieben. Die jetzt wegzurücken, würde ihn garantiert aufwecken. Obwohl Ralf die Tür damals mit dem Gewehrkolben zertrümmert hat, ist sie jetzt widerstandsfähiger als zuvor. Ralf hat sich als geschickter Handwerker erwiesen und die Tür mit Holz und Werkzeug aus Papas Handwerksecke im Keller nicht nur repariert, sondern verstärkt.

Henni streckt ihre Hand nach dem Schlüssel aus, den sie nachts immer von innen stecken lassen.

Umdrehen, aufschließen, raus.

Aber ihre Finger greifen ins Leere.

Nichts.

Kein Schlüssel.

Ihre Magengrube hüpft wie bei einem Luftloch im Flieger.

Und dann erklingt seine Stimme aus der Dunkelheit: „Leute, Leute, Leute. Ich glaube, wir müssen mal eine Familienkonferenz einberufen."

40

————

Das Kratzen eines Feuerzeugrädchens, gefolgt von flackerndem Kerzenlicht, das den Flur erhellt.

Da sitzt er.

Auf einem Stuhl neben der Kommode. Nackt bis auf die Unterhose.

Um seinen Hals hängt die Kette mit dem Modeschmuck.

Er hält den Dachdeckerhammer in der rechten Hand, vom Zeigefinger der linken baumelt der Haustürschlüssel.

Du spürst, wie Fabio sich an dich drängt. Sein Körper bebt.

„Ihr wollt mich allein lassen?", fragt Ralf leise. „Einfach abhauen?"

Rhetorische Fragen, Geblubber eines Wahnsinnigen, sinnlos zu antworten. Und selbst, wenn du antworten wolltest, dein Hals ist plötzlich so trocken, dass du kaum schlucken kannst, geschweige denn ein Wort herauskriegen.

„Wir sind doch eine Familie. Oder, Fabio? Sind wir doch, hm?"

Fabio bleibt genauso stumm wie du.

Du sammelst Speichel in deinem Mund, leckst dir über die trockenen Lippen, räusperst dich. „Gib uns den Schlüssel." Die

Worte kommen krächzend, schwächlich, ohne Power, ohne Druck. Armselig.

Ralf beugt sich ruckartig auf dem Stuhl nach vorn.

Fabio zuckt zusammen, seine Hand krallt sich in deinen Arm.

Ralfs Haare fallen ihm ins Gesicht. Seine Augen liegen im Schatten, aber du weißt, dass er dich ansieht. Seine Worte kommen hasserfüllt und heiser: „Du kannst dir diesen Schwachsinn mit der Schule einfach nicht aus dem Kopf schlagen, oder? Du glaubst wirklich, der Bengel lebt, hm?"

„Gib uns den Schlüssel", wiederholst du mit einem bisschen mehr Kraft in der Stimme.

Er ignoriert dich. „Leg den Bogen ab, Fabio."

„Tu's nicht, Fabio!"

Ralf bewegt die Hand mit dem Dachdeckerhammer. Nur ein klitzekleines Stück, aber Fabio schreckt trotzdem wieder zusammen.

„Leg den Bogen auf den Boden."

Fabios Stimme ist ein Wimmern: „Du tust uns doch nichts, oder, Ralf? Bitte nicht."

Ralf richtet sich langsam auf. Sein dürrer Körper mit der weißen Haut leuchtet im Halbdunkel. „Siehst du, was du angerichtet hast, Henni? Der arme Junge hat Angst vor mir." Er schüttelt sachte den Kopf. „Deine Schwester hat irgendetwas falsch erstanden, Fabio. Völlig falsch verstanden. Ich liebe euch. Ich würde euch nie etwas antun."

„Henni sagt—"

„Ich weiß, was sie sagt. Das ist okay. Nicht schön, aber okay. Henni ist verwirrt. Dafür hab ich Verständnis. Das Leben ist nicht mehr wie früher. Da kann man schon mal ein bisschen durchdrehen. Das nehme ich nicht persönlich."

Da kann man schon mal ein bisschen durchdrehen.

Er redet von sich selbst. Er ist irre und er weiß, dass er es ist.

„Leg den Bogen hin, Fabio", sagt Ralf jetzt zum dritten Mal.

Fabio blickt hilflos zu dir auf und dann, ehe du es verhindern kannst, beugt er sich vor. Legt den Sportbogen sanft auf die Fliesen. Lässt unaufgefordert seinen Rucksack und den Köcher mit den Pfeilen folgen.

Aufsteigende Panik schnürt deine Brust zusammen.

Nein.

Ihr hattet es fast geschafft.

Nein.

Das kann nicht sein.

Nein.

Das darf nicht sein.

Nein.

Du willst hier raus.

Raus!-Raus!-Raus!

„Die Axt brauchen wir auch nicht, Henni." Er spricht mit dir wie mit einem kleinen Kind. „Komm schon, leg sie zur Seite. Hier drinnen bist du sicher. Dir kann nichts passieren. Ich bin ja bei dir." Er gibt sich keine Mühe, den Hohn in seiner Stimme zu verbergen. Im Gegenteil. Er suhlt sich süffisant in seinem Triumph.

Greif ihn an. Schwing die Axt. Schlag zu. Was hast du zu verlieren?

Nein. Er ist auf der Hut. Er wartet nur auf eine Verzweiflungstat. Du kannst sehen, dass jeder Muskel, jede Sehne seines Körpers angespannt ist. Bereit. Auf alles gefasst.

Du hast keine Wahl. Du atmest aus und stellst die Axt neben der Treppe ab. Schüttelst die Riemen des Rucksacks von deinen Schultern und lehnst ihn neben die Axt.

Ralf lächelt zufrieden. „Gehen wir ins Wohnzimmer. Reden wir. Kommunikation ist wichtig, um Missverständnisse aus dem Weg zu räumen."

Reden? Worüber will er reden? Es gibt nichts zu reden.

Und was geschieht, wenn sie im Wohnzimmer sind?

„Na, kommt schon", sagt er mit einem Lächeln.

Wie du dieses Lächeln hasst.

Wie du *ihn* hasst.

Du spürst, dass Fabio darauf wartet, was du tust.

Also tust du etwas.

Du gehst los. Lässt die Schultern hängen und fängst an zu weinen. Wahnsinn, wie einfach die Tränen fließen. Du brauchst sie nicht zu faken. Deine Tränen sind echt, deine Verzweiflung, deine Angst.

Dann stehst du vor ihm und siehst zu ihm auf. „Es tut mir leid, Ralf." Deine Stimme zittert. Auch das ist echt.

Er lächelt noch immer. „Es ist okay, Henni–"

„Nein, ist es nicht." Du wirfst die Arme um seinen Hals und spürst, wie er zusammenzuckt. Du presst dein Gesicht an seine nackte Brust und redest drauflos: „Es tut mir leid, so leid, aber ich hab Angst, so viel Angst, bitte verzeih mir, bitte, bitte, bitte."

Einen Moment lang ist er wie gelähmt und du befürchtest, dass er dich durchschaut hat, aber dann spürst du, wie sich sein Körper entspannt und er dir mit einer Hand übers Haar streichelt. „Mach dir keine Sorgen, Henni, alles wird wieder gut."

Und ob es das wird, du Arschloch.

Du hebst den Kopf und reißt den Mund so weit auf, dass es sich anfühlt, als würden deine Mundwinkel einreißen.

Du beißt zu.

Deine Zähne bohren sich tief in Ralfs linkes Ohr. Du spürst den Knorpel in deinem Mund. Komisch, denkst du, schmeckt nach nichts.

Etwas poltert zu Boden.

Der Hammer, er hat vor Schreck und Schmerz den Dachdeckerhammer fallen gelassen.

Ralf stößt einen Schrei aus und will dich von sich stoßen, aber du hältst die Arme um seinen Hals geklammert und zerrst gleichzeitig deinen Kopf nach hinten. Reißt an seinem Ohr. Du schmeckst sein Blut in deinem Mund und fühlst es dein Kinn hinablaufen. Seine Hände krallen sich in deine Schultern und er versucht, dich mit aller Kraft von sich wegzudrücken, aber deine Zähne geben sein Ohr nicht frei.

Und dann reißt es einfach ab.

Du kippst nach hinten, knallst gegen die Wand und spuckst das Stück Ohr, dass du ihm abgebissen hast, auf den Boden. Siehst, wie Ralf seine Hand an das presst, was von seinem Ohr übrig geblieben ist und das Blut, all das Blut, das seinen Hals hinabströmt.

Wie du diesen Anblick liebst.

Verreck du Drecksau, verreck!

Du lässt ihm keine Chance, sich zu erholen und trittst mit aller Kraft zu. Dein schwerer Wanderstiefel trifft ihn genau zwischen die Beine, voll in die Eier, und er klappt zusammen wie ein Taschenmesser.

Der Schlüssel? Wo ist der Schlüssel? Hat er ihn fallen gelassen so wie den Dachdeckerhammer?

Nein, ausgerechnet den verfickten Schlüssel hält er noch zwischen den Fingern.

Du trittst wieder zu und diesmal erwischt du sein Gesicht. Sein Kopf fliegt zur Seite und du hörst den Schlüssel über die Fliesen klappern.

Fabio, sein Gesicht tränenüberströmt, starrt dich mit offenem Mund an. Dir wird bewusst, dass du mit Ralfs Blut im Gesicht aussehen musst wie eine der Gestalten. Wie Mama und Papa draußen in der Scheune. „Der Schlüssel!", schreist du. „Der Schlüssel!"

Fabio senkt den Kopf und entdeckt den Schlüssel, der bis vor seine Füße gerutscht ist. Er bückt sich und kriegt ihn zu fassen. Es kommt dir vor, als würde er sich in Zeitlupe bewegen.

Jetzt raus, nichts wie raus–

Eine Hand krallt sich in dein Haar.

Ralf reißt dich nach hinten. Der Schmerz fährt brennend durch deine Schädeldecke. Du taumelst und verlierst das Gleichgewicht. Landest hart auf dem Hintern. Noch mehr Schmerz.

Du willst dich aufrichten, aber Ralf steht breitbeinig über dir. Blut fließt von seinem abgebissenen Ohr über seinen Hals und bis auf seinen Brustkorb. Auch aus Mund und Nase, dort, wo dein Stiefel ihn im Gesicht getroffen hat, fließt die rote Flüssigkeit. „Du Fotze!", schreit er mit aus dem Mund sprühendem Speichel.

Und in seiner erhobenen Rechten hält er den Dachdeckerhammer.

Plötzlich breitet sich eine überraschende Ruhe in dir aus.

Weil du weißt, dass es vorbei ist.

Und ein Teil von dir ist froh darüber. Ruhe, endlich Ruhe. Kein Kampf mehr, keine Angst, nur noch Ruhe.

Gleich wird der Hammer herabsausen und seine lange schwarze Spitze wird sich durch deine Schädeldecke bohren, so wie sie sich durch die Schädeldecke von Dutzenden Gestalten da draußen gebohrt hat.

Wenigstens hat er dich vorher nicht vergewaltigt.

Wenigstens das.

Und hoffentlich kann Fabio–

TSCHAK!

Plötzlich ragt die blutige Pfeilspitze vorne oberhalb der rechten Brust aus Ralfs Schulter. Er wankt, macht einen Schritt nach vorn und grunzt. Der Arm mit dem Hammer sinkt nach unten.

Du siehst deinen Bruder, diesen tapferen kleinen Scheißkerl, mit dem Rücken zur Haustür stehen, den großen schwarzen Sportbogen in den kleinen Händen und einmal mehr fragst du dich, woher er eigentlich die Kraft nimmt, diesen massiven Bogen zu spannen.

Du kommst auf die Beine und taumelst mit vor Schmerz taubem Hintern an Ralf vorbei zur Tür.

Fabio hat den Schlüssel bereits ins Schloss gesteckt und dreht ihn herum.

Ein hektischer Blick zurück über die Schulter.

Ralf steht auf wackeligen Beinen und starrt fassungslos auf den Fiberglaspfeil in seiner Schulter. „Fabio, das kann ja wohl nicht dein Ernst sein ... Auf mich zu schießen ... Du undankbarer kleiner Scheißer ..." Sein Kopf ruckt hoch, das blutbesudelte Gesicht im flackernden Kerzenschein eine groteske Fratze. Er hebt den Hammer, sein Körper spannt sich und dann stürzt er mit einem wütenden Schrei auf euch zu.

Gleichzeitig reißt Fabio die Haustür auf.

Und eine verrottete, vom Regen durchnässte Gestalt fällt euch stöhnend und mit ausgestreckten Armen entgegen.

41

Monatelang hat sie auf das Klappern von Steinchen in Konservendosen gelauscht. Immer darauf gefasst, es irgendwann zu hören. Aber sie hat es nicht gehört.

Nicht ein einziges Mal.

Und als es dann so weit war, nämlich in dieser Nacht, da hat sie es ignoriert. Hat es auf ihre angespannten Nerven geschoben. Weil etwas anderes ihr ganzes Denken gefangen nahm.

Jemand anderes.

Ralf.

Aber es waren nicht ihre Nerven. Sie *hat* die Steine in den an den Drahtseilen hängenden Konservendosen gehört. Ihre lächerliche kleine Alarmanlage hat funktioniert.

Sie sind hier.

Und jetzt fällt ihr der Erste durch die offene Tür beinahe in die Arme. Sie macht einen Schritt zurück, stolpert und kann sich fangen. Macht einen zweiten Schritt zur Seite, so dass der stark verweste Mann an ihr vorbei ins Haus strauchelt. Sein milchigweißes Auge (das andere ist ein schwarzer Krater) entdeckt Ralf am Ende des Flurs im flackernden Kerzenlicht und er schleppt seinen Kadaver auf ihn zu.

„Henni ..." Fabio steht in der offenen Tür und starrt in die Nacht, wo sich mehr als ein Dutzend Gestalten im strömenden Regen bewegen. Die ersten haben ihre Aufmerksamkeit der offenen Tür zugewandt und sie strecken stöhnend die Arme aus wie ein Ballett von Betrunkenen. Ihr kollektives Stöhnen beginnt als morbider Gesang, das Rauschen des Regens zu übertönen.

Etwas sticht Henni ins Auge.

Bayern München.

Der kleine Junge. Das Rot seines Fußballtrikots ist von Wind und Wetter ausgeblichen und klebt nass an den Resten seines mageren Körpers. Henni schießt wieder dieser absurde Gedanke durch den Kopf: *Er will nur seinen Ball zurückhaben.*

Dann hört sie das Geräusch eines zu Boden fallenden Körpers und dreht den Kopf.

Der blutbesudelte Ralf steht über der zusammengesackten Gestalt des einäugigen Mannes und zertrümmert die Reste des Schädels mit dem Dachdeckerhammer.

Henni ist klar, dass sie nur Sekunden haben, um die Haustür zu schließen, bevor die anderen Gestalten sie erreichen.

Aber dann wären sie mit Ralf im Haus gefangen.

Mit Ralf.

Im Haus.

Gefangen.

Wenn Henni jemand vor ein paar Wochen gesagt hätte, dass sie freiwillig in eine finstere Nacht rennen würde, eine Nacht in der das, was einmal Menschen waren, mit aufgerissen Mündern und gekrümmten Klauen auf sie wartet, natürlich hätte sie den- oder diejenige ausgelacht. Hätte ihm oder ihr gesagt, dass nichts schlimmer, nichts furchterregender ist als die immer hungrigen Gestalten.

Aber das war vor ein paar Wochen.

Jetzt reißt sie die Axt an sich und krallt sich mit der anderen Hand den Arm ihres Bruders. „Los!" Sie zerrt ihn mit sich und im nächsten Moment stehen sie auch schon im kalten Regen. Ihr Atem tanzt als weiße Wolken vor ihnen in der Luft. Henni schlägt blindlings mit der Axt um sich. Ein bärtiger Mann taumelt und landet ungelenk auf dem Hintern. Eine Frau fällt gegen das, was wohl mal ein Teenager war und beide torkeln ein paar Schritte nach hinten.

Fabio rammt einer Gestalt seinen Sportbogen in den Bauch und schiebt sie nach hinten, bis sie stürzt. Andere Gestalten kriegen den Bogen zu fassen und lassen nicht mehr los. Fabio muss ihn aufgeben.

Henni taucht unter einem Paar ausgestreckter Arme hinweg und rammt den dazugehörigen Körper beim Hochkommen mit ihrer Schulter. Die Gestalt stürzt in eine Pfütze, die sich auf dem Hof gebildet hat.

„Zur Scheune!", schreit Henni.

Knochige Finger krallen sich in ihre Jacke und sie reißt sich hektisch los, strauchelt und stürzt auf die Knie. Panik schießt wie ein Stromschlag durch ihren Körper. Schnell hoch, bevor–

Eine andere Hand kriegt sie zu fassen.

Nein–

Und zerrt sie wieder auf die Beine.

Fabio.

Sie hasten weiter, weichen den vermoderten Figuren und ihren gierigen Händen aus wie bei einem Slalom-Lauf.

Nur noch wenige Schritte bis zur Scheune.

Dann sehen sie Bayern München.

Er steht genau vor der Leiter.

Der kleine Junge hat den Mund weit aufgerissen und die Lippen sind von seinen Zähnen zurückgezogen wie bei einem tollwütigen Hund.

Henni hat für einen Moment genug Freiraum, um die Axt in den Kopf des Kindes zu schmettern. Aber sie tut es nicht. Stattdessen, sie weiß nicht warum, es geht alles viel zu schnell, dreht sie die Axt, während sie sie herabsausen lässt, und trifft Bayern München mit der flachen Seite an der Schulter. Es liegt genug Wucht hinter dem Schlag, um den Jungen von den Füßen zu reißen und zur Seite zu schleudern.

Henni wirbelt zu Fabio herum: „Du zuerst!"

Er springt auf die Leiter und klettert sie so schnell er kann nach oben.

Aus den Augenwinkeln bemerkt Henni, dass Bayern München versucht, wieder auf die Beine zu kommen.

Aber die Gefahr kommt von vorne. Ein Mann in der roten Latzhose eines Rettungssanitäters. Ob er wohl noch Leben retten konnte, bevor er sein eigenes verlor? Jetzt verliert er es endgültig. Die Klinge von Hennis Axt bohrt sich in seine Schläfe; Gehirnmasse, Knochenfragmente und Haare spritzen durch die Nacht.

Andere Gestalten sind heran, zu dicht, um sie mit der langen Axt zu erwischen.

Henni erklimmt die Leiter. Sie könnte schneller sein, wenn sie nicht die Axt in der einen Hand halten würde. Aber sie will ihre einzige Waffe nicht aufgeben.

Jemand kriegt ihren Knöchel zu fassen. Ein Ruck, sie rutscht ab, braucht ihre zweite Hand – und lässt die Axt fallen. Sie krallt die freien Finger um die nächste Sprosse und tritt gleichzeitig mit dem Bein nach unten aus, darauf gefasst, jeden Moment den Schmerz von zubeißenden Zähnen zu spüren.

Aber dann, irgendwie, ist sie frei, noch drei Stufen, noch zwei, eine – da ist Fabios ausgestreckte Hand, sie greift zu, er zieht und sie kriecht auf allen vieren durch die Öffnung des Heubodens.

Fabio klammert sich an sie und sie klammert sich an ihn.

Sie hören einen Schrei. Einen Wutschrei. Einen Schrei, erfüllt von Hass und Wahnsinn.

Sie blicken zum Haus.

Ralf steht in der Tür, nackt bis auf die Unterhose, blutbesudelt, Fabios Pfeil in der Schulter und zu seinen Füßen eine zusammengebrochene Gestalt.

Die anderen kommen auf ihn zu. Nur noch wenige Schritte und sie werden ihn packen. Es sei denn, er schlägt ihnen die Tür vor der Nase zu.

Tut er nicht.

Stattdessen sieht er hoch zu Henni und Fabio in der Öffnung

des Heubodens. „Ich komme!", ruft er. Dann hebt er den Arm mit dem Dachdeckerhammer und fängt wieder an zu schreien.

Wirft sich den Gestalten entgegen.

42

Der Dachdeckerhammer fällt die erste Gestalt.
Die zweite.
Die dritte.
Eine Hand kriegt den Pfeil in Ralfs Schulter zu fassen.
Er brüllt vor Schmerz.
Wirbelt herum und dabei reißt die Gestalt ungewollt den Pfeil aus seinem Rücken.
Ralf schreit noch lauter.
Die Spitze des Hammers bohrt sich in die Stirn der Gestalt.
So geht es weiter.
Ralf wirbelt, schlägt zu, weicht aus.
Hört dabei nicht auf zu brüllen.
Eine fünfte Gestalt sackt in sich zusammen.
Ralfs Linke schließt sich um die Kehle der Überreste einer dürren alten Frau. Ihre Kiefer mit den dritten Zähnen schnappen erfolglos. Ralf schleudert sie herum gegen einen Mann in kurzen Hosen. Beide stürzen. Der Hammer saust hinab, einmal, zweimal, die Körper liegen still.
Ein Teenager kriegt Ralfs Arm zu fassen, aber seine Haut ist von Blut und Regen glitschig, die toten Finger rutschen ab, die

Hammerspitze bohrt sich in den Schädel und die Beine des Teenagers geben nach.

Ralfs nackter Fuß trifft eine Frau vor die Brust und wirft sie auf den Rücken. Er will zuschlagen, aber eine andere Gestalt, schwer zu sagen, welches Geschlecht, ist heran und er muss ihren ausgestreckten Händen ausweichen.

Nur um in die Arme eines glatzköpfigen Dings zu straucheln. Ralf nutzt sein Momentum und reißt das Ding mit sich zu Boden. Er landet auf der Glatze, die Zähne schnappen, verfehlen seine Nase um Zentimeter. Ralf rollt sich zur Seite, kommt wieder hoch und die Hammerspitze bohrt sich in das Jochbein der Frau, die er zuvor getreten hat. Er reißt den Hammer heraus, nimmt dabei die Hälfte ihres Gesichts mit und dann kommt der Hammer noch mal von oben, diesmal durch die Schädeldecke.

Die Glatze ist auf den Knien, versucht, sich hochzudrücken. Der Hammer trifft ihren Hinterkopf.

Ralf dreht sich schnaufend im Kreis. Vornübergebeugt, mit ins Gesicht hängenden Haaren, den Hammer zum Schlag bereit.

Um ihn herum Körper.

Alle am Boden, bis auf zwei.

Bayern München und ein fettes Wesen mit aus einem zerfetzten Kleid hängenden, riesigen Brüsten.

Ralf stößt ein Geräusch aus und Henni realisiert, dass es ein Lachen ist.

Er richtet sich auf und geht geradewegs auf das fette Wesen zu.

Der Hammer verrichtet seine Arbeit. Ralf lässt ihn im zusammenbrechenden Körper stecken und bückt sich nach Hennis Axt, die am Fuß der Leiter liegt.

Sieht hoch zu Henni und Fabio. „Ich bin gleich bei euch."

Dann wendet er sich Bayern München zu, der beim Versuch, Ralf anzugreifen über einen der vielen Körper am Boden stolpert und auf die Knie fällt.

Henni würde es nicht glauben, hätte sie es nicht selbst gesehen. Ralf hat sie erledigt, alle erledigt, trotz seiner Verletzungen.

Und keiner hat es geschafft, ihn zu beißen, kein einziger. Warum steht er noch? Warum lässt ihn der enorme Blutverlust (es pumpt noch immer aus dem Loch in seiner Schulter und aus dem abgebissenen Ohr) nicht endlich zusammenbrechen?

„Na komm, Süßer, komm zu Papa."

Ralf meint Bayern München, der sich wieder aufgerichtet hat und auf wackeligen Beinen auf ihn zukommt.

Die Axt zischt durch die Luft.

Durchtrennt Bayern Münchens dünnes Bein unterhalb der Hüfte.

Der Junge verliert das Gleichgewicht und kippt um.

Was ihn aber nicht davon abhält, weiter auf Ralf zuzukriechen.

Ralf lacht.

Hackt einen von Bayern Münchens Armen ab.

Er lacht: „Ups. Und jetzt?"

Der kleine Junge versucht mit einem Arm und einem Bein weiterzukriechen.

Ralf lacht noch lauter.

Henni spürt Fabios Finger, die sich durch die Goretex-Jacke in ihren Arm krallen. Sie dreht den Kopf. Fabios Unterlippe zittert, seine Augen sind so weit aufgerissen, dass es aussieht, als würden die Augäpfel jeden Moment aus ihren Höhlen fallen.

Unten beschreibt die Axt wieder einen Bogen durch die Luft.

Bayern München hat keine Arme mehr.

Ralf johlt, als hätte er beim Bowling einen Strike geworfen. „Kennst du den, Kleiner? Ohne Arme keine Kekse? Kennst du den?"

Bayern München stöhnt und fletscht die braunschwarzen Zähne. Sein verbliebenes Bein zuckt nutzlos herum.

„Mir fällt noch einer ein. Auf einem Bein steht sich schlecht. Okay, du stehst zwar nicht, aber das wollen wir jetzt mal nicht so eng sehen."

Lachend hackt er dem Jungen das zweite Bein ab.

Der arm- und beinlose Torso zuckt am Boden, Bayern

Münchens Mund schnappt und stöhnt weiter, als sei nichts geschehen.

Henni dachte, sie hätte im letzten Jahr alles an Grausamkeiten gesehen, was man sehen könnte. Aber sie hat sich getäuscht. Nur einer kann sich in sinnloser Gewalt immer wieder übertreffen. Der Mensch.

Zuerst flüstert sie es nur leise vor sich: „Mach ihn tot, Ralf. Bitte mach ihn tot." Dann schreit sie es: „MACH IHN TOT, RALF! MACH IHN DOCH ENDLICH TOT!"

Ralf dreht langsam den Kopf. Sieht zur ihr hoch.

Endlich spaltet die Axt Bayern Münchens Schädel und der Torso liegt still.

Die Axt gleitet aus Ralfs Fingern. Landet auf der nassen Erde. Sein Brustkorb hebt und senkt sich, sein Atem kommt schwer und rasselnd, sein sehniger Körper wiegt vor und zurück.

Jetzt, denkt Henni. Jetzt müssen seine Beine doch endlich unter ihm nachgeben.

Aber was immer ihn auf den Beinen hält, Adrenalin, Hass, Wahnsinn, es ist stark, so unglaublich stark.

Ralf bückt sich nach dem Dachdeckerhammer und zerrt ihn aus dem Kopf des fetten Wesens.

Dann wendet er sich der Scheune zu.

Und beginnt, die Leiter hinaufzusteigen.

Neben Henni fängt Fabio an, laut zu schluchzen.

43

E s hat von einem Moment zum anderen aufgehört zu regnen. Und es ist heller geworden. Nicht weil der Tag anbricht, sondern weil der Wind die Regenwolken über die Bergspitzen getrieben hat und der Vollmond jetzt grell vom Himmel leuchtet.

Sie sieht Ralfs Umrisse, als er in der Öffnung des Heubodens erscheint. Hört seinen keuchenden Atem. Sieht die Umrisse des Dachdeckerhammers in seiner Hand.

Er verharrt, wo er ist. Auf einem Knie, das andere Bein angewinkelt.

Von unten, aus der Scheune, hört Henni die schleppenden Schritte von Mama und Papa. Sie haben bemerkt, dass jemand über ihnen ist.

Aus einer Ritze im Dach tropft Regenwasser auf ihr Haar. Immer und immer wieder. Mit jedem Tropfen wird es unerträglicher. Aber sie wagt es nicht, sich zu bewegen aus Angst, er könnte sie hören.

Als seine Stimme erklingt, zuckt sie zusammen: „Ihr braucht keine Angst vor mir zu haben. Wirklich nicht."

Sagt der blutverschmierte, nackte Mann mit dem Hammer in der Hand, denkt Henni und hätte beinahe gelacht.

Jetzt ist es soweit. Jetzt werde ich verrückt.

„Ich bin weder pervers noch irre."

Noch so ein Knaller. Er sollte Komiker werden.

Henni kneift die Augen zusammen und versucht vergeblich, Fabio auszumachen. Als Ralf begann, die Leiter hinaufzusteigen, sind die beiden in blinder Panik in die Dunkelheit des Heubodens gelaufen und Henni hat nicht darauf geachtet, wohin ihr Bruder verschwunden ist.

Sie kauert hinter den mit einer Plastikplane abgedeckten alten Gartenmöbeln, die Papa hier oben deponiert hat. Und sie sitzt in der Falle. Was hat sie sich bloß dabei gedacht, hier heraufzukommen?

Natürlich hat sie *nichts* gedacht, es war eine in Sekunden und in Todesangst gefällte Entscheidung. Die falsche. Und dafür wird jetzt bezahlen.

„Ich will euch nicht verlieren", hört sie Ralf sagen. „Ihr seid doch alles, was ich habe."

Seine Stimme ...

Weint er?

„Es tut mir leid, Henni. Was ich getan hab, war ... es war ..."

Ja, er weint.

„Ich mach's wieder gut, Henni. Das verspreche ich."

Sie hört, wie er schnieft und Rotze hochzieht. Sie will seinen Worten glauben. Jedem einzelnen. Weil sie leben will. Egal, wie kaputt die Welt da draußen ist.

Sie will leben.

Ralfs Umrisse schrauben sich langsam in die Höhe, bis er wieder aufrecht steht. Der Dachdeckerhammer fällt aus seiner Hand und landet polternd auf dem Holzboden.

Unten fangen Mama und Papa an zu stöhnen.

Ralf macht einen Schritt nach vorn.

Sie sieht ihn schwanken und ihr fällt wieder ein, dass er aus zwei grässlichen Wunden blutet. Wie viel Blut muss ein Mensch verlieren, bis sein Körper nicht mehr mitmacht? Müsste Ralf diesen Punkt nicht längst überschritten haben?

„Bitte, Henni. Verzeih mir. Und du auch, Fabio ... Ich mein, ihr seid doch ... wie meine Kinder–"

Ja, und eins davon wolltest du vögeln, du krankes Schwein.

In dem Moment, in dem ihr das durch den Kopf schießt und ihr bewusst wird, dass seine Reue und seine Tränen nur mieses Schmierentheater sind, in diesem Moment entdeckt sie Fabio. Er kauert auf einem der diagonalen Querbalken der Dachverstrebung. Direkt über Ralf.

Und vielleicht wusste Ralf schon die ganze Zeit, wo er ist.

Denn plötzlich schießt sein linker Arm nach oben. Seine Hand kriegt Fabios Bein zu fassen – ein Ruck, ein Schrei – und Fabio landet mit einem dumpfen Aufschlag am Boden. Henni hört sein Stöhnen.

Sie springt hinter ihrem Versteck in die Höhe. „Nein! Bitte nicht–!"

Da hat Ralf den benommenen Fabio bereits am Kragen seiner Jacke in die Höhe gerissen und ihm einen Arm um die Kehle geschlungen. Fabio röchelt, als ihm Ralfs Unterarm die Luft abschneidet. Sein Körper windet sich hilflos.

„Lass ihn!", schreit Henni. „Mach mit mir, was du willst, aber bitte lass ihn!"

Fabio zappelt weiter, doch Ralf hat ihn fest im Griff.

„Komm her, Henni."

Sie macht einen Schritt auf die beiden zu.

Noch einen.

Aus den Augenwinkeln erkennt sie die Formen von Mama und Papa, die unten in der Scheune stehen und die Arme nach ihnen ausgestreckt haben. Ihr Stöhnen ist lauter geworden.

Eine Armlänge von Ralf und Fabio bleibt sie stehen. Fabios Augen quellen aus den Höhlen und die Zunge hängt über seine Lippen.

„Bitte, Ralf ... Er erstickt ..."

„Sag's mir."

„Was?"

„Dass wir eine Familie sind. Sag mir, dass wir eine Familie sind."

„Wir ... wir sind eine Familie."

„Sag mir, dass alles wieder gut wird."

„Alles wird wieder gut."

Ralfs Arm gibt Fabio frei. Der Junge sackt nach Luft schnappend in sich zusammen.

Henni kann Ralf lächeln sehen. Ein grauenhafter Anblick.

Er fordert sie mit einer Handbewegung auf, näherzukommen. Sie macht einen weiteren Schritt. Steht jetzt vor ihm. Ganz dicht. Der metallene Geruch seines Blutes steigt ihr in die Nase. Sie zuckt zusammen, als seine Hand sich auf ihre Schulter legt. Dann zieht er sie an sich. Drückt ihr Gesicht an seine blutüberströmte Brust. Die andere Hand streichelt ihr Haar.

„Glaubst du, du könntest mich lieben?", fragt er leise. „Nicht jetzt. Aber vielleicht irgendwann mal?"

Sie sagt ihm, was er hören will.

„Ja."

Was soll sie denn auch sonst tun.

Sie spürt, wie Ralf seine Lippen auf ihr Haar presst.

„Oh, Henni ...", flüstert er.

Dann krallen sich seine Hände in ihre Jacke und er rammt sie mit einer Wucht gegen die Scheunenwand, dass es ihr die Luft aus den Lungen presst. Ihr Hinterkopf knallt gegen das Holz und dunkle Flecken tanzen vor ihren Augen. Ihr Rückgrat fühlt sich an, als wäre es gerade durchgebrochen.

Seine Stimme ist ein heiseres Zischen: „Wir wissen doch beide, dass das eine beschissene Lüge ist."

Henni blickt in seine Augen und sieht dort die unbarmherzige Gewissheit ihres eigenen Todes.

Seine schwieligen Hände schließen sich beinahe sanft um ihre Kehle.

Drücken zu.

Henni bäumt sich auf, ihre Finger klammern sich um seine Handgelenke. Aber ihr fehlt die Kraft, ihm etwas entgegenzusetzen. Der Druck seiner Hände wird stärker, immer stärker, die Luft bleibt ihr weg, immer weniger Sauerstoff erreicht ihr Gehirn, die Flecken vor den Augen werden größer und dunkler, immer dunkler, als würde jemand ihre Pupillen mit schwarzer Farbe zupinseln.

Sein Ohr.

Ihre rechte Hand schießt hoch und ihre Finger krallen sich in sein verstümmeltes Ohr. Sie drückt zu. Mit aller verbliebenen Kraft.

Er brüllt seinen Schmerz in die Nacht.

Aber er lässt ihren Hals nicht los.

Im Gegenteil.

Der Druck wird stärker.

Henni glaubt, ihre Schädeldecke würde sich vom Rest des Kopfes lösen. Sie sieht ihr Gehirn, all ihre Gedanken, all ihre Emotionen, ihren Hass, ihre Liebe, ihre Erinnerungen, alles, was sie jemals gefühlt und gelernt hat, sie sieht all das in die Luft schweben. Ihr Körper verliert sein Gewicht, sie fühlt sich ganz leicht und dann – *dann sieht sie sich selbst:* in Ralfs eisernem Griff, ihre zuckenden Beine, ihre Hände, die sich zu Krallen geformt haben, so wie die Hände der Kreaturen und–

Ihre Hände.

Krallen.

Woher ihr Körper die Reserven nimmt, weiß Henni nicht, aber sie reißt ihre Arme hoch, nur um ihre gekrümmten Finger gleich wieder hinabschießen zu lassen. In Ralfs Gesicht. Ihr linker Zeigefinger versenkt sich in seinem rechten Auge, tief, ganz tief, so tief es geht und etwas spritzt in ihr Gesicht.

Seine Hände geben ihre Kehle frei.

Sie bekommt wieder Luft.

Ihre Lungen pumpen hektisch, so hektisch, dass sie würgen muss, während ihre Beine nachgeben und sie mit dem Rücken an der Scheunenwand hinabrutscht.

Ralfs Heulen übertönt das Stöhnen von Mama und Papa. Er hat beide Hände vors Gesicht gepresst und ein Augapfel hängt zwischen seinen Fingern hervor. Er schwankt über den Heuboden wie ein Seemann bei Sturm.

Ein weiterer Schrei mischt sich mit dem Geheul von Ralf und dem Stöhnen von Mama und Papa.

Fabio stößt ihn aus, während er mit dem Dachdeckerhammer in der Hand auf Ralf zustürmt.

Henni sieht, wie sich die lange Spitze des Hammers bis zum Anschlag in Ralfs Brust bohrt.

Sein Heulen verstummt abrupt.

Sein Körper bäumt sich auf, für ein paar Sekunden steht er auf Zehenspitzen.

Dann kippt er nach hinten.

Zwei Schritte bis zum Rand des Heubodens.

Einer–

Fabio lässt den Hammer los. Sieht zu Henni. Und lacht.

Bis sich Ralfs Linke in seine Jacke krallt.

Und Ralfs Fuß den nächsten Schritt macht.

Ins Leere tritt.

Dann sieht Henni Ralf und Fabio vom Heuboden in die Scheune stürzen.

44

Sie hört ihre Körper auf den Scheunenboden prallen.
Sie hört Mama und Papa noch lauter stöhnen.
Sie wirft sich nach vorn.

Sie fällt auf die Knie und bremst sich mit den Händen im letzten Moment ab, bevor sie selbst hinabstürzt. Holzsplitter bohren sich in ihre Handflächen, aber das spürt sie gar nicht.

Ralf und Fabio liegen regungslos am Boden. Fabio auf Ralfs Brust.

Und genau unter Henni wankt Mama auf die beiden zu. Ihr fast kahler Schädel mit den fusseligen Haarresten leuchtet im Halbdunkel.

„FABIO!"

Der Kopf des Jungen bewegt sich.

Langsam.

So langsam.

„STEH AUF, FABIO!"

Endlich dreht er den Kopf. Blinzelt und bemerkt Mama, die auf ihn zuschlurft. Für einen Moment, der Henni wie eine Ewigkeit erscheint, starrt er sie an. Dann endlich bewegt er sich. Drückt sich hoch und kämpft sich auf die Beine. Steht schwankend über dem reglosen Ralf. Mamas ausgestreckte Finger haben ihn fast erreicht. Dann weicht er ihr im allerletzten Moment aus.

Auch Ralf öffnet sein verbliebenes Auge, der Augapfel des Rechten hängt aus der Höhle wie ein kleiner Flummi. Und das Erste, was er sieht, ist Papa, der neben ihm auf die Knie fällt. „Nein! Geh weg! Scheiße!" Ralf versucht sich aufzurichten, aber irgendetwas in seinem Körper muss gebrochen sein, denn er erstarrt und stößt einen Schmerzensschrei aus.

Er schreit noch lauter, als Papa ihm ins Gesicht beißt.

Henni wendet den Blick ab.

Mach's gut, Ralf. Fick dich.

Sie sieht ihren Bruder durch die Scheune stolpern, Mama mit ausgestreckten Armen hinter ihm her. Sie ist plump und unkoordiniert, aber er wird ihr nicht ewig ausweichen können. Im Gegensatz zu ihnen wird Mama niemals müde.

„Henni! Hilf mir!"

Der Schlüssel für das Schloss am Scheunentor, schießt es ihr durch den Kopf. Aber der ist im Haus, oben in ihrem Zimmer. Bis sie den geholt hat–

Ralf schreit immer noch, und Henni sieht, wie Papas Zähne ihm ein Stück Wange wegreißen, so dass plötzlich sein Oberkiefer frei liegt.

Sie beugt sich über den Scheunenrand und streckt ihren Arm aus. „Du musst springen! Fabio! Spring an meine Hand!"

Fabio, der hektisch nach etwas sucht, was er als Waffe nutzen kann, schüttelt den Kopf. „Das schaff ich nicht. Zu hoch."

Er hat recht. Von unten bis zur Kante des Heubodens sind es gute drei Meter.

Der Dachdeckerhammer, der noch immer in Ralfs Brust steckt.

Wenn Henni den zu fassen kriegt, ohne dass Papa sie erwischt, dann hat sie eine Waffe. „Ich komme runter!"

Fabio weicht wieder Mamas Armen aus und er schubst sie mit beiden Händen. Ihr verrottender Körper prallt gegen die Scheunenwand, ein Bein rutscht weg und sie landet auf dem Hintern.

„Nein! Bleib oben! Bleib oben!", ruft Fabio. Er läuft in die hintere rechte Scheunenecke.

Henni sieht, wie er die grüne Plastikkiste packt, die Papa im Winter immer mit Streusalz gefüllt hat. Sie ist einen halben Meter hoch und Henni kapiert, was er vorhat.

Fabio reißt den Deckel ab, packt die Kiste mit beiden Händen und hebt sie stöhnend an. Das Streusalz ergießt sich über den Scheunenboden.

Mama ist bereits wieder auf den Knien, ihre milchig-weißen Pupillen fixieren Fabio.

„Mach hin!", ruft Henni, während Fabio den Deckel zurück auf die leere Kiste drückt und sie dann zum Rand des Scheunenbodens zieht.

Ralfs Schrei hat sich in ein Gurgeln verwandelt. Henni kann nicht anders, sie muss wieder hinsehen. Ralfs Gesicht ist eine blutige Masse. Papas gekrümmte Finger haben sich in seine nackte Bauchdecke gekrallt und reißen daran.

„Henni!"

Sie blickt nach unten.

Fabio steht auf der Plastikkiste und reckt seinen rechten Arm nach oben.

Auf dem Bauch liegend beugt Henni sich über den Rand des Heubodens und versucht, seine Hand zu packen.

Es fehlt ein halber Meter.

Ein beschissener, verfickter halber Meter.

Es bleibt nur eins.

„Du musst springen, Fabio."

Mama steht wieder und fletscht grotesk ihr Gebiss.

„Geh zu Papa!", schreit Henni sie an. „Da gibt's zu fressen."

Fabio dreht den Kopf zu Ralf und Papa, der etwas Langes, Glitschiges aus einem Loch in Ralfs zuckendem Bauch zieht.

Henni lenkt seine Aufmerksamkeit wieder auf sich. „Fabio!"

Sein Blick trifft sich mit ihrem.

„Spring!"

Fabio geht in die Hocke, dann schnellt er nach oben.

Henni spürt, wie seine Fingerspitzen die ihren berühren und im nächsten Moment sind sie bereits wieder verschwunden. Die Plastikkiste gibt ein hohles Geräusch von sich, als Fabios Füße wieder auf dem Deckel landen. Er verliert das Gleichgewicht, rudert mit den Armen und für einen Moment sieht es so aus, als würde er stürzen, doch dann fängt er sich.

„Noch mal", sagt Henni. „Du schaffst das. Sieh nicht zu Mama. Guck zu mir. Zu mir!"

Fabio sieht ihr in die Augen.

Geht in die Hocke und springt ein zweites Mal.

Und Henni kriegt seine ausgestreckte Hand zu fassen.

Wird sie nie wieder loslassen.

Ein Ruck geht durch ihren Körper und sie rutscht ein Stück nach vorn, als Fabio mit seinem ganzen kläglichen Gewicht an ihrer Hand baumelt. Es fühlt sich an, als würde ihr Arm aus dem Schultergelenk reißen. Sie ignoriert den grellen Schmerz und streckt den anderen Arm aus. Ihre freie Hand krallt sich in Fabios Haar. Er schreit vor Schmerz, aber sie zieht trotzdem mit aller Kraft.

Sein linker Arm wedelt wild durch die Luft, bis seine Finger sich um den Rand des Heubodens klammern.

„Ja!", schreit Henni triumphierend. Sie zerrt an ihrem Bruder und jetzt sind seine Schultern nicht mehr weit von der Kante entfernt.

Sie schaffen es.

Unten zerrt Papa in der kalten Luft dampfende Innereien aus der inzwischen weit aufgerissenen Bauchdecke von Ralfs Körper. Stopft sie sich mit beiden Händen laut schmatzend in seinen Mund.

Und Mama–

Wo ist Mama?

Egal. Zieh, Henni. Zieh.

Sie lässt Fabios Haare los, nur um ihre Finger sofort wieder in seine Schulter zu krallen.

Ächzen, Stöhnen, unter der Goretex-Jacke schwitzen.

Ein Stück, noch ein kleines Stück und–

Plötzlich geht ein Ruck durch Fabios Körper, etwas reißt ihn zurück nach unten und seine Jacke gleitet aus Hennis Fingern.

Was–?

Fabios Mund öffnet sich zu einem Schrei.

Henni sieht Mama, die unter ihm steht, eine schmutzige Hand um seinen rechten Knöchel gekrallt. Sie will sie anschreien – *verpiss dich du, Schlampe!* – aber kein Wort kommt über ihre Lippen.

Stattdessen muss sie stumm mitansehen, wie Mama ihre Zähne in Fabios Wade schlägt.

45

Du erinnerst dich.

An den Tag, an dem Fabio geboren wurde. Du warst vier. Du wolltest keinen kleinen Bruder. Du wolltest Mama und Papa für dich allein. Du fandest das Baby hässlich. Vor ein paar Jahren hat Mama dir erzählt, dass du ihr vor Eifersucht sogar mal in den Bauch geboxt hast, als sie mit Fabio schwanger war.

Du erinnerst dich an die Puppe, die Mama und Papa dir zu Geburt von Fabio geschenkt haben. Du hast sie Lisa getauft. Später hat die Puppe noch einen Bruder bekommen. Finni. Mit Pinkel-Funktion. Als Fabio laufen konnte, wollte er immer deinen Zwillingskinderwagen mit Lisa und Finni schieben. Du hast ihn natürlich nicht gelassen und es gab täglich eine Riesen-schreierei.

Du erinnerst dich, dass Fabio irgendwann fester Bestandteil deines Lebens war und der Gedanke, dass es eine Zeit gab, in der er nicht da war, erschien dir absurd.

Mama, Papa und Fabio.

Deine Familie.

Du blickst aus dem Fenster.

Der Himmel draußen, hinter dem Glas, ist so grau wie Fabios Gesicht.

Das Fieber hat eingesetzt, sein Körper glüht.

Du hast die Bisswunde in seinem Knöchel gereinigt, desinfiziert und verbunden. Natürlich weißt du, dass ihm das nicht helfen wird. Nichts kann ihm mehr helfen.

Seine Stimme, ganz schwach, ein heiseres Flüstern: „Sie kann nichts dafür."

Du siehst ihn an. „Was?"

„Mama."

Du schluckst. „Ich weiß."

Du spürst seine Finger auf deiner Hand. So heiß.

„Tu ihnen nichts. Bitte!"

Du erwiderst nichts.

„Versprich's mir!"

„Fabio—"

„Bitte, Henni!"

„Okay."

„Okay was?"

„Ich versprech's."

Seine Mundwinkel verziehen sich zu etwas, das ein Lächeln sein soll. Zu allem anderen fehlt ihm die Kraft. Er war für sein Alter immer eher klein und schmächtig. Aber jetzt, wie er da so aschfahl im Bett liegt, wirkt er noch viel kleiner und schmaler. Und scheint mit jeder Minute, mit jeder Sekunde noch kleiner und noch schmaler zu werden. Als löse er sich vor deinen Augen auf.

Die durchschnittliche Zeit bis zum Tod nach einem Biss, nach einer Infektion war laut Nachrichten, als es die noch gab, sechs Stunden. Sechs Stunden. Wie lange ist es jetzt her, dass du Fabio nach oben auf den Heuboden gezogen und ihn Mamas Zähnen entrissen hast? Vier Stunden? Fünf? Oder schon fast sechs? Du weißt es nicht. Zeit ist bedeutungslos geworden.

Als Fabio vor Schmerz wimmernd in deinen Armen lag, hatte

Mama sich von euch abgewandt. Sie taumelte zu Papa, aus dessen Mund Ralfs Därme hingen, und ließ sich neben ihm auf die Knie fallen. Du sahst zu, wie sich Mamas Hände in Ralfs aufgerissenen Körper gruben und sie etwas herauszerrte, etwas Braunes, Glitschiges, irgendein Organ. Es gab ein seltsames Geräusch, als sie hineinbiss. Wahrscheinlich sind jetzt nur noch Knochen von Ralf übrig.

„Wassermelone."

Du siehst Fabio wieder an. Einen Moment lang glaubst du, er will jetzt wirklich Wassermelone und du grämst dich, weil du weißt, dass du ihm diesen Wunsch nicht mehr erfüllen kannst. Aber dann sagt er „Wenn's heiß ist ..." und du kapierst.

Du streichst eine schweißnasse Haarsträhne von seiner Stirn.

„Bei Scheißwetter auf der Couch liegen und lesen."

„Kaugummi ... mit Kirschgeschmack."

„Meine Playlists auf dem iPod."

„Meine Dinos. Die ich ... zu meinem fünften Geburtstag gekriegt hab."

„Mein Lieblings-T-Shirt. Das, was Mama letzten Sommer zu heiß gewaschen hat und eingelaufen ist."

„Die Wolken am Himmel."

„Die sind immer noch da, Fabio. Die werden immer da sein." Dann kapierst du plötzlich, was er meint und die Tränen fangen an zu fließen wie die Flutwelle eines gebrochenen Staudamms.

Dein Bruder, er verschwimmt vor deinen Augen.

Du hörst dein eigenes Schluchzen.

Du weinst. Nicht nur um Fabio. Du weinst um Mama und Papa. Um deine Familie, deine Freunde, deine Bekannten. Du weinst um jeden Menschen, der dir jemals begegnet ist und du weinst um all die, die dir nie begegnet sind und denen du nie mehr begegnen wirst.

Und ja, du weinst sogar um Ralf.

Irgendwann versiegen deine Tränen. Du sitzt auf dem Stuhl neben Mamas und Papas Bett und hältst Fabios Hand.

Eine Hand, die nicht länger heiß ist, weil das Fieber nicht mehr in seinem Körper wütet.

Der Tränenschleier ist verschwunden. Du kannst wieder klar sehen. Fabios Augen sind geschlossen. Sein schmächtiger Brustkorb hebt und senkt sich nicht länger.

Es wird nicht mehr lange dauern.

Du richtest dich auf und verlässt das Zimmer.

46

Der Wind ist kalt. Die Luft schmeckt nach Schnee.

Henni sitzt auf der Bank neben der Haustür, ihren Rucksack zwischen den Beinen. Sie zieht die Mütze etwas tiefer auf den Kopf. Aber nicht über die Ohren. Sie will hören, wenn er kommt.

Sie blickt auf die niedergemetzelten Gestalten zwischen Haus und Scheune. Auf den verstümmelten Torso von Bayern München. Sie trinkt aus der Wasserflasche. Das Schlucken tut weh. Kein Wunder. Sie hat ihren Hals im Spiegel gesehen. Dunkle Blutergüsse, dort, wo Ralf sie gewürgt hat. Ihr ganzer Körper ist von blauen Flecken übersät. Jede Bewegung löst ein achtzigköpfiges Schmerz-Orchester aus.

Ein Tag Ruhe, bevor sie loszieht, täte ihr sicherlich gut. Aber sie kann nicht hierbleiben. Unmöglich. Sie wird über den Höhenpfad nach Sankt Löring gehen. Schmerzen, Eis und Schnee, nichts wird sie jetzt mehr davon abhalten. Und wenn sie es nicht schafft, wenn sie abstürzt, wenn sie in einen Schneesturm gerät und erfriert ...

Dann ist das eben so.

Ralfs Pferd steht gesattelt auf der Wiese hinter dem halb fertigen Graben. Henni wird es bis hoch zum Höhenpfad reiten.

Um Kraft zu sparen. Dann wird sie das Tier freilassen. Wer weiß, wahrscheinlich sind die Überlebenschancen des Pferdes größer als ihre eigenen.

Dann hört sie ihn.

Seine Schritte sind leise, die kleinen Füße schlurfen über die Holzdielen im ersten Stock. Sie atmet durch und drückt sich von der Bank nach oben. Das Schmerz-Orchester spielt eine Symphonie. Die Symphonie wird lauter, als sie sich nach ihrem Rucksack bückt und ihn auf ihren Rücken schwingt. Sie packt die Axt und fischt mit der anderen Hand den Schlüssel für das Schloss am Scheunentor aus ihrer Jackentasche.

Sie dreht sich zur offenen Haustür. Sie kann Fabios Füße oben am Treppenabsatz sehen. Er tritt auf die erste Stufe. Dann auf die zweite. Er kommt die Treppe herab. Genau wie damals Mama. Und genau wie Mama stürzt er trotz seiner ungelenken Bewegungen nicht.

Er ist auf der Hälfte der Treppe, als seine milchig-weißen Augen sie entdecken. Er streckt die Arme aus und das lang gezogene Stöhnen, das über seine vom Fieber aufgesprungenen Lippen kommt, erfüllt die Luft.

Henni wendet sich ab. Sie bahnt sich ihren Weg durch die Körper der Gestalten bis zum Scheunentor. Steckt den Schlüssel ins Schloss. Die Kette rasselt. Hinter dem Tor erklingen schleppende Schritte. Mama und Papa haben sie bemerkt. Sie öffnet das Schloss und lässt es fallen. Zieht die Kette durch die Eisengriffe und lässt sie zu Boden gleiten wie den Körper einer toten Schlange.

Henni blickt über die Schulter.

Fabio steht in der Haustür.

Das ist er, der Impuls, zu ihm zu gehen und ihm die Axt in den Schädel zu schlagen.

Aber sie ignoriert den Impuls. Stattdessen zieht sie das Scheunentor nach außen auf.

Mama und Papa sind nur wenige Schritte entfernt. Sie fangen an zu stöhnen, als sie Henni entdecken. Hinter ihnen im Halbdunkel erkennt Henni das, was von Ralf übrig geblieben ist. Es ist nicht viel.

Fabio hat das Haus verlassen und überquert den Hof. Strauchelt, als er über eine Leiche stolpert. Fängt sich und schlurft weiter.

Von der anderen Seite kommen Mama und Papa.

Henni steht zwischen ihnen.

Da ist er. Ein anderer Impuls. Die Augen schließen. Warten, bis sie da sind und ihre Zähne in ihren Körper schlagen. Henni versucht, sich den Schmerz vorzustellen, versucht sich vorzustellen, wie es ist, bei lebendigem Leibe von der eigenen Familie gefressen zu werden.

Es wäre vorbei. Ein für alle Mal. Keine Ängste mehr, keine Sorgen.

Alles vorbei.

Als sie die Augen wieder öffnet, haben drei Paar ausgestreckte Hände sie fast erreicht. Sie weicht den Händen mit zwei Schritten aus.

Geht zu Ralfs Pferd. Stellt einen Fuß in den Steigbügel, packt das Sattelhorn und schwingt das andere Bein hinüber. Das Schmerz-Orchester erreicht sein Crescendo. Das Pferd schnaubt, tänzelt nervös. Sie fressen nur ihresgleichen, warum auch immer, aber die Tiere fürchten sich trotzdem vor ihnen.

Henni zieht die Zügel nach rechts und das Pferd wendet. Hacken in die Flanken und der massige Körper trabt los. Unsicher klammert Henni sich am Sattelhorn fest, doch nach ein paar Metern löst sich ihre Verkrampfung und sie wird eins mit den Bewegungen des Pferdes.

Am Kopf der Anhöhe stoppt sie und sieht zurück.

Da ist das Haus. Die Scheune. Der Ort, an dem sie, und wie sehr wünschte sie sich, sie könnte es Mama und Papa noch sagen, die glücklichste Zeit ihres Lebens verbracht hat.

Mama, Papa und Fabio sehen zu ihr hoch. Mama und Papa ignorieren Fabio, so wie sie einander ignorieren. Fabio ignoriert

Mama und Papa. Alles, was die drei interessiert, ist das warme, mit Leben erfüllte Fleisch von Henni.

Schritt für schleppenden Schritt arbeiten sie sich schwerfällig die Wiese hinauf.

Und Henni spürt es.

Das Lächeln, das sich auf ihrem Gesicht ausbreitet. Sie weiß nicht, woher es kommt, aber es ist da.

„Ich liebe euch", sagt sie. Eine Windböe fängt ihre Worte und trägt sie den Hang hinab.

Dann trifft die erste Schneeflocke ihr Gesicht. Von einem Moment zum anderen ist die Luft voll von ihnen. Dicke, weiße Flocken, die vom grauen Himmel schweben, ein dicht gewebter Mantel aus gefrorenem Wasser.

Henni wendet das Pferd und trabt auf die Lücke zwischen den Bäumen zu, die zum Wanderweg führt. Über ihr recken sich die zerklüfteten Bergspitzen dem Schnee entgegen.

Es wird ein harter Weg.

Aber sie wird ihn bewältigen.

Ich komme, Liam.

Ich komme.

Danke an

Christian Becker, Peter Thorwarth, Thomas Wöbke, Mariko Minoguchi

Sascha Beck, Monika Maria Conti, Michel Birbaek, Marc Ritter

Marko Heisig, Michaela Stadelmann, Tina Giesler

Thorsten „Spießy" Spieß, Pelle Felsch, Kai Uwe Hasenheit & Christian Zübert, den CDTT: Martin, Mark & Lars

Mama & Papa

Und natürlich: Amira, Naira & Nael

SPECIAL THANKS
an

George A. Romero, ohne den es die Zombies, wie wir sie heute kennen und lieben und fürchten, nicht geben würde.

Eine kleine Bitte: Positive Rezensionen helfen, das Buch für andere Leser schmackhaft zu machen. Wem **Dead Mountain** also gefallen hat: Über ein paar freundliche Zeilen und ein paar Sternchen würde ich mich freuen.

BÜCHER VON STEFAN BARTH

Hollywood Kills

Es war einmal in Deutschland

Drecksnest

Einen Kopf kürzer

Die Rondo-Western

Sechs Kugeln für den Bastard

Aasgeier sind sie alle

Leise rieselt der Tod (Christmas Special)

Außerdem Geschichten in

Erntenacht: Dunkle Folklore (Anthologie)

Nachtmeer: Dunkle Folklore (Anthologie)

ÜBER DEN AUTOR

Stefan Barth wurde im schönen Hagen am Rande des Ruhrgebiets geboren, lebte in Los Angeles und hat seine Zelte jetzt in Berlin aufgeschlagen. Er liebt Genre-Stoffe und schreibt hauptberuflich Drehbücher für Serien und Filme.

twitter.com/braetzman
instagram.com/rico_fardan

Printed in Great Britain
by Amazon